龍鳳呈祥

1

文創風
372

慕童 著

目錄

自序……005
第一章……007
第二章……037
第三章……065
第四章……097
第五章……129
第六章……157
第七章……187
第八章……221
第九章……257
第十章……291

謝家 人物關係表

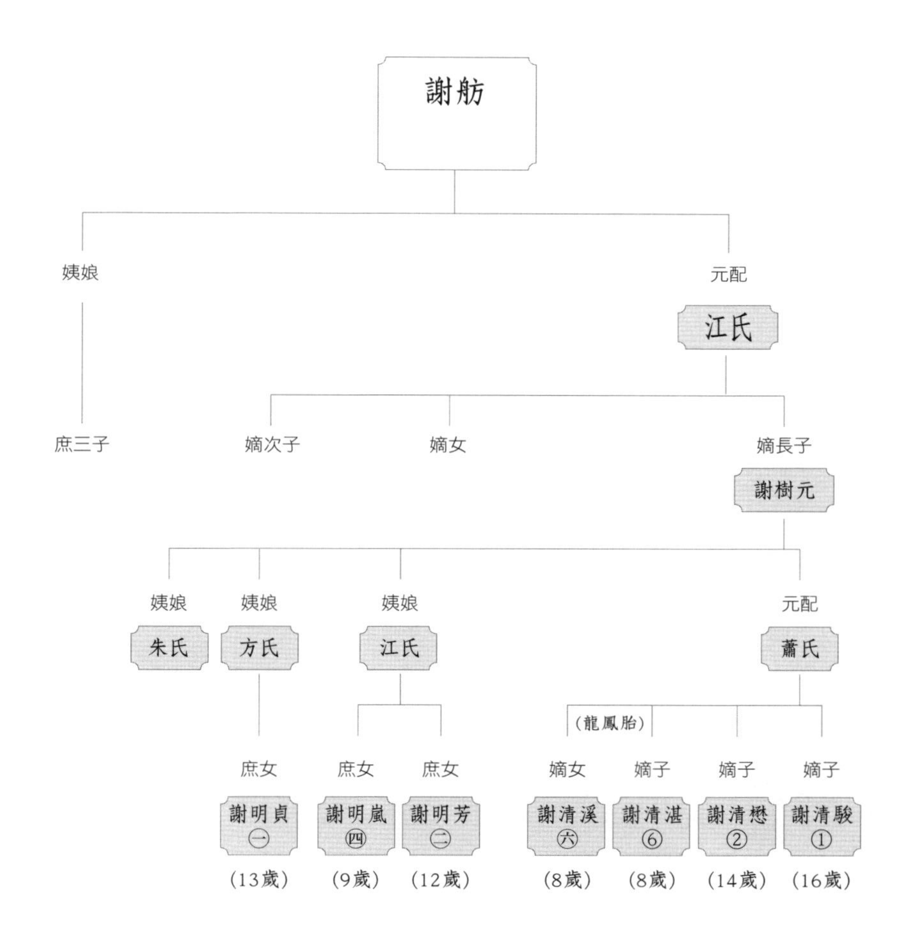

註1：年紀以謝清駿中解元那年來計算。
註2：①、②、⑥為謝家男子在同輩間的族中排行。
註3：㊀、㊁、㊃、㊅為謝家女子在同輩間的族中排行。

自序

慕童

在《龍鳳呈祥》交稿沒多久之後，就接到了編輯讓寫序文的通知。說來，《龍鳳呈祥》是我寫的第一本古代言情文，也是我迄今為止，耗費了最多心血的一本書，所以作為我第一本出版的繁體書籍，它對我的意義實在重大。

這本書是我作為作者路上的第一本書，當初寫文或許只是靈光一閃，可真正要寫上這樣一部巨幅文章時，要查找的資料、花費的時間卻是巨大的。

說起寫文來，我想很多作者並非天生便立志要成為一個作家，更多的是機緣巧合。當你看見一本書，追到最精彩的地方時偏偏戛然而止，我想這時候很多人都會抓心撓肺地想要知道下面的情節，或許這就是當初我走上創作之路的初衷。

之所以會寫《龍鳳呈祥》，說來原因很可愛，時常在網上看見足球明星貝克漢家中么女小七的報導，眾所周知，她有三個又帥又溫柔的哥哥，她是一個受盡萬千寵愛的漂亮小姑娘。

我想很多姑娘都會像我一樣想要一個哥哥，他可以在別人欺負我的時候保護我，會省下自己的零用錢給我買禮物，更會時時刻刻關心我、幫我遮光擋雨。可我沒有，很多像我一樣年紀的姑娘也沒有。因此，《龍鳳呈祥》的女主角不僅有三個哥哥，其中一個甚至和她是龍鳳雙胞胎。

在我寫書的過程之中，我時常會反思，我究竟想帶給讀者什麼？是溫暖和甜蜜。我希望每個人在看見這本書的時候，心目中充滿的都是陽光一樣的溫暖，蜜糖一樣的甜。所以我在寫謝家日常的時候，雖有爭執和陰謀，但更多的還是溫馨的相處。蘿莉女主角從年少時就遇上了一生的摯愛，在成長的歲月中，他們互相牽著彼此的手，從未有過半分猶疑。最美不過青梅竹馬。兩位主角之間雖然相差十歲，可她的成長之中，盡是他的陪伴。

雖然這本書中，有我的一點小私心，但我相信，在女主角成長的過程之中，每一個看書的讀者，或多或少都會在她身上看見自己的影子。

顯然這是一本披著宅門外衣的甜寵文，從文章的字裡行間，你都能想像到女主角每天和三個哥哥相處的甜蜜，完美如大哥，沈默如二哥，調皮如六哥，總有一款是你喜歡的哥哥，是你想要的哥哥。所以相信我，這本書不會讓你失望，因為它是我滿滿的心意，是獻給每一位讀者最美好的夢。

即便是江南，也有寒冬來襲。在這樣寒冷的夜晚，打下的每一個字，都蘊藏著小小的甜蜜。希望在這個寒冷的冬天，這樣一本甜寵文，能讓你溫暖如春。

第一章

蘇州府府衙內，張推官一進門就看見各處在分發紅雞蛋，他頗覺奇怪，未曾聽說哪位嫂夫人近日要生產的。

這會兒正在發紅雞蛋的人見他便道：「張大人來了？趕緊拿些紅雞蛋，沾沾喜氣！」

張推官是個守禮的性子，拿了東西後不忘問道：「不知是哪位嫂夫人喜降麟兒？張某也好讓內子登門道喜。」

發雞蛋的人滿臉喜慶，不知道的還以為是他夫人生了兒子呢！只聽他朗聲道：「想來張大人還不知吧，昨兒個夜裡，謝大人家中夫人生了一對龍鳳胎，這可是難得一見的大喜事呢！」

張推官一聽便明白了，此人口中的謝大人必是蘇州知府謝樹元謝大人。

「龍鳳胎?!」此時張推官也忍不住吃驚，尋常連雙胞胎都極罕見，更別提龍鳳雙胎了，這不論在何處都是祥瑞啊！難怪一向謹慎守禮的謝大人，此番會這般高調地在府衙裡面發紅雞蛋了，這要是在張推官家，只怕他還得再燃兩掛鞭炮呢！

不過一夜的工夫，這蘇州城裡的百姓就都知道，知府謝大人的夫人昨兒個生了對龍鳳胎，謝家的奴才一早就在門口施粥呢，說是替兩位剛出生的小主子積善緣。

此時，城中熱議的中心謝家卻是一派平靜，往來的丫鬟、僕婦皆是沈穩有度，絲毫不見一絲浮躁。

而謝夫人蕭氏所住的正房芝蘭院沒了昨晚的吵鬧，恢復了往日的沈穩，連打掃的小丫鬟都默不作聲地做著自個兒的事情。

蕭氏昨晚拚盡全力方生了一子一女，如今到了下午才幽幽醒來。她方醒，旁邊的嬤嬤便將她的身子扶了起來，早已經煲好的補身湯水這會兒也端了上來。

沈嬤嬤心疼地看著臉上還有些蒼白的蕭氏，道：「夫人實在是辛苦了，睡到這會兒也該餓了吧？這是老奴特讓她們熬的湯，最是滋補。」

沈嬤嬤是蕭氏的奶嬤嬤，在蕭氏出嫁後也陪著她到了謝家。謝樹元外放到蘇州來的時候，蕭氏怕舟車勞頓累著她老人家，原想著讓她在京中享清福的，可沈嬤嬤堅決不願，一意要到蘇州來照看蕭氏，蕭氏也只得隨了她的願。

先前蕭氏生產了兩回，皆是沈嬤嬤伺候的，如今這回自然也不例外。只是這次生的是龍鳳雙胎，生產過程倒是比頭一回的時候還要艱難。

蕭氏勉強喝了幾口湯之後，便有些著急地說：「孩子呢？抱來給我看看。」

蕭氏旁邊的大丫鬟紅雲和怡雲趕緊到旁邊的暖閣，將一直睡覺的兩個小主子抱了過來。

因為蕭氏身子還未恢復，身上無勁，並不敢上手抱孩子，只得讓丫鬟湊近，讓她瞧上幾眼。兩個皺巴巴、紅通通的小孩子，跟小猴子一樣，如今眉眼都閉著，倒是瞧不出模樣來，她瞧了半天方問：「哪個是哥兒？哪個是姊兒？」

因為先前大夫來診脈的時候，已經說過夫人這胎是雙胎，所以一早就備好了雙份的小被子、小衣裳，只是誰都沒想到，竟會是一男一女。

沈嬤嬤極是俐落地指著藍色的小包裹便說這是哥兒，而紫色小被子裡裹著的是姊兒。

蕭氏越看越是愛得不得了，她自然也知龍鳳胎是祥兆，這會兒恨不得能伸手抱抱他們。

旁邊的紅雲一向嘴甜，這時開口說道：「夫人，老爺一早便命人開了府門，在外面施粥，說是給咱們兩位小主子積福呢！」

蕭氏能同謝樹元做這麼久的恩愛夫妻，自然知道自家老爺的性子，最是謹慎自持，生怕授人話柄給自家老太爺臉上抹黑，今兒能這般做，可見他心中也著實是高興。

「老爺這樣做，倒是太重了些，這兩個孩子如今還小呢！」雖然心頭甜絲絲的，可蕭氏嘴上還是這麼說。

倒是沈嬤嬤勸她道：「這民間都說龍鳳雙胎是吉兆，老爺讓人施粥，何嘗不是讓百姓沾沾咱們哥兒、姊兒的喜氣呢！」

這麼一說，蕭氏這會兒是真開懷了。

謝清溪睜眼的時候，只覺得眼前一片灰濛濛的，她嚇了一跳，以為自己眼睛出了問題，隨後有個人在她屁股上狠狠地拍了一巴掌，她張著嘴巴就想叫嚷，誰知一出口卻是嬰兒的啼哭聲，她便直接嚇睡過去了。

等她再次睜眼的時候，就看見一張素淨的臉蛋正對著她，一雙如水般的眸子倒是漂亮極了，她喜歡美人，尤其是這麼靈動的美人。

緊接著她就聽到那美人開口，指著她，對旁邊的人說：「嬤嬤，妳瞧咱們姊兒睜眼看我呢！」說著，她便再不顧忌地伸手將孩子抱過去，不過她將孩子放在棉被上，只小心托著孩子的小身子，旁邊有丫鬟時時盯著，倒也不怕摔著孩子。

只見那美人一邊搖她一邊說道——

「咱們囡囡是不是知道是娘親啊？可真聰明！」

娘親，謝清溪雖勉強知道自己現如今的狀況，可是乍然瞧見這麼年輕的娘親倒也有點汗顏。不過這小嬰兒的身子實在是太不經事了，不過略睜了幾分鐘的眼睛，這就又要睡著了。

她剛睡過去不久，就有丫鬟秋水進來稟報，說是西院的朱姨娘和方姨娘過來給太太道喜。

蕭氏剛生產完，便是往日八面玲瓏的性子這會兒也懨懶了，她蒼白的臉上露出些許不悅的神色。「回了她們，就說我又睡著了。」

秋水一聽便明，太太這是不耐煩見姨娘們。不過也是，饒是太太這樣的好性子，剛生完孩子也不願這些姨娘在自個兒跟前蹦躂。

朱姨娘和方姨娘此時都在外間的堂屋坐著，秋水一出來便恭敬地說：「兩位姨娘，太太剛剛醒了一會兒，不過吃了些東西後，這會兒又睡著了。要不姨娘們先回去，待太太醒了，奴婢定回了太太！」

朱姨娘一向是個心直口快的，扯了扯手中的帕子，便訕訕地笑道：「那咱們來得倒是不巧了！」

方姨娘是個老實的，老爺的大姑娘便是她生養的，如今不過才五歲大。原本朱姨娘要過來，她並不想來礙太太的眼，但大姑娘這幾日有些發燒，雖然已經請了大夫來瞧過，可是大夫說熬藥需要人參做藥引子，她遣了身邊的丫鬟去管家的江姨娘那處拿，可誰知領回來的卻只是幾錢鬚渣子，最後還是她自個兒使了銀子到外頭買了包參片。

先前太太因為懷了雙胎，懷相也不是很好，便讓府裡的江姨娘領了管家的事務。可江姨娘那樣跋扈的性子，管家又怎麼會像太太這般公正？是以這半年來，她們這些姨娘的日子著實沒太太管家時來的舒坦。

說來一般規矩人家，就算太太病了，也會讓身邊的嬤嬤管家，而不是姨娘管家。這江姨娘之所以能管家，乃是因為她是老爺嫡親的表妹。

秋水打發了兩位姨娘，就又進去回了蕭氏。

沈嬤嬤瞧著蕭氏氣色還不錯的模樣，便趁著她還醒著，將這幾日府裡發生的事情告訴了太太。

「要說這江姨娘也太不像話了些，大姑娘說到底還是老爺的親生女兒，她這樣苛待大姑娘，要是讓老爺知道了，定會不喜的。」沈嬤嬤還有些話沒說出口呢，在她看來，這江氏實在太過小家子氣，一根參能有幾兩銀子？要她說，如果江氏真會做人，大姑娘剛生病那會兒就該將那幾十年的老參送到方姨娘房裡，這樣在老爺面前也得臉。

不過礙著江姨娘那樣的身分，她這般不會做人，反倒是對太太有利。

蕭氏略笑了笑，不過還是說道：「嬤嬤妳也真是的，既然是大姑娘病了，妳也該早回了我。」

「還請太太恕罪，老奴見您這幾日便要發動，不敢拿這些瑣事煩擾了您。」沈嬤嬤到底是蕭氏的奶嬤嬤，心想著，要是江姨娘這事鬧到老爺跟前，就該讓她沒臉，日後再也不敢圖謀這管家的差事！

蕭氏大抵也是知道沈嬤嬤心中的盤算，又因為她是自己的奶嬤嬤，處處為自己考慮，也並不過分責怪她，只說道：「嬤嬤日後萬不可這般了，大姊兒再如何也是老爺的女兒，沒得讓奴才欺負到頭上去的。」蕭氏一句話便已經將江姨娘貶到了塵埃裡去。就算是老爺嫡親的表妹又如何？如今也不過就是個奴才。

過了一會兒，蕭氏身邊的丫鬟秋晴便將兩根幾十年的老參送到了方姨娘院中，方姨娘自是千恩萬謝。

古人視滿月禮為人生的開端禮，因此不管是大戶人家還是尋常百姓，對新生兒的滿月禮都是極重視的。

因著謝家乃是從京城外放到蘇州當官的，在蘇州自然沒有什麼親戚，所以只能請些平日來往的上司和下屬。蕭氏早早讓人下了帖子請客，兩位布政使夫人一接到帖子，便派人過來說，當日必是到的。

當然，除了兩位布政使夫人外，蕭氏還請了謝樹元衙門裡的下屬夫人，這些人得了帖子自然是歡喜得很，也早早派人過來說了當日定會來。

再說謝家，對兩位小主子的滿月禮自然是不敢有任何耽誤，就連擔著管家責任的江姨娘都不敢在這上頭耍任何心思。要知道，自從太太生了這對龍鳳胎後，老爺可是連著幾日去太太院中看這對孩兒，平日就算休息也只是歇在書房中。江氏借著四姑娘身子不舒服的由頭去請了兩回，可愣是沒將人請到自個兒的院子中。

此時，江氏聽著底下婆子回稟的事項，忍不住扯住了帕子。四姑娘不過比龍鳳胎早出生半年多，因著當時蘇州連著下了近一個月的雨，別說是兩位布政使夫人沒請，就連滿月禮都只是簡單操辦了而已。如今倒好，在家門口布粥都不嫌高調了！

江氏越想越覺得傷心，便更加不耐煩聽婆子的回覆，只草草說道：「這可是六少爺和六姑娘的滿月酒，不用我說妳們也該明白，要是敢弄出丁點錯誤，仔細妳們的皮！」

這會兒站在這的婆子都是在府中積年伺候的老人，有些還是家中幾代的家生子，即便不將這江姨娘放在眼中，此時也要想想蕭氏。雖說太太平日是個和氣的，可要是撞上太太的逆鱗，就是再積年的老僕她都能讓妳沒臉！

這幾個婆子剛離開，奶娘就將四姑娘抱了過來，這是江氏生的第二個女兒。都說先開花後結果，生二姑娘的時候，姑母便是這樣安慰自己的，等她懷了第二胎的時候，請過來看的大夫也都說是個男孩。可生下來後，居然是個女孩。

當初她還死活不信，非說太太故意將她的哥兒錯抱成了女兒，後來還是謝樹元出面，才將這事掀了過去。

奶娘將四姑娘抱過來，就見江氏略有些厭煩地說：「她這又是怎麼了？」

「姊兒一直哭鬧不停，奴婢哄了許久都不見好。」奶娘有些害怕江氏的脾氣，可為了四姑娘，還是大著膽子說道：「奴婢瞧著前兩回都是姨娘抱著姊兒哄了會兒，她才不哭的。」

「真是作孽，生了這麼個討債鬼！」江氏雖這麼說著，可說話間還是伸手將四姑娘抱了過來，在屋裡來回轉圈，對著四姑娘白嫩的小臉蛋說道：「妳就知道哭，有本事將妳爹爹哭過來。」

站在一旁的奶娘垂手站著，眼眸小心覷著，生怕江氏一個不小心就將四姑娘摔著了。

要說她來這府中當奶娘也半年多了，謝家是大戶人家，這家中孕婦還未生產，奶娘便已經找好，防的就是小主子一生下來沒奶可喝。

奶娘剛進府的時候，就聽說這位江氏可是老爺嫡親的表妹，在府中除了太太外，就數她頭一份的，而且都說江姨娘這胎懷的是哥兒，奶娘自是滿心歡喜，只覺得攀上了好主子。可真等江姨娘生了個女兒的時候，她就不願意了，猶記江姨娘一醒來便哭鬧說是太太換了她的孩子，可這生孩子又不是只有一個穩婆在場，況且當日那麼多人在，怎麼可能悄無聲息地換了孩子？而且人家太太本身就有兩個嫡子了，大哥兒更是又占嫡又占長的，人家還會稀罕妳這麼個庶子？府中下人都是知曉這位姨娘的做派，自然暗暗譏笑不已。最後還是老爺關了江氏禁閉，又打賣了一部分傳謠言的奴才，這才平息了府中的謠言。

自那之後，江氏便不大喜歡四姑娘。就算上次四姑娘發高燒，江氏也不十分上心的模樣，只讓丫鬟煎藥伺候著，自個兒每日問過一回就作罷。

可奶娘也不知是錯覺還是真的，她總覺得自從四姑娘發燒之後，變得有些不一樣了。比如以前，四姑娘十分好帶，就是丫鬟抱也不哭不鬧，可如今一會兒就要哭鬧，還非得江姨娘親自哄了才管用。

此時江氏已經抱得有些手痠，她本就是弱柳扶風的姿態，平日又不做重活，抱著孩子這麼一會兒倒是有些受不住了。她在炕邊坐下，一邊將四姑娘抱在懷中搖，看著她越長越開的五官，瞧著倒是有她的幾分模樣，看著也比剛出生那會兒順眼多了。到底是從自己肚子裡爬出來的，這麼抱了幾回，原先心底那幾分不喜，也都快要沒了。

到了滿月這天，蕭氏早早讓人給自己換了身合適的衣裳，頭面是新打的金海棠頭面，是在城中最有名的珍寶齋打的，採用的是最新的點翠技藝，那海棠花的花瓣栩栩如生，而耳朵戴著的耳環上綴著兩顆玉珠，行走間流光搖曳，端的是膚若凝脂、儀態萬方。

兩個小主子早有人將他們收拾利索了，因孩子太小，並不敢在身上戴金飾，只在手上繫上紅繩。

謝清溪就是在一片搖晃中醒來的，她剛醒的時候，就聽見有人問——

「可都準備好了？」

這個聲音悅耳動聽，和那日那個自稱是她娘親的人一樣，大概又是她吧？不過這會兒自己正安穩地躺在奶娘的懷中。

就在此時，內室的珠簾被掀起，一片珠玉撞擊的美妙聲響不斷迴盪著。

謝樹元進來的時候，就看見蕭氏梳妝打扮整齊，而兩個孩子被裹在同款不同色的被裏當中。他走過來伸手撥了下小被子，看著孩子小小的臉蛋，心頭一片慈父之情忽湧而出。

照理說，他並非第一次當父親，可卻是頭一回這般一次得了兩個孩兒，還是一對龍鳳胎。

「老爺，怎麼這會兒過來了？」蕭氏沒想到謝樹元會在這時候過來，有些疑惑，以為他是有要緊的事情要吩咐。

誰知，謝樹元卻只是抬頭淡淡地說道：「我同你們一起去前頭見客，畢竟今日是這兩個小傢伙的好日子。」

「老爺，可不能這麼寵著他們。」蕭氏抿嘴笑了笑，又想起什麼似的，說道：「聽聞老爺前日還在門口布粥呢，就連大哥兒出生的時候，老爺都沒這麼偏疼過呢！」

蕭氏看似是在替大哥兒抱怨，可未嘗不是藉機提起大哥兒的名字。她跟著謝樹元到蘇州外放，可嫡長子卻留在京城府中孝敬老太爺、老太太，這如何不是挖她這個親娘的心？如今想起來，她還猶如當初那般心疼。

「說到清駿，前些日子京中來信，說他如今的功課越發精進了，父親打算讓他來年考童生試。」謝樹元說得雖然克制，可是言語間的驕傲卻是藏不住的。他本身就是探花出身，想當年春闈之時，他更是取了直隸的解元頭銜。若不是他們那一科，三甲中的其餘兩人尊容著實不怎樣，他就算問鼎狀元也未嘗不可。

也不知從哪朝開始傳下來的潛規則，殿試三甲之中，皇上往往會點長相最好的那人為探花，所以當年有玉面郎君一稱的謝樹元，就被點成了探花郎。

「大哥兒怎麼這般早？」蕭氏有些吃驚。

謝樹元略有些嚴肅地說：「他如今考童生並不早了，想當年我便是九歲考童生的。」

蕭氏柔聲說：「老爺不過二十弱冠便得了探花郎，咱們大哥兒讀書雖好，可如何比得上老爺的天縱奇才？」

饒是謝樹元這般內斂的人，被這般恭維，心中也免不了開懷。

而一直勉強克制著瞌睡的謝清溪聽到此處，都忍不住要給她這世的娘鼓掌了。都說千穿萬穿，馬屁不穿，瞧瞧人家這水準，何愁不受寵啊！在前世的小說、電視中看多了正室不受寵的例子，此時的謝清溪終於安下心了。看來她這世的娘，很是有兩把刷子嘛！

這會兒丫鬟通知他們到前面待客，剛到了門庭，就遇見匆匆趕過來的江氏。

此時的江氏剛梳妝打扮好，她想著夫人在月子中，這滿月禮都是她操持裡外的，那抱著龍鳳胎出去給各位貴夫人看的責任，豈不是也應該落在她身上？一想到這兒，江氏心中原本的不願意倒是變成了十萬分的願意，畢竟這次滿月來的客人，她可是門兒清的，左右布政使的夫人，這可都是蘇州府最頂尖的幾位貴夫人！

她想得太理所當然了，以至於聽見謝樹元到了蕭氏的院子時，她還有些不敢置信。

此時她看著謝樹元和蕭氏兩人攜手出來，兩個孩子被抱在奶娘的手上，她臉上掛著的笑都沒那麼真誠了。「太太，怎麼這會兒起來了？都說月子裡可不能見風的。」

「這次滿月禮倒是有勞江姨娘操持了。」蕭氏豈會不知這個江姨娘心中的小伎倆？她先前只不說罷了。

江姨娘見蕭氏這邊走不通，便對謝樹元說：「老爺，太太剛生完孩子不過月餘，況且又是生的雙胎，這月子裡可得仔細些，要是因為見了風，遺下什麼症狀，那可是一輩子的事情啊！」

謝樹元並不知這些事，不過他也或多或少聽過月子的重要性，因此探詢地看了蕭氏一眼。

就這一眼，讓江姨娘認為自己有了機會，她急急道：「哥兒、姊兒的滿月禮是重要，可太太的身體同樣重要啊！若太太不嫌棄，就讓妾身抱著哥兒、姊兒過去吧？左右哥兒、姊兒也只露一會兒的面。」

謝樹元一聽就皺了下眉，若是在京中，家中有其他長輩能出面，就算是只有同輩，謝樹元也不會讓蕭氏出了院子的。可哪有讓姨娘招待家中客人的道理？況且這當中還有自己上司的夫人。

蕭氏冷笑一聲，便冷冷開口。「咱們家可沒有讓姨娘出面待客的道理，那都是沒規矩的人家才會做的事情。」說完，她又轉頭對謝樹元說：「老爺，咱們趕緊過去吧，可別讓夫人們等久了。」

謝樹元沒再看江姨娘，帶著蕭氏和一群人離開，只留下江氏在原地扭曲了面容。

蕭氏尋常時對江姨娘甚為客氣，倒不是怕了她，只是投鼠忌器。

京城家中那位老太太最是忌諱江家的事情，家裡的丫鬟、婆子要是敢對江家人表現出一絲的不尊敬，她都要尋了別人的錯處。不過想想也是，堂堂朝中二品吏部尚書的夫人，娘家卻被滿門流放，說出去也不好聽。聽說江家初出事那會兒，老太太擔心得是整宿整宿睡不著覺，一來自然是擔心家中之人的事情，二來也是擔心自己。一般娘家犯了這等大事，雖說禍不及出嫁女，可不少人家都是將人往家廟裡一送了事。不過謝家老太爺也著實是位人物，愣是不為所動，不僅沒將江氏送到家廟，還依舊給了她正室的體面。

因為這事，謝舫謝大人在京中不知受了多少貴夫人誇讚呢！都說以己度人，這帝心難測，要是自己娘家哪天倒了，自己那婆家說不定還怎麼對自己呢！

滿月禮進行得極順利，謝樹元特地尋了一對龍鳳玉珮給兩個孩子，玉珮是羊脂白玉的，瞧著有小孩巴掌那麼大，雕工看著也極好。有眼力見的人一眼就瞧出了，那可是當世匠作鄭松嶺所製玉珮。蕭氏自小在侯府長大，如何認不出鄭松嶺所製玉珮？一時間自是喜不自禁。

等謝樹元當眾宣讀了兩個孩子的名字時，別說是旁人了，就連蕭氏都有些震驚。

謝樹元為初生麟兒取名為清湛，謝家這輩男丁皆以「清」字取名字，而女孩都以「明」字來取。六少爺取名謝清湛倒也合宜，只是謝樹元給女兒取的名字卻是清溪！清溪，取的可是男丁的「清」字輩啊！單單從這名字上，就可見謝樹元對這個女兒有多喜愛。

謝清溪在聽到自個兒名字的時候，不由得愣了下。居然和她前世的名字一模一樣，可見緣分真是天注定的。

待這滿月禮成，蕭氏便派人將兩位小主子抱了下去，她自個兒陪著各位夫人到席面上去吃酒。

沒過一會兒，就有個芝蘭院的小丫鬟過來，見席上正熱鬧，一時也不敢打擾蕭氏，最後還是秋水看見了她使的眼色，悄聲地出去了，待秋水回來的時候，臉上有些不好看。秋水在沈嬤嬤耳旁說了幾句，沈嬤嬤示意知道了，卻沒有立即回覆夫人。

待席面結束，蕭氏送了各位夫人離開後，沈嬤嬤才將這事告訴她。

蕭氏一聽，立即橫眉豎起，眉宇間帶著隱隱的怒氣道：「不過才幾日的工夫，一個、兩個倒是都不讓我省心。我倒要看看，她們是長了幾顆膽子，在這滿月禮上就敢給我鬧開了！」

府裡出事了。說是出事，其實也不是什麼大事。

之前蕭氏得知了大姑娘身子不好，便讓廚房每日從她的燕窩分例裡分了一份給大姑娘。她原想著，若是這樣的話，廚房那些積年的老媽子也總該會看點眼色吧？

可偏偏就有人不知死，一頭撞了上來。

管著廚房這塊的，是個姓張的婆子，府裡人多稱她為王長生家的。就算在尋常百姓家，廚房都是頭等有油水的地方，更別提謝府這樣的大戶了。

但凡能在廚房裡管著事的，背後定是有倚靠的人。這個張婆子原先是老太太的陪嫁，後來嫁給了謝府的管事王長生，如今跟著謝樹元到蘇州府來，也是謝家老太太江氏的意思。就算是謝樹元看見這個張婆子，都要恭敬地叫一聲張嬤嬤。

所以這張婆子平日沒少在府裡頭作威作福，只不過她管著廚房的一畝三分地，頂多也就是欺負欺負廚房裡幫廚的小丫頭罷了，倒也沒惹出什麼大事。

而這次，蕭氏點名讓廚房裡頭將她的燕窩分出一份給大姑娘，前兩日廚房裡的還誠惶誠恐，以為太太這是要抬舉大姑娘，所以對方姨娘院子裡也多上了幾分心。可今日是兩位小主子的滿月禮，府裡來了不少貴客，廚房各人是忙得腳不沾地，方姨娘見今日的燕窩遲遲未送到，便派了底下的丫鬟過來問一聲。張婆子原本就不願搭理這些姨娘之流，如今見不過晚了一會兒，方姨娘就派人過來催，一時生了氣，便將那小丫鬟罵得狗血淋頭，當然言語之間也捎帶上了大姑娘。

「張嬤嬤，這燕窩早已經溫好了，不如就讓我送過去吧？」這熬燕窩的人可沒張婆子這樣硬的腰桿，不願太得罪方姨娘，就想將燕窩送過去。

張婆子正在嗑瓜子，聽了這話，不由得「呸」了一聲。「就憑她也能吃幾兩銀子一盞的燕窩？也不拿鏡子瞧瞧自個兒的模樣！不過是個姨娘罷了，還真拿自個兒當正經主子了？當年我伺候老夫人的時候，府裡都沒人敢這樣給我臉色瞧！」

謝家的廚房格外的大，尋常做飯和做補品的地方並不在一起，所以這會兒周圍也沒別的人。

那專門燉補品的嬤嬤，這會兒已經將燕窩裝好了。

張婆子瞧了眼不遠處還煨著小火的爐子問：「那鍋裡燉的也是燕窩？」

「那些都是剩下的燕窩渣，都是些殘次品，可不能給主子吃。」這基本上也算是廚房裡頭的潛規則，主子吃的自然是最好的，若是還剩下些次品或者不好的材料，自然就進了這些廚房裡嬤嬤、丫鬟的嘴裡，那個爐子上燉的就是這樣的。只見這婆子有些討好地說：「要不然，我給張嬤嬤您盛上一碗？您消消火，別和這些不值當的人生氣。」

張嬤嬤哼唧了一下，嘴裡的瓜子殼卻是不停地往外吐。那婆子將盛好的燕窩端過來時，張婆子一瞧這碗中有些碎的燕窩，不由得撇了下嘴，隨後突然端起那碗準備給大姑娘送去的燕窩。

「哎喲，我的張嬤嬤唉！」那做補品的婆子來不及阻止，就見張嬤嬤一口氣喝了半碗下去，她臉都綠了半分。「這、這……」婆子「這」了半天，都不知如何是好了。

倒是張婆子頗為淡定，撇撇嘴說：「這裡不是還有一碗？妳兌了半碗進去，又有誰知道？」

「要是被方姨娘瞧見，那可如何是好？這畢竟是給大姑娘用的燕窩……」婆子有些害怕，心頭也沒了主意。

「說是給大姑娘吃的，可這最後進了誰的肚子又有哪個知道？她一個丫鬟出身的姨娘，有一口燕窩喝就不錯了，還敢挑三揀四的？再說了，這都是一樣的燕窩，不過就是這些略碎了些罷了，妳只管端過去！」張婆子嘴皮子極是厲害，將方姨娘貶得一無是處。

這婆子於是端了過去，然後就出了事了。

那被張婆子罵了一通的小丫鬟也是個嘴上沒把門的，將張婆子的話一股腦兒地全說給了方姨娘，氣得方姨娘差點一口氣沒提上來。再等廚房的人將燕窩送過來之時，她一掀開，看見裡面零碎的燕窩，新仇舊恨就一齊上來了。

打從江姨娘管家開始，她們這些姨娘的日子就不大好過，但方姨娘也並非那等掐尖要強的人，就連大姑娘要參片的事情，最後也是她自己使了銀子，忍了這口氣，可如今她們卻是越發地欺凌到她們母女身上了！

別以為她不知道，廚房裡的那個張婆子是老太太身邊伺候的，以往和這江姨娘就是沆瀣一氣，可今兒個江姨娘被太太當眾下了臉面的事情，早就在府中傳開了。要是平時，方姨娘說不定還能忍，可如今這幫奴才連大姑娘的臉面都要折，她是決計忍不了的。

於是，她一不做二不休，讓身邊的丫鬟將這燕窩端起來，自個兒將大姑娘抱起來，就跪到太太正房院子裡去了。

蕭氏回來的時候，就看見方姨娘跪在門口，大姑娘被奶娘抱在一旁，卻是哭個不停。

她沒說話，只抬腳進了自個兒的院子，留著方姨娘在門口又多跪了些時間，卻命人將大姑娘抱了進去。

大姑娘被蕭氏安排在床榻上玩，旁邊還有兩個皺巴巴的小孩子。大姑娘本就是個孩子，尋常又少見府中的其他姊妹，這會兒見著這兩個奶娃娃，就忍不住問：「嬤嬤，這是誰啊？」

她奶娘一聽，嚇得魂都差點散了。

倒是蕭氏卻一點都不在意，指著兩個孩子，柔和地說：「這是大姑娘的弟弟妹妹，往後大姑娘要帶著他們一處玩的。」

說者無意，聽者卻是有心的。這伺候大姑娘的奶娘一聽，心中一驚，想著太太不會是要將大姑娘抱到自個兒房裡養吧?!

大姑娘脖子上掛著小小的長命鎖，她伸手就要將長命鎖扯下來，奶娘哄了她半天，卻聽她奶聲奶氣地說：「我要把這個給小弟弟和小妹妹。」

蕭氏倒是阻止了奶娘，只將她抱過來，細細問：「大姑娘為什麼要將這個給弟弟妹妹？」

「姨娘說，這個是保長命百歲的，我想小弟弟和小妹妹長命百歲！」

小人兒這麼認真地說，倒是惹得屋子裡的丫鬟、婆子都是一陣暗笑。

蕭氏看著她白白嫩嫩、一派天真的模樣，也知方氏將她養得著實不錯，心裡頭對方氏的惱火也少了許多。她讓人拿了小東西給大姑娘玩，就命人將方氏叫了進來。

三個小主子是在裡面內室裡玩，而蕭氏則是到旁邊的東捎間坐著，方氏一進來就跪在下面，蕭氏也不言語，只冷眼瞧著，過了半晌，蕭氏才慢條斯理地問：「妳抱著大姑娘跪在我院子門口，這是在指責我對妳們母女不公嗎？」

這一問，若是往常的方姨娘定然誠惶誠恐，可此時她臉上卻一片決然。「太太，今日有些話我便是受了責罰，也是要說出來的。咱們大姑娘實在是太可憐了，是我這個當姨娘的連累了她，如今竟連府裡的奴才都能欺負到她頭上！」

蕭氏沒想到她竟是這樣硬性，一時冷笑問道：「妳當這謝家是什麼地方，由得妳們一個兩個這般一哭二鬧三上吊的？尋常的規矩都學到狗肚裡去了！」饒是蕭氏這樣高貴大方的人，氣急了都忍不住說出這種粗魯的話。

方姨娘本就是謹小慎微的人，此時不過仗著對大姑娘的一片慈母心，才敢這麼和蕭氏說話，如今蕭氏這麼一通火發出來，讓她只敢跪著，低低地哭泣。

蕭氏實在不耐聽她這麼哭哭啼啼的，便問了事情的緣由。雖然這前因後果，蕭氏已大概知曉了，可是如今聽來卻也惱火。

別說她還挺喜歡大姑娘的，就算是不喜歡她，可她到底是謝樹元的親女，如今這幫奴才仗著自己是府裡的老奴，居然連主子都敢不放在眼中，著實可恨。

別說是方姨娘，就連蕭氏當初都在這些老僕手裡頭吃了些暗虧，不過她是當家太太，自然有法子料理這些刁奴。

「奴婢不過是妾，也確實像張嬤嬤說的那樣，不算檯面上的人物，但大姑娘到底是老爺的親女……」方姨娘越想越覺得委屈，不由得悲從中來，原本七分的傷心倒是成了十分。「都是妾的出身連累了大姑娘，讓她這個主子到頭來還要受奴才的氣。」

蕭氏此時倒是不好再苛責她，只勸道：「妳是伺候老爺的人，又生了大姑娘，這次倒是委屈了妳。」

委屈了妳。蕭氏說了這話，那意思自然是說：此事不對的主要在張嬤嬤了。

方姨娘傷心抹淚的，終於得了太太的一句話。

蕭氏之前因為懷有雙胎，比一般人都要辛苦，別提管家了，就連略費神的事情都管不住，所以幾個月前，這江姨娘就接了管家的事情。

都說老太太不願意人提江家以前被流放的事情，其實蕭氏瞧著謝樹元，也未必會願意提，畢竟有這樣的外家，著實是臉上無光啊！如今江家因為當今聖上登基時大赦天下而被赦免了，可到底沒了從前的輝煌，要不然他這個嫡親的表妹，也不會來給他當妾室。

當初因為江氏進門的事情，一向對妻子頗為敬重，就連妻子娘家敗落都沒改變的謝舫也著實是氣得不輕。甚至他還撂下狠話，說謝老太太要是敢抬舉江氏，他就送她去家廟！

江氏初進門時倒是規矩得很，不過蕭氏冷眼旁觀著，這兩年在蘇州她可是越發不老實了。

其實當初這掌家之權，蕭氏原本是想讓方氏料理，沈嬤嬤從旁協助的，可謝樹元卻讓江氏管著，蕭氏不願為了這點小事與丈夫生分了，便同意了。

不過如今看來，是時候將管家之權收回了。

蕭氏沒有立即傳了張嬤嬤過來回話，而是讓人伺候方氏重新梳了頭、洗了臉，留著她喝了會兒茶。

府裡出事了，江姨娘得到消息的時間卻比蕭氏還晚。

她在蕭氏那裡碰了壁，被當場下了臉，自覺有些無顏，一氣之下便回了自個兒的院子。她在炕上閉目養神，不知這府中卻是出了事。待江姨娘知道這事的時候，前頭宴會已經差不多散了，謝樹元正被蕭氏請到自己院子中，而蕭氏也同樣派人來請了江姨娘。

江姨娘怒罵身邊的大丫鬟蘭心。「這樣大的事，怎的不第一時間來回我？」

「奴婢見姨娘心情不好，又正歇息著，就想著等姨娘醒了再說……」蘭心小聲分辯。

江姨娘咬牙罵道：「沒用的東西！」

「這後宅的事情，原本不該煩勞老爺的，只不過現在是江姨娘管著家，這裡頭又牽扯著大姑娘和張嬤嬤，所以只得請了老爺過來。」蕭氏倒不是自作聰明，而是在江氏的事情上，她有時也拿不准謝樹元的心思。

要說謝樹元抬舉江姨娘吧，可他處處維護的是她這個嫡妻的臉面，從未在江氏之事上對她有過微詞；可如果說謝樹元不在意江姨娘吧，他卻又願意讓她接了這管家的事情。

謝樹元剛坐下沒多久，江姨娘也趕過來了，不過她瞧著這三堂會審的派頭，心裡頭頗有些擔心。

「好了，既然人都到齊了，就把張嬤嬤帶過來吧。」

謝樹元坐在上首，待聽了緣由之後，一向溫和的人都氣得面色鐵青。

雖說謝樹元對這張嬤嬤也有幾分的尊敬，可那都是看在她曾經在老太太跟前伺候過。大齊講究以孝治國，別說是長輩身邊的人了，就連長輩跟前的貓兒、狗兒都是尊貴的。可如今這些刁奴仗著主子給的幾分顏面，居然連自己的女兒都敢苛待！謝樹元雖跟所有讀書人一樣，打心底更看重的是兒子，可是這不代表他的女兒就能被奴才苛待。

「老爺、太太，老奴冤枉啊！」張嬤嬤這會兒還嘴硬，只說道：「今兒個是兩位小主子的大喜日子，就是給老奴天大的膽子，也不敢在這樣的日子裡出紕漏啊！實在是廚房裡太忙了，所以才略送晚了些許。方姨娘派人過來三催四請的，老奴也不過是分辯了幾句，何曾罵過那丫鬟？」說著，她就開始磕頭，這架勢可不比先前的方姨娘來得輕。

因著張嬤嬤是老太太身邊的人，這江姨娘自然就將張嬤嬤視作自己的人，江姨娘在管家的這段時間裡，也甚是倚重這個張嬤嬤，自然不希望張嬤嬤出事，於是她便柔聲開口說道：「老爺、太太，張嬤嬤以前可是在老太太身邊待過的，都說從咱們老太太身邊出來的人最是知規矩、守禮儀的，想來，這其中定有什麼誤會吧？」

蕭氏只笑了下，卻沒有說話。

倒是方姨娘一聽這話，就轉臉對旁邊的江姨娘說：「江姊姊這是什麼意思？難不成還是我冤枉了她不成？」

「方妹妹言重了，我只是怕傷了府裡的和氣罷了。」江姨娘不輕不重地說道。

先前大姑娘參片的事情，方姨娘就強忍了下來，如今又出了這燕窩的事情，她就知道，在這內宅之中若不爭不搶，只會更讓人欺負到頭上。再說了，她們這些姨娘平日裡爭的不就是些吃食衣裳，做那些大度給誰看？難不成她們還能越過太太不成？想通了的方姨娘，越發心中有底，左右她是占理的那一方，況且瞧著這模樣，太太未必不會站在自個兒這邊。

方姨娘是丫鬟出身，謝樹元還未成親的時候，就是謝樹元的通房，待生了大姑娘之後，才得了太太的恩典，升了姨娘。她這樣的身分造就了她的審時度勢，先前她不爭是因為她知道老爺最不喜別人爭；可現在她爭，是為著大姑娘。

「江姊姊可真是說笑了！不過江姊姊既然說到誤會，那先前大姑娘生病時，大夫說需要參片入藥，我派丫鬟到姊姊跟前求了，最後只拿回一包參鬚的事，想來也是誤會了？」方姨娘平時雖然寡言，可到了關鍵時刻卻分外給力。

這麼一通搶白，直讓江姨娘氣得半晌說不出話來。她實在沒想到方姨娘會在這時候突然撕破臉，過了片刻只說了句。「妳休在這裡胡說八道，血口噴人！」

「是不是血口噴人，這一查便知了。姊姊先前賞的那包參鬚還好好地在我房裡放著呢，我使了銀子讓婆子到外面的藥房買參片的事情，老爺和太太也只管派人去查！」說到這裡，方姨娘的眼淚又下來了。

謝樹元沒想到張嬤嬤的事情還沒完，又扯上了大姑娘先前生病的事情。不過他聽到參鬚時候的臉色是難看異常，連蕭氏覷了一眼都有些害怕。

「江氏，方氏方才所說，可句句屬實？」謝樹元許久後才沈著聲音問道。

「老爺……」江姨娘本就心中有鬼，不過她一會兒後便平復了心情，照著先前曲嬤嬤交代她的話說道：「妾身自從攬了這管家的事情後，便生怕慢待了各位妹妹，這日日心裡頭都擔驚受怕著，如今看來，便是做得再周全，也全不了家裡頭每個人的心。」江姨娘生得風流婉轉，此時一襲緋紅衣裳，油亮烏黑的頭髮綰成朝雲髻，戴著套珍珠頭面，每一顆珍珠都圓潤光滑，就連大小瞧著都一般大，用這樣多的珍珠打成的一套頭面，倒也難得。

江姨娘定了定神，語帶哽咽道：「大姑娘生病那會兒，正巧趕上太太要生產，因著太太是雙胎，大夫一早就說過生產時需得人參含著，是以沈嬤嬤一早便命素雲拿了人參過去，所以方妹妹身邊的巧丹來要參片的時候，這府裡的參片恰好用完了。這府裡頭的採買素來是有定例的，人參這樣的東西一時用沒了，就算是買也不是一時半刻的事情。我怕妹妹那邊要得急，還特地將自個兒用的參鬚拿了出來，沒承想，妹妹竟是這般想我……」此時，江姨娘一張清麗的臉孔上滿是淚水，平日就有些蒼白的臉色更是不見一絲血色。她哭得有些狠，沒一會兒就有些接不上氣，險些要暈過去。

謝樹元聽了她的話，又見她哭成這般模樣，先前嚴厲的臉色倒也緩和了些。他對跪在江姨娘旁邊的蘭心說道：「妳先扶著妳們姨娘起來，讓她坐會兒。」

蕭氏平常是看不上江姨娘的，只覺得她一派小家子氣，實在是難登大雅之堂。再加上兩人從來不是在一條齊等線上競爭，蕭氏從來不會自貶身價地將江氏當作自己的對手，所以不論江氏如何炫耀自己的得寵，蕭氏都沒將她放在心上。可這會兒見著謝樹元不過聽了江氏的片面之詞就讓她起來，原本坐山觀虎鬥的心思倒也起了變化。

蕭氏不屑和江姨娘一般見識，那是因為她們倆天生在地位上就不對等，但方姨娘可不是蕭氏，她就算使出一哭二鬧三上吊的手段，也沒人會覺得她自降身價，如今不過是看誰會哭罷了！方姨娘這會兒也沒指望把江姨娘和張嬤嬤一竿子打死，她心一橫，雙膝跪著爬了幾步，到了謝樹元和蕭氏的面前，哽咽地說道：「妾生來就是謝家的家生子，蒙了老太太的恩典到老爺身邊伺候，又得了太太的恩典有了姨娘這層身分，妾身沒有一日敢忘記自個兒的身分。可大姑娘才多大？她不過五歲，那麼小個人，怎麼就有人忍心苛待她？」

謝樹元實在不耐煩聽她們哭，無非是一點小事，偏生要攪和成這般模樣。這後宅之事素來有蕭氏管著，因此謝樹元便說道：「妳有什麼委屈，只管告訴太太便是，她定會替妳做主的。」

蕭氏眨了下眼睛，定睛重新打量了方姨娘幾眼。從前她只當方姨娘是個老實的，如今看來，老實人被逼急了，也會跳牆的。她以為江氏素來會耍這些小手段，可是方姨娘使出江氏的這些手段來，看著也不差呢！這不，連老爺都替她說話了。

而與蕭氏同一想法的，便是在裡間偷聽的謝清溪。不過一會兒的工夫，她就見識到了兩位姨娘的十八般武藝，現在比拚的就是誰技高一籌了。

「太太心慈，知道大姑娘病了，特地讓廚房從自個兒的分例裡頭撥了一份燕窩給大姑娘，前兩日倒還好，可今日我見燕窩遲遲沒送來，便派丫鬟過去問了一聲，誰知張嬤嬤對著丫鬟就是一通罵，可天地良心，妾身全是為了大姑娘的身子才這般著急的！」方姨娘又抽泣了兩下，一張臉淒婉動人。「大夫也說了大姑娘體質虛，要好生補補，可誰知廚房婆子送過來的燕窩卻是零碎的，一看就是旁人喝剩下不要的……」說到這裡，方姨娘哭得那叫一個聲嘶力竭，雙眼腫得跟小核桃一樣，整個人就要往一邊倒，邊哭還邊氣若游絲地低低說道：「老爺，您要為我們貞兒做主啊！大姑娘雖然是從姨娘的肚子裡爬出來的，可到底是老爺的親女啊！那些捧高踩低的奴才這是故意糟踐我的貞姊兒啊……」

不過是張嬤嬤略怠慢了大姑娘，可在方姨娘的描述下，愣是成了十惡不赦的事情。

再看看謝樹元的臉色，明顯是將方姨娘的話聽了進去。

蕭氏見方姨娘此時哭得泣不成聲，也知道該自己出場了，她自責地說道：「說到底都是我這個做嫡母的沒看護好貞姊兒。」

「與夫人何干？這半年來妳懷有雙胎，甚是辛苦。」謝樹元雖滿腔怒火，可卻也不遷怒旁人。此時，他瞄了眼還跪在那裡的張嬤嬤。

張嬤嬤哪會不知自個兒大禍臨頭了？這裡是蘇州，她的靠山老夫人可遠在京城呢，就算老爺處置了她，老夫人也救不了她啊！

「老爺，老奴一時豬油蒙了心，還請老爺開恩！」張嬤嬤也不敢再狡辯，直連聲哀求道。張嬤嬤偷偷朝江氏看了兩眼，可誰知江氏只默默抹淚，並不曾看她一眼，張嬤嬤心頭一愣，隨即便知，這位江姨娘看來是靠不住了。不過張嬤嬤雖然還在磕頭請罪，心底倒還是有恃無恐的，她畢竟是老太太派過來伺候老爺的，就算有錯，大不了被打發回了京城罷了。

這時蕭氏開口了，她看著張嬤嬤微微笑了下後，轉臉對謝樹元說：「老爺，張嬤嬤這次確實是錯得離譜，不過她好歹也是伺候過老太太一場的，又是初犯，不如老爺從輕發落了。」

這後宅之事，謝樹元並不欲多插手，今日之所以過來，還是因為蕭氏請了他過來的。張嬤嬤是他母親身邊的老人，蕭氏不好發落。

謝樹元看了眼張嬤嬤，冷聲道：「既然太太替妳求情了，這次我就不將妳攆回京裡。」

張嬤嬤一聽，心裡不知是高興還是失落，不過表面還是千恩萬謝。

誰知謝樹元轉口又說：「不過這事不能就此罷了。既然當不好差，那這府裡的差事就不要當了。正好，城郊的莊子上還缺些人，妳明日就去莊子上吧。」

從府裡最有油水的廚房，淪為到莊子上當差，在這些下人當中，也不可謂不是從天堂直接掉進地獄了。張嬤嬤臉色發白，卻是半句話都說不出，全身更是顫抖得跟打擺子般。

緊接著，蕭氏連月子都還沒出呢，這管家權就回到了自個兒手裡。

方姨娘因抱著大姑娘跪在正院一事，謝樹元親自罰了她禁足一個月。

雖然謝樹元對人參的事情沒有追究，不過他也知道江氏管家時對姨娘們的苛待，因此一個月都未進她的院子，就連二姑娘和四姑娘輪流生起了病，他都只是遣人去看了看。不過回頭他就派人對江姨娘說了，二姑娘和四姑娘要是再生病，就將兩位姑娘都抱到正院給太太養。

沒過幾天，兩位姑娘就不生病了，江姨娘也不敢再派人請謝樹元了。

倒是沈嬤嬤覺得老爺實在太過偏心江氏了，連張嬤嬤都能打發到莊子上，怎麼對江氏就一點懲罰都沒有呢？

而一向未把江氏看在眼裡的蕭氏，此時卻沒有說話。

第二章

謝清溪來了這裡半年之後，在奶娘的各種閒聊之下，總算是大概知道了如今這個家中的情況。謝家規矩嚴，謝清溪又是蕭氏唯一的女兒，打出生起就養得跟眼珠子似的，身邊的小丫鬟都是打小在府裡的，並不敢閒聊，倒是奶娘因著不是府中的人，所以閒暇時嘮嗑，這才便宜了謝清溪。

自從半年前，她親耳見證了那場兩位姨娘的現場比鬥之後，日子一下子就悠閒了下來，因為她的母親大人蕭氏迅速地重新接回了管家的事務，謝府在蕭氏的管理之下，一掃前半年的烏煙瘴氣。

底下打雜的婆子、小丫鬟再也不敢隨意跑動嘮嗑，廚房裡的那些嬤嬤也不敢捧高踩低，就連素日腰桿挺硬的幾個婆子，都知道低調做人了。

謝府在這種大刀闊斧的整頓風氣，取得了顯著的成效，而深感這種成效的謝樹元更是話裡話外誇讚了蕭氏幾回。

謝清溪很懷疑，當初蕭氏之所以那般輕易地同意讓江姨娘管家，莫非就是存著這種心思？好讓謝樹元明白，她和江姨娘之間差著一萬個姨娘！

不過現在謝清溪每日最大的樂趣，就是捉弄謝清湛。是的，就是那個和她龍鳳雙胎的倒楣鬼，比她早出生了一刻鐘的六少爺。

據謝清溪的深刻觀察，可以百分之百地斷定，這個六少爺就是個成天只知道吃喝睡的天然小娃娃，和她這個新瓶裝舊酒完全不一樣。

因為謝樹元是被外放到蘇州的，所以謝家在蘇州的人口倒也簡單，只有謝樹元這一房的人。而如今家中的大家長謝樹元，也就是謝清溪如今的親爹，乃是探花郎出身，目前三十歲都不到便官居正四品，實在是前途光明得很。

不過比起謝樹元來，謝家在京城的老太爺就更值得說了。因為謝老太爺如今身居吏部尚書一職，而吏部素來有六部之首的稱呼，管的可是百官考核升遷的事項。謝樹元自身實力過硬，再加上有這麼個牛爹加持，就連江南省的巡撫見著他，都得客客氣氣地叫一聲謝賢弟。

再說謝樹元的嫡妻蕭氏，也就是謝清溪如今的親娘，來頭更是不小。蕭氏出身京城永安侯府，乃是現今永安侯的嫡女。謝樹元未中探花時，蕭家便與謝家訂了親，待謝樹元金榜高中後，兩人便成了親。

雖然當時謝樹元只是個小小的舉人，可他是直隸省的解元，親爹又是實權人物，這樣的上進兒郎，京中但凡有適婚貴女的，誰家不高看幾分？

可以說，謝樹元和蕭氏的這場婚姻，簡直就是權貴和世家的完美結合。

謝清溪在剛弄清楚自個兒這世爹娘的身分後，興奮得好幾天晚上半夜醒過來的時候都會偷偷傻笑呢！她大概是上輩子做了太多好事，地府又看在她實在是死於非命的分上，這輩子居然讓她當了一回投胎小能手。

謝清溪明白，只要自己不作死，照著她這樣的身分，前途是大大有為啊！

至於傳說中的妻妾宅鬥，在目前的謝家是完全看不到的，因為蕭氏實在是太過強悍，從各個方面都完美碾壓了小妾們。

光是從傳宗接代這項偉大而光榮的任務上，蕭氏一人就碾壓了後院所有的姨娘、通房們，因為她一人就生了三子一女，而其他所有姨娘、通房加起來統共才生了三個姑娘，連一個兒子都沒有。

至於這妾室，謝清溪最熟悉的首當江姨娘了。說起來，這個江姨娘可是謝樹元嫡親的表妹，要是照著血脈上算，謝清溪還得管她叫表姑呢！

可這位江姨娘命實在有些不好，她出生的時候，江家還是京中的官宦人家，好景不長，待她爹外放到地方上的時候，就出了大事。西北戰事緊急，於是在地方上緊急徵用了一萬件棉衣，誰想，這些棉衣中竟有半數裡面塞的棉花是發霉的，當年在西北戰場上戰死的士兵都沒有凍死的多！

當時先帝震怒，立即下令處決了首犯，而江家雖牽扯頗深，但在謝舫的活動之下，最後被判的是全家流放三千里。

江姨娘那時候不過才十二歲，待七年後先帝駕崩，當今聖上登基大赦天下，江家這才有了回京的機會，不過此時江姨娘已是個十九歲的老姑娘了。

江姨娘回京的時候，正趕上謝樹元中探花郎之時，她隔著人群遠遠看著表哥騎在高頭大馬上，旁邊的小姑娘們歡快地討論著新科探花郎長得可真是好看，面如冠玉、玉樹臨風，端的是個翩翩佳公子模樣。

那時的江氏已不是個提到婚事就羞答答的小姑娘，在流放地的摧殘和對生活的不甘，早已經將她那點千金小姐的尊貴磨滅。待進了謝府，見著府裡頭的二等丫鬟都比自個穿的好時，江氏便再也不想過回從前的苦日子了。

初始謝老太太也是想讓她嫁出去當正頭娘子，可江家那樣的情況，能娶她的人是個舉人都是了不得的，所以江氏便求著姑母，讓她進府伺候了表哥。

謝樹元當時已與蕭氏成親，兩人恩愛自是不提，對於這位突然出現的表妹自然是敬謝不敏的，可最後謝老夫人還是抵不住自己親弟弟的哀求，居然真的讓江氏進了府。

為著這件事，永安侯府險些和謝家翻了臉，最後還是在謝舫的保證下，表明從此江家只是姨娘的家人，絕不能再以舅家自居，這才作罷。

當然，這些事情現在的謝清溪都不知道。

她只知道江姨娘來頭不小，但她親娘也同樣不是個好惹的。

至於其他的妾室，倒也簡單，除了生了大姑娘的方姨娘外，其他幾位姨娘都無所出，所以謝家也稱得上是人口簡單。

謝清溪隨口吐了個奶泡泡。想當初她不願意吃奶娘的奶，可是把蕭氏急壞了，差點要親自給她餵奶，是沈嬤嬤將她勸住了，說家裡沒這樣的規矩。最後沈嬤嬤從莊子上找了兩頭羊來，日日擠些羊奶餵給謝清溪喝。不過喝了兩回，謝清溪就願意退而求其次地喝奶娘的奶了，因為這裡的羊奶實在是太羶了！

旁邊的謝清湛翻了個身子，猶如黑曜石般的一雙眸子又亮又圓，直愣愣地盯著謝清溪看。謝清溪又吐了個奶泡泡後，慢慢地伸出一隻手，撓了一下謝清湛。

大概是習慣了謝清溪時不時這麼一下，這時的謝清湛已經不會像剛開始那樣大哭了，弄得謝清溪都不由得生出一種人生寂寞如雪的感覺。

此時，她才覺得時間過得可真慢，這半年來，她幾乎連這屋子都沒出過。

「二少爺來了？給二少爺請安。」

就在謝清溪無聊地吐奶泡泡玩的時候，就聽見外面丫鬟請安的聲音傳來。

沒一會兒，就有個小男孩掀了簾子進來了。他穿著寶藍錦衣，脖子上掛著金鑲玉的項圈，而項圈上繫著八寶瓔珞長命金鎖，白嫩嫩、粉嘟嘟的一張小臉有些嚴肅。

謝清溪一見來人，立即咿咿呀呀地叫了起來，別提有多高興了。

謝家的小古板來了！

來人正是謝清溪這一世的二哥，謝清懋。如今謝清懋不過六歲，也不過今年剛入學，旁的謝清溪不知道，但他倒是將讀書人行事說話一板一眼的模樣學了個十成十，活脫脫小書呆子模樣。

因為謝清溪此時還是個小嬰兒，所以有些時候謝樹元過來時，與蕭氏之間行事說話並不會避諱他們這兩個小嬰兒，因此不該看的、不該聽的，謝清溪還真沒少看、少聽。

謝樹元雖是探花郎出身，但他身上卻沒有讀書人的刻板酸儒，相反地，他行事說話間反倒有幾分瀟脫隨意。也不知道這個二少爺的呆萌模樣是跟誰學的？

此時謝清懋雖然朝弟弟妹妹看了好幾眼，卻還是站在那裡，恭恭敬敬地給蕭氏請安。

「兒子給太太請安。」

「懋兒，可是剛下了學？」蕭氏伸手就將兒子攬進了懷裡，拿出帕子給他擦了擦額頭上的汗水，說道：「瞧瞧這滿頭大汗的，如今這外面日頭還大，下回再到娘這邊來的時候，慢些走。」

此時蕭氏身邊的大丫鬟素雲將早已經備好的酸梅湯端了上來。

雖然此時是九月，不過蕭氏心疼兒子每日上學辛苦，日日都讓人備好了冰碗子。

「兒子不辛苦，先生說吃得苦中苦，方為人上人。」

若是一般人說這樣的話倒也不奇怪，可偏偏是只有六歲的謝清懋說。他一張白嫩嫩的小臉，長長的睫毛又濃又密，端的一副唇紅齒白的正太模樣，說話間卻是一副老學究做派，饒是端莊如蕭氏此番都忍不住要笑出來。

謝清懋見蕭氏一副要笑的模樣，總算是露出些小孩子的嬌態，一雙又圓又黑的大眼睛撲閃撲閃地盯著蕭氏，直將蕭氏的心險些都要看化了。

她趕緊摟著謝清懋哄道：「咱們懋哥兒真乖，這般用心讀書，日後定會像爹爹那般金榜題名的。」

蕭氏又留了謝清懋吃了晚膳，這才讓他身邊的人領著他回了前院。

走的時候，謝清懋還是又過來看了弟弟妹妹。弟弟妹妹現如今長得又白又嫩，再不是剛出生時候的醜樣子了，所以謝清懋覺得自己現在更喜歡他們了。

謝清溪故意伸手去拽謝清懋，他伸手想抱謝清溪，卻是被旁邊的丫鬟哄開了。最後謝清溪還是手腳並用地攀到人家身上，逮著機會就糊了他一臉口水。

謝小正太被妹妹突如其來的熱情嚇到，白生生的小臉一下子變成了醬紫色，又想擦口水、又覺得不好意思，最後板著小臉告退時，連蕭氏都再也忍不住地笑開。

待他走後，蕭氏抱著謝清溪就點她鼻子，說道：「妳這小丫頭，才多大，就知道捉弄妳二哥哥了！」

謝清溪眨著眼，看著門口，心裡說不上的可惜。

正太，走好；正太，下次再來……

謝樹元晚膳前就派人回來過，說今晚要留在衙門裡頭，就不用膳了。等到了晚上，這院門都要落鎖了，他還沒回來，蕭氏便知他定是留在前面書房裡了。

素雲和香雲兩人替蕭氏解了頭上的釵環。

下。

沈嬤嬤在一旁說道：「夫人，這幾日汀蘭院那邊又熱鬧起來了。」

蕭氏素來不會主動關心江姨娘的事情，不過這不妨礙江姨娘時不時要在蕭氏面前蹦躂幾下。

先前因著大姑娘的事情，謝樹元明面上雖未懲罰江姨娘，可到底是惱了她。謝樹元連著冷了她許久，讓一向拿喬，時不時藉著身子不適不來請安的江姨娘，這些日子都安安分分地過來請安。

而這回蹦躂的主角不是江姨娘，是江姨娘養著的那位四姑娘。

「老奴聽底下人說，四姑娘著實是聰明，不過才一歲都會背詩了。」沈嬤嬤說這話的口吻略帶些不屑，若不是她自身重規矩，此時只怕更鄙夷的話都要說出來了。

香雲將蕭氏卸下的釵環放在珠寶箱中，而替蕭氏梳頭的素雲，這會兒也搭話道：「奴婢也聽說了，還有人說四姑娘是什麼謝道韞轉世，聽得奴婢一愣一愣的。若是底下奴才傳的閒話，這謝道韞只怕也沒幾個丫鬟、婆子知道吧？」

「她倒是什麼話都敢往外傳。」蕭氏不鹹不淡地說了句。

「不過是個女孩罷了，再如何還能翻了天不成？這幾日傳得這般熱鬧，可老爺最關心的還是咱們懋哥兒的學習，就算今兒個沒回來，也派了人過去看了懋哥兒，說是明兒個回來要檢查哥兒寫的大字呢！」沈嬤嬤也笑了笑。見多了這後宅的爭鬥手段，江姨娘這招實在是不算新鮮了。給四姑娘按上這麼個早慧的名聲，也不怕最後牛皮吹破了？

提到二兒子，蕭氏忽低低嘆了口氣，說道：「懋哥兒在我跟前，我自是不擔心的，只是駿哥兒遠在京城，我一想到，這心裡頭就難受。」

沈嬤嬤立即安慰道：「咱們駿哥兒讀書那是一等一的好，不過才九歲就考過了童生試，如今也是個秀才老爺了，老奴覺得駿哥兒可是有狀元之才的。雖說如今暫時母子分離，不過為著駿哥兒的前程，太太也當寬心才是。」

「這天下學子何止千萬，便是金榜題名都是極難的，更別說狀元及第了。我只盼著駿哥兒唸書能有老爺一半的通透。」蕭氏是在侯府長大的，打小耳濡目染，自然知道這科舉之難。

謝清駿是蕭氏的嫡長子，也是謝家的長房嫡孫，自是比別的哥兒要尊貴幾分。所以謝樹元外派到蘇州的時候，別說是謝老太太不願意，就連謝舫都不願讓孫子跟隨兒子到蘇州來。

雖說江南人傑地靈，每科春闈中榜者甚多，但京城到底是天子腳下，又有國子監在，再加上大儒多在京城，謝舫自是希望謝清駿留在京中好生讀書。

所以就算蕭氏哭也哭了，最後只得帶著懋哥兒跟著謝樹元上任。謝老太太倒是想過讓她留在京中，可江姨娘卻是要跟著謝樹元上任的，因此別說蕭氏不願意，就連謝舫聽了此話，都險些和老太太翻臉。

蕭氏這會兒想著大兒子，倒是把四姑娘的事情忘得一乾二淨了。

此時江氏瞧著四姑娘有模有樣地看著千字文，這心裡別提有多高興了。先前她還因為四姑娘是個女兒而有些不喜，可是如今看著竟跟撿了個寶貝一般。

當初謝明嵐初初開口的時候，連江氏都大吃了一驚，畢竟九個月就會開口說話的，可實在是少數。沒過多久，她試著教明嵐讀書的時候，才發現她竟能過目不忘，這可著實是樂壞了江氏，就連給太太請安的時候，都話裡話外地提著四姑娘的聰慧。

大齊朝不比別的朝代，不僅朝中格外重視科舉，就連女子有才名者都會被人高看幾眼。小戶人家礙於生活，並不能供家中女兒上學，可但凡是大戶人家，誰家小姐不是出口便能成詩？如今在京城，女子上學的風氣越演越盛，甚至連女學都慢慢盛行了。

謝明嵐此時正認真地趴在炕桌上看書，旁邊坐著的是她一母同胞的姊姊，二姑娘謝明芳。說起來，明芳比明嵐還要大上三歲，可是如今在聰慧的妹妹旁邊一襯托，倒顯得有幾分呆愣。

謝明嵐偏頭看了一眼自己的親姊姊，眼中是說不出的複雜。

她沒想到，自己居然還有機會重活一輩子。她雖生在富貴人家，可卻只是姨娘生的，這婚事捏在嫡母的手裡。人人都說嫡母替她選了門好親事，丈夫是新科進士，家中除了雙親外便只有一個小姑子，一嫁進去便是當家嫡母。更何況，她這般算是低嫁，往後丈夫要仰仗著岳家的勢，定是會敬愛自己。

雖謝明嵐不情願，江姨娘更是又哭又鬧，可謝樹元卻一心覺得這是門好親事。待謝明嵐進門後，才知道這麼一門看著實惠的親事，內裡實在是不堪得很。

丈夫雖是新科進士，可不過是二甲五十六名，還是仰仗著父親才謀了個差事；家中婆母規矩大，她日日從早立規矩到晚上，後來婆母還賞了自個兒身邊的丫鬟給丈夫當通房；小姑子雖已出嫁，可眼皮子實在是淺，每次回娘家必從她梳妝匣裡拿走幾樣首飾。

更何況，丈夫一家本不是京城人士，成婚後所住的宅子還是謝家的陪嫁。丈夫每月拿著微薄的月銀，夫家又不是大富之家，走禮應酬用的全是她陪嫁的銀子。

她不過是個謝家的庶女，嫁妝公中皆有定例，嫡母自然不會貼補她。而姨娘雖然得寵，可手頭能使的銀子也實在是有限。後面僅過了兩、三年，這嫁人的姊妹中，她成了過得最拮据的……

「四姑娘，這幾個字可認識了？」江姨娘雖家道中落，可到底也是上過幾年學，給姑娘啟蒙倒也夠了。

自從她發現四姑娘學東西實在是快之後，便每日都要教四姑娘幾個字。雖說姑娘大了，家中會請先生來教，可這學前啟蒙還得靠自己。

謝明嵐一派天真地點了點頭，說道：「姨娘，我都認識了！」

江姨娘隨口考了她一番，見她全答了上來，便摟著她高興地說道：「我的好姑娘，姨娘真是沒白疼妳！」末了，她又叮囑道：「若妳爹爹知道姊兒這般聰慧，也定會多疼妳幾分的。只要妳好生表現，以後的前程定不會比太太生的溪姊兒差的。」

此時正值剛剛入了秋，因著怕她們兩個受涼，江氏並不敢讓人在屋子裡放冰。謝明嵐看了這間異常熟悉的屋子，擺設得富貴華麗，在暖炕不遠處就擺著一個半人高的鎏金三足香爐，此時淡淡香氣在屋子之中瀰漫，甜而不膩，令人神清氣爽。

謝明嵐在聽到溪姊兒這個名字時，不由得愣了一下。自她重生之後，便不止一回聽到這個名字。謝樹元喜歡太太生的一對龍鳳胎，給姑娘起的名字竟是按著哥兒的「清」字輩取的，這是闔府都知道的事情。

只是謝明嵐初聽時卻心裡大顫，因為她分明記得，上一世太太只生了三個哥兒，何曾生過什麼龍鳳胎？六少爺的名字雖然依舊叫清湛，可這個謝清溪又是怎麼回事？

對於這個憑空出現的嫡妹，謝明嵐有些奇怪，也有些忌憚。前一世太太沒有女兒，對她們這些庶女倒也不差，可這一世太太既自己生了女兒，還會如上一世那般一碗水端平嗎？

不過想了幾回，謝明嵐便將這種念頭丟開了。前一世的教訓難道還不夠嗎？若是她將前程一昧地放在別人手上，只怕這一世的下場會比前一世更不堪吧？

所以這一世，謝明嵐給自己來了一個異常光輝又閃亮的登場。

沒過幾日，就連謝樹元都知道，自己家裡出了這麼一個神童級別的人物。

四姑娘謝明嵐如今不過才一歲多些，尋常這個年紀的孩子，聰慧些的也只是說話利索點，至於愚笨的那些都還在牙牙學語。可偏偏謝明嵐不僅開口說話了，而且說的話既連貫又有條理，處處都透著聰慧。再加上江姨娘本就喜好打扮，此時更加用心，直將女兒打扮得跟畫中仙童似的，沒過幾日，就連蘇州城都隱隱有傳聞流出，說謝大人家出了位神童！

不論謝明嵐是真早慧還是假早慧，蕭氏都不大關心，可當外頭都流傳著謝府的傳聞時，她卻是少有地發了怒。這府中本就有規矩，不可私自議論主子的是非，可如今這是非不僅在府中流傳，甚至還流傳到府外去了，這簡直是在明晃晃地打蕭氏這個當家太太的臉，這是她無論如何都忍不了的。但她若是立即發作，倒是顯得自己小家子氣，容不得一個庶女似的。何況就連謝樹元在無意間都對蕭氏說了這麼一句「可嘆明嵐生作女兒身」，可見謝明嵐這早慧的名頭確實是傳了出去。

謝樹元身為蘇州知府，乃是蘇州府的父母官，平日事務頗為繁忙，就連兒子的課業都不能日日兼顧到，而這日剛到蘇州府布政使司衙門的時候，就瞧見右布政使宋煊臉色略有些鐵青地從裡面走出來，兩人撞見，宋煊倒是停了下來同他寒暄，謝樹元只挑了些尋常的話閒聊。

宋煊也是京城人士，同謝樹元一般都是從京城外放到蘇州的，只是謝家是清流，而宋家卻是勛貴。宋煊出身京城安平公府，當初也是兩榜進士出身，只不過他是二甲六十三名，比不得謝樹元這個探花郎。

謝樹元大抵也能猜到宋煊方才為何臉色不好看。蘇州承宣布政使司的左右兩位布政使大人不和，這在衙門裡並不是隱秘的傳聞。左布政使張峰今年已近五十，這輩子的仕途眼看著就要到頭了，可宋煊卻不到四十，又是京城勛貴出身，自然有些瞧不上張峰。可本朝奉行以左為尊，雖說左右布政使品級相同，但張峰身為左布政使，還是壓了宋煊一頭。這官大一級壓死人，在許多事情上，宋煊總覺得束手縮腳，因此他對張峰的不滿幾乎是半公開的。而張峰卻對謝樹元頗為賞識，所以這會兒宋煊攔下謝樹元說話卻有些奇怪。

兩人又說了些話後，就在要道別的時候，突然，宋煊話鋒一轉，提道：「愚兄一直知道謝賢弟博學多才，不想連府中千金都有早慧之名。這幾日光是聽著傳聞了，不知何時讓愚兄見見賢姪女，也好讓咱們見識一歲便能讀書寫詩的神童啊！」

這話說得有些打臉，就是謝樹元這般心思深沈，平日八風不動的人，臉上一時都有些不豫。他面上不顯，只恭敬回道：「不過是傳聞罷了，當不得真。」

不過宋煊可一點也不在意，他剛從張峰那裡受了氣出來，就看見張峰將他的得意愛將找了過來，他自然恨不得立即在謝樹元身上找補回來。

說實話，謝樹元這會兒也算是代人受過了。

宋煊這人有些勛貴世家的習氣，這會兒光顧著自己痛快了。他說：「謝賢弟家果真是家學淵源，賢弟已是探花郎了，如今女兒又這般出息，日後定然會前途遠大，到時候還望賢弟不要忘了同僚之誼啊！」

這話說出來，謝樹元是真的上了火。他平素以清流自居，又是探花郎出身，覺得自己能走到今日這一步都是靠著自身實力，可宋煊這麼說謝明嵐的聰慧，話裡話外的意思都是謝家故意給女兒造勢好搏個好前程，至於這女孩的「好前程」，無非就是指著嫁人。謝家家風嚴謹，滿門皆是進士出身，這會兒居然讓人說成是要靠女人起家，這已經不是簡單的奚落了，在謝樹元看來，這簡直就是到了侮辱謝家門風的地步！

謝樹元臉色一沈，再也沒心情和宋煊說話，只冷冷道：「張大人還在裡面等著下官，下官先行一步。」

宋煊好整以暇地看著謝樹元滿臉怒氣地離開，這謝樹元比他小了幾歲，可官職卻只比他低了一級。更何況，謝樹元還是翰林出身，在翰林院熬了六年才外放出來的，外放不過三年，卻年年考核為優，如今更是升任蘇州知府。就算宋煊自持出身勛貴，可在謝樹元面前卻找不到一點優越感，這回聽到關於謝家的傳聞，他自然是要抓住機會刺他一刺的！

待到了晚間，謝樹元的火氣都還沒消。他正在書房裡練書法以平復心情，偏偏江氏派了身邊的大丫鬟過來，送了些湯水，還讓小廝傳了話，說四姑娘又學了首新詩，正等著給他唸唸呢！若是以往謝樹元只會覺得欣喜，覺得這女兒實在是聰慧，可今天這欣喜之情卻是無論如何都流露不出來的。

可偏偏江氏一心想著讓四姑娘在謝樹元面前露臉，見一回沒請動，竟是又派了丫鬟過來。

這回卻是惹怒了謝樹元，對著小廝就是一頓怒罵道：「書房乃是重地，如今倒是什麼人都敢亂闖！打發她回去，往後沒我的命令，不許她們再踏入書房！」

這「她們」，指的自然就是江氏的丫鬟，因為尋常府裡的姨娘裡面，也就這位江姨娘敢派丫鬟到書房對老爺三催四請的，為著這事，沈嬤嬤可沒少在蕭氏跟前唸叨江姨娘沒規矩。

這前院是謝樹元的地盤，一舉一動闔府上下都盯著呢，如今這江姨娘的丫鬟被斥責了，沒一會兒就傳得滿府都知道了。不只是這樣，就在老爺斥責了江姨娘的丫鬟沒多久後，他就帶著小廝去了太太的正院。

謝樹元覺得這滿府唯一能和他談得到一起去的，還真只有蕭氏了。她出身侯府，眼界又豈是一般姨娘、通房可比的。旁的姨娘及通房光盯著那點衣裳、首飾了，可蕭氏卻能在外面展開夫人外交，這對於他的仕途有大大的幫助。

謝樹元自然不會將宋煊的話說出來，不過字裡行間卻沒了往日的欣喜。

此時謝清溪還在吐著奶泡泡玩，不過她最近也沒少聽關於府中四姑娘的事情，當然，她的第一個念頭就是——不會是個老鄉吧？

不過蕭氏卻沒有乘機落井下石，反而說道：「老爺自幼讀書便好，四姑娘只怕是承了老爺讀書上的天分呢！」

謝樹元淡淡道：「不過是個女孩家罷了，倒是不指望她們考狀元，只是讀書使人明智，待她們年紀再大些，我便請了先生回來教她們。」

小姐不比哥兒們，可以到外頭的學府裡面上學，尋常大戶人家自然是請了先生在家中教小姐們讀書。

蕭氏自然稱是，不過她接著說道：「四姑娘這般聰慧，別說是老爺，便是我都高興。只是這府裡府外傳得這般亂，雖說有些聲名，可咱們這樣人家的姑娘，豈能讓外頭的人隨口議論？此事也是我不好，這幾日溪姊兒有些不舒服，我光顧著看顧她，竟一時不察，讓那些奴才在外頭胡言亂語。」

謝樹元本就因為傳聞一事而不悅，此時聽蕭氏這般說了，又聯想著近日的事情，如何不知是有人在後面推波助瀾呢？至於這幕後之人，不用蕭氏提，謝樹元自然而然地便想到了江姨娘身上。

「這等刁奴亂生口舌是非，若是一味縱容，豈是家宅安寧之相？」謝樹元轉臉便對蕭氏說道：「夫人只管去查，但凡查到了，一律交了人牙子發賣出去！」

謝清溪躺在床上又吐了個泡泡，看來這位四姑娘的亮相出場注定要夭折了。

除夕乃是一家團聚之日，到了這時候還漂泊在外的人自然會異常想家。謝府的年味太過濃厚，各個丫鬟、婆子臉上都是喜氣洋洋的，就連一向端莊的蕭氏，這幾日穿的衣裳都是各式各樣的紅。

偏偏謝清溪卻有點不高興。說起來她到這裡已經快九個月了，初始時總是害怕自己若表現得不像個小孩子，會被當成妖魔燒死，所以時時警惕著。待慢慢長大便習慣了被人伺候照顧的生活，一時間也有些樂不思蜀。可這麼熱鬧的新年裡，她開始想念自己的家人了。

她出車禍的時候正是大學畢業的第一年，二十出頭的小姑娘剛從學校出來，一心想著靠自己在大城市獨立，日日為了升職而拚搏，每日都加班到八、九點，父母打了電話過來，也不過說上兩句便匆匆掛斷。直到她出了車禍，在那一刻，她好想見身在遠方的爸爸、媽媽，想再回到那個她長大的老城。

大概謝清溪的思鄉之情太重，以至於整個人都懨懨的。蕭氏這般關心孩子的人，自然是第一時間便察覺到了她的變化。

「溪姊兒究竟是怎麼了？這幾日我瞧著她都不大笑了，就連吃飯都沒什麼精神。」蕭氏親自將她抱在懷裡，一邊摟著她，一邊擔憂地問沈嬤嬤。

沈嬤嬤看了謝清溪一眼，也是嘆了口氣。眼看今兒個就是除夕了，若是這時候請大夫入府，未免有些不吉利。更何況六姑娘也沒生病，只是看著精神不濟，又突然變得不愛吃飯。她啟了啟唇，可想了下，這到了嘴邊的話卻沒敢說下去。都說小孩子的眼睛最是清亮，能看見許多不能看的東西，沈嬤嬤不敢直接和蕭氏說，六姑娘會不會是沾上什麼髒東西了？可瞧著六姑娘這麼下去，也不是個辦法……

謝樹元這幾日實在是忙得很，除了前兒個派人將珍寶齋訂的項圈送去了汀蘭院外，就連後院都沒怎麼回，更是不知謝清溪如今的情況。再加上蕭氏又並非江姨娘那種慣會撒嬌賣乖的人，二姑娘和四姑娘就算咳嗽了一聲，江姨娘都要派人去請謝樹元。沈嬤嬤也勸過蕭氏，派丫鬟去前院將六姑娘如今的情況告訴謝樹元，卻被蕭氏一口否決了，說「老爺又不是大夫，便是請了過來也治不了溪姊兒。更何況如今正值年關，衙門裡頭忙得腳不沾邊的，我豈能在這個時候再給老爺添累？」。蕭氏是個極有主見的女子，但凡自個兒認定的，旁人就是再勸都改變不了她分毫，沈嬤嬤勸了她兩日，都沒讓她改了主意。

謝清溪自然也知道這幾日蕭氏為著自己，真真是煞費了苦心，她怕自己不想吃飯，就親自抱著自己，一口口地餵。說實話，蕭氏身為古代貴女，自小就金尊玉貴地長大，穿衣吃飯皆有下人伺候，如今為了自己這般操勞，說不感動倒是假的。

可她就是高興不起來，特別今天還是除夕，謝清溪只覺得她好想回家……

蕭氏看著謝清溪閉著眼睛靠在自己身上，心裡頭更是急得跟火燎一般。轉頭再看小兒子在炕上歡實地爬著，心裡總算有些安心。她一邊摟著謝清溪，一邊拍著她的背。

旁邊的謝清湛本是丫鬟看著在玩，不過他爬了一會兒，大概是覺得無趣了，就轉頭看著坐在炕邊的娘親和妹妹。

江南比起京城來雖暖和些，可因著江南潮濕多雨，相較於北方寒冷乾燥的氣候，冬天多了幾分刺進骨子裡的陰冷。蕭氏的房裡早就點了銀霜炭，兩邊半人高的鎏金暖爐裡放著的銀霜炭，沒有絲毫煙氣冒出。而炕上更是早就燒得熱烘烘的，上面鋪著的是用狐狸皮做成的毯子，質地柔軟舒服。謝清湛這幾日被丫鬟們架著胳膊走了幾步，有時候摔了一跤也不哭，反而咧著沒牙的小嘴傻乎乎地笑。

原本謝清溪就仗著自己比謝清湛懂事，又因為實在沒人陪自己玩，格外喜歡蹂躪這個只比自己大一刻鐘的小哥哥，每回她都趁著旁人不注意的時候，偷偷捏他胖嘟嘟的小臉蛋，不過這幾天她也沒捏他的心情了。

謝清湛雖然還小，不懂事，可小孩子如今也開始認人了，對這個日日同自己在一處的妹妹自然是認得的。他端坐在蕭氏的旁邊，圓溜溜的眼睛認真地看著謝清溪。

「湛兒，你好生哄哄妹妹，讓她開心些好不好？」雖然知道兒子並不懂自己的意思，可蕭氏還是忍不住說了一句。誰知她剛說完，謝清湛竟伸出肥嘟嘟的小手就過來拉謝清溪。

原本閉著眼睛靠在蕭氏懷中的謝清溪，無力地睜開眼睛看著謝清湛。

「妹妹。」就在此時，謝清湛突然字正腔圓地開口叫了一聲。

「哎呀，六少爺說話了！」正站在旁邊的紅雲喜得一下子叫了出來。

謝清溪也被嚇住了。如今他們也快九個月大了，這個時候會說話的也有，只是太少了。再加上府裡已經有一個早慧的四姑娘，她若是再表現出早慧，總有一種拾人牙慧的感覺。更何況，她還真怕出現「老鄉見老鄉，背後捅一刀」的情況，所以在沒有弄清這個四姑娘的底細前，她倒是不想貿然地暴露了自己。

可她沒想到，謝家大概真的是在智商上面有著先天的遺傳優勢，不過才快九個月大的謝清湛，居然也會說話了！

蕭氏也高興得很，一時有些忘形地說道：「湛哥兒，叫聲娘親來聽聽。」

可誰知，謝清湛不過叫了一聲，就再不開口，只是拉著謝清溪的小手不放開。

蕭氏看著他端坐著的小模樣，又見他一直拉著謝清溪的手，突然間眼眶竟是濕潤了。

沈嬤嬤見狀，立即開解道：「太太這是怎麼了？哥兒這麼小就懂得心疼妹妹，太太該高興才是啊！」

還沒等蕭氏說話，突然，門外傳來喧譁聲，沒一會兒便有人掀開簾子，謝樹元帶著一陣冷風就進來。他進來的時候，身後還跟著一個穿著同樣雪青色儒衫的小童。父子兩人今日穿的衣裳顏色有些相近，又是同樣的儒衫，乍一瞧過去竟像是一個模子刻出來的。

「老爺怎麼這會兒過來了？」蕭氏忙抱著謝清溪起身，就要給謝樹元行禮。

謝樹元趕緊扶住她道：「都只有一家人在，還行這些虛禮做什麼？」

他又看了眼蕭氏懷中的謝清溪，眉頭略皺了下，問道：「溪兒這是怎麼了？我瞧著她精神有些不濟，可是病了？」

謝清溪連著幾日心情都不好，又加上飯也吃得少，原本肥嘟嘟的小臉看著都有些消瘦了，粉嫩白皙的皮膚也有些蠟黃。

蕭氏本就因為過年忙得團團轉，再加上女兒突然不知怎麼的就變成這般模樣，雖勉強撐著，可如今乍然看見丈夫站在面前，一下子眼淚就下來了。

謝樹元極少見蕭氏哭過，除了有一次因著謝清駿貪玩了些，他一氣之下請了家法，她哭了一場外，這麼多年夫妻做下來，他竟只是第二次瞧見蕭氏哭。都說物以稀為貴，就連眼淚也是這般道理。不論是江姨娘還是方姨娘，都在謝樹元面前哭過不少回，或是為了丁點兒小事、或是為了勾起他心裡的愛憐，所以他如今見著江姨娘或是其他人哭，倒覺得是應該的，可他突然看見蕭氏哭，卻有些慌亂了。因著教養使然，蕭氏的哭泣是無聲的，眼淚如同斷了線的珠子般，順著臉頰往下淌，而她卻只是抿著唇，沒洩出一絲哭聲。可偏偏就是這樣，讓謝樹元竟是有些手足無措了起來。

謝樹元連忙掏出身上的帕子，這方帕子還是蕭氏親自為他繡的，帕子的一角繡的是個元寶圖案，他剛拿到的時候，還說過她促狹，故意捉弄自己。

「這是怎麼了？怎麼突然就哭了？妳別哭了，小心哭壞了眼睛。」謝樹元小心地同蕭氏說話，竟是有些心虛的模樣。

謝清溪此時已經睜開眼睛，有些難以置信地看著謝樹元。要知道，謝樹元在她的印象中，就是封建制度教育下最標準的官宦子弟，家世顯赫、才華橫溢、家中妻妾和諧又兒女成群，他的家庭簡直可以競選封建五好家庭了。

可是，就是這麼一個大家長一樣的人物，突然變成了言情小說裡的男主角，這讓謝清溪如何不驚訝？不過讓謝清溪更佩服的卻是蕭氏，若她真的照著沈嬷嬷說的那般，早早地請了謝樹元過來，只怕是落了下乘。

蕭氏的眼淚雖還沒止住，可聲音卻勉強平穩了下來，說道：「溪姊兒也不知為何，打前兒個開始便突然精神不濟起來，就連吃飯都比往常少了一半。我瞧著是年節，不好請大夫入府，可現在瞧著，症狀卻是越發地明顯了。」

謝樹元這會兒也注意到小女兒的情況，往日白嫩嫩、滑溜溜的小臉竟是有幾分蠟黃，他此時也開始心急，抱過謝清溪時，竟覺得她比先前要輕了些。小孩子如今正是長身子的時候，應該是一日重過一日的。

「為何不請大夫來瞧瞧？妳實在是糊塗，就算是過年，難道比咱們女兒的性命還重要嗎？」謝樹元眉頭皺著，又問道：「為何不早些便派人過來告訴我？」

蕭氏也聽出謝樹元口中的埋怨，原本還忍著的哭聲突然露出了一絲，倒是讓謝樹元還沒說出口的話一下子頓住了。

謝清懋一直站在爹娘的旁邊，聽說妹妹身子不好，就一直看著謝樹元懷裡的小女孩，等蕭氏哭出聲時，他才奶聲奶氣地說道：「娘親不要傷心，妹妹一定不會有事的。」

蕭氏見次子這般懂事，一下子摟住他，一邊哭一邊說：「老爺前面衙門的事情那般多，連後院都好些日子沒進了，我怎麼敢再叨擾老爺……」

「荒唐！溪兒的事情怎麼是叨擾？妳——」此時謝樹元突然想起，自個兒上一次進後院還是去看江姨娘母女的，他突然心虛得說不出話來了。

於是，蕭氏抱著謝清懋哭得厲害，謝清溪則被謝樹元抱在懷中，只留下可憐的謝清湛一人眨著眼睛，看著抱作一團的這些人。他也是一家人，他也想要抱抱！於是，被徹底忽略的六少爺一下子哭了出來，強悍地證明了自己的存在。

謝清溪在心底嘆了一口氣，其實她不過是想家了，想做幾天安靜的美女子而已。

不過，被人這麼疼愛的感覺，真的挺好的……

古詩有云：煙花三月下揚州。到了這三月，江南便是處處好風光，而作為江南中心之一的蘇州，此時也處於萬物復甦、草長鶯飛的好時節。

謝府花園也是一派花團錦簇之象，花園一角所種的桃樹正盛開，遠遠看去如同一片粉紅的雲霞，而一旁的池塘因引入活水，池水分外的清澈，就連各種錦鯉在池水中都清晰可見。

「六少爺，您慢些跑，小心摔著了！」穿著淺綠比甲的丫鬟追在一個稚童身後急急地喊道。

「溪溪，妳快點！妳看看，妳的紙鳶飛得還沒我的高呢！」穿著明藍錦袍的小男孩不顧丫鬟的追趕，朝身後大聲喊道。

男童看著兩、三歲的模樣，唇紅齒白，猶如從畫中走出的仙童。待後面一個同樣年紀的小女孩追了過來時，只怕不認識的人會奇怪起來，畫中竟走了兩個仙童出來？

女童的年紀看著和小男孩一般大，更神奇的是，他們所穿的衣裳乃是同款雲錦所製，只不過男童衣裳的滾邊是竹子紋樣，而女孩的則是木槿花紋。

待謝清溪跑到謝清湛的身邊時，嘟著嘴抬頭看著天空，只見一望無雲的湛藍天空中正飛著兩只紙鳶，蝴蝶圖案的是謝清溪的，而飛鷹圖案的則是謝清湛的。

只不過，此時飛鷹圖案的紙鳶越飛越高，原本比他們人還大的紙鳶，如今看上去就是一個小黑點。再看謝清溪那蝴蝶圖案的紙鳶，搖搖晃晃的，感覺隨時都能從天上掉下來。

謝清溪不禁有些惱火地盯著正在放紙鳶的小廝，不高興地說：「豆子，你放高一點嘛！你看看張小寶放得多好啊！」

那個叫豆子的小廝有些著急，也不說話，只抿著嘴，拚命地拉著手上的紙鳶線，希望將紙鳶放得又高又遠，可誰知他越是著急，這手裡的紙鳶就越是往下掉。就在謝清湛的老鷹快要成看不見的小點時，只見謝清溪的紙鳶悠悠晃晃的，最後竟是「啪」地斷了！

「哈哈哈……」一旁邊刺耳又大聲的嘲笑聲倏地響起，只見謝清湛以奶聲奶氣的聲音大喊道：「謝清溪，妳的紙鳶掉了！掉了！」他一邊說還一邊高興地拍手，接著又對旁邊的張小寶說：「小寶，你好好地放紙鳶，放好了我大大有賞！」謝清湛壓根兒就不知道什麼叫適可而止，一邊指揮張小寶放紙鳶，一邊還不忘嘲笑謝清溪。「謝清溪，妳羞羞羞！還和娘說大話，哈哈，妳放紙鳶就是沒我厲害！」

謝清溪又羞又惱，因為之前謝清湛一直鬧著要放紙鳶，蕭氏被他鬧得不行，便讓人做了好幾只大紙鳶。本來她不屑這種小孩子的遊戲的，可是一想到反正待著也是待著，還不如出來放紙鳶。可是，她居然會輸給一個小屁孩！是的，就是這個這輩子只比她大了一刻鐘的小屁孩！一想到她一個有為青年，居然要喊一個才兩歲初、乳臭未乾的小屁孩哥哥，她只覺得人生充滿了蛋疼！

謝清溪揚著小臉，不高興地回他。「是張小寶紙鳶放得好，又不是你放的紙鳶，你得意什麼！」

謝清湛被她的一句話說愣住了，他眨了眨眼睛，又長又密的羽睫如同兩把小扇子一樣，兩隻明亮的眼睛閃出一絲的迷惑。不過隨即他便指著謝清溪，不客氣地說：「那妳也是小豆子幫妳放的，妳也沒有自己放，所以還是我贏了！哈哈哈哈……」

太聰明的小孩，果然一點都不可愛！這個謝清湛簡直就是她的剋星。也許是她剛出生的時候，仗著自己的先天優勢，不斷地欺負這小子，所以這小子自懂事之後，猶如農奴把身翻了，慢慢地開始爬在她頭上了。

兩人一起學《三字經》，她怕自己金手指開得太大，嚇著別人，每次都要裝作懵懂不知的樣子，可誰知這貨不過啟蒙了三天，便生生地嚇著蕭氏和她了，因為他真的是過目不忘！不論是府中那個早慧的四姑娘還是她自己，都是仗著金手指，雖然她不能確定這個四姑娘是穿的還是其他情況，但這府裡真正能稱得上是天才的，只怕只有這個六少爺謝清湛了。後來謝清溪為了不被對比得太蠢，學習的進度也慢慢跟了上來。可是在天才的旁邊，就算開掛如她，都活生生地被襯托成了庸才。

謝清溪小的時候可沒少聽丫鬟們唸叨，她這個便宜老爹謝樹元當年是如何如何驚才絕豔，什麼三歲開蒙、五歲作詩，後來鄉試、會試連中兩元，若不是殿試的時候因為長得太帥，被皇上點成了探花，只怕就成了大齊國開國至今最年輕的狀元郎了。

所以教訓告訴我們，有時候長得帥也是一種罪。

話又扯回來，要不是謝清溪小時候捉弄了謝清湛太多次，並可以肯定這小子內裡絕對是個新鮮餡，她真的要以為謝清湛也是個穿的了。

想她一個活了兩輩子的人，居然被一個兩歲初小孩打敗，實在是太丟她們穿越界的臉了！當然，好處就是，早慧的四姑娘在天才的六少爺面前也被比成了一個渣。

謝明嵐只比他們大半歲多，不過因著太早慧了，如今不過才要三歲，就跟著其他兩個姊姊一起上學，而且表現得比七歲的大姊謝明貞和六歲的二姊謝明芳要好，因此先生也時常在謝樹元面前誇讚四姑娘，而謝樹元每回考校女兒的功課時，往往得了賞賜的就是謝明嵐。

可自從六少爺啟蒙之後，他就迅速地打敗了四姑娘，成了謝府聰慧第一人，因為謝清湛不過才三歲，原就是蕭氏帶著啟蒙他和謝清溪兩人的，而謝府的少爺都是六歲入學的。

不過在謝清湛表現出超過常人的智慧後，就連謝樹元都開始對這個小兒子上學的事情焦心。他自然是想兒子越出息越好，可又怕謝清湛年紀太小，他太過揠苗助長會出現傷仲永的悲劇。後來思慮了許久，他還是讓蕭氏帶著啟蒙兩個孩子。蕭氏在未出嫁時，在京中也是富有才名的，當年他們倆成婚可是成就了一段才子佳人的佳話，所以讓她啟蒙謝清湛，謝樹元倒是也放心得很。不過每隔幾日，謝樹元還是會親自指導謝清湛一番。

「小寶，今天紙鳶放得不錯，這個拿去！」謝清湛誇了張小寶，隨手就從他身上的荷包裡拿出一錠葫蘆模樣的銀錁子。

此時跑去找掉落紙鳶的小豆子也回來了，只見他滿頭大汗地拿著那只已經破損的蝴蝶紙鳶，跑到謝清溪的面前，有點不好意思地說：「六小姐，紙鳶……」

謝清溪看見他滿頭的大汗，又想起自己方才衝著他發火，就覺得有點不好意思。不過是因為遊戲輸了，她居然衝著人家一個孩子發火，實在是罪過罪過。於是，她也從荷包裡拿出一個猴子模樣的銀錁子，笑呵呵地說：「小豆子，其實你紙鳶放得不錯，只是這會兒挑的紙鳶不好而已。這個猴子模樣的銀錁子，你就拿去玩吧！我聽你娘說，你是屬猴子的吧？」

不管是張小寶還是小豆子，兩人的娘都是蕭氏的陪房，要不然府中那麼多的小子和丫鬟，也輪不到他們倆給兩位小主子放紙鳶。張小寶雖不過六歲，可行事卻頗為穩重，就連蕭氏都甚是看重他，想著將他指給謝清湛做貼身小廝呢！至於小豆子，他是家中的老么，母親是蕭氏的陪房吳嬤嬤，後來嫁給了謝府在外的管事，如今也算是蕭氏的心腹。小豆子雖和張小寶一般的年紀，不過卻沒張小寶看著穩重，又有些沈默寡言，蕭氏在挑選他當兒子小廝的事情上，倒是有些猶豫。

「謝謝六姑娘。」小豆子捏著小猴子，有些羞澀地說道。

謝清湛見她對小豆子居然比對自己這個哥哥說話還客氣，不高興地冷哼一聲，衝著她就喊了一句。「溪溪，紙鳶妳還放不放了？」

「我紙鳶都壞了，你把你的紙鳶給我放。」謝清溪說道。

謝清湛不高興地大喊。「憑什麼啊？」

「因為我是妹妹啊！」謝清溪理直氣壯地說道。

第三章

謝府門口素來安靜，就連守門的小廝也有些睏乏，不過礙著府裡的規矩，並不敢打瞌睡。

遠處，一輛車身已經積滿了灰塵，一看便知趕了不少路的馬車緩緩停了下來。

頭髮有些花白的車夫敲了敲車門，對著裡頭的人說道：「姑娘，前頭就是謝府了。不過這些官老爺家門口可不興咱們這些馬車過去，所以煩勞姑娘在這裡就下了吧。」

此時坐在車中的有三人，一個十五、六歲模樣的少女，身上穿著素色衣裳，上面連一絲花紋都沒有；另外坐著的婆子看著四十幾歲的模樣，穿著的藍色布衫倒是乾淨，只是這布料洗得有些發白；至於剩下的女孩不過十一、二歲的樣子，是個丫鬟打扮的穿著。

少女有些驚慌地看著婆子，心中略有些害怕地說道：「孫嬤嬤，妳說表哥和表嫂會收留我們嗎？」

「哎喲，我的小姐，咱們外老太爺和這位謝大人的祖父，那可是嫡親的兄弟，要不是當年外老太爺因著年紀大了，回鄉當了族長，只怕您現在就是京裡的貴小姐呢！更何況，咱們和那些打秋風的遠方窮親戚可不一樣，您可是謝大人正經的姑表妹！」這個叫孫嬤嬤的婆子是少女的奶娘，這次來投奔謝家也是她拿的大主意。說著，孫嬤嬤就推開車門，對小丫鬟模樣的女孩說：「嬌杏，趕緊扶著小姐下車，前頭就是謝府了。」

主僕三人付了馬車錢後，就往謝府走過去，三人走到門口，就見謝府的大門緊閉，連旁邊的側門都關著。

林雪柔看了奶娘一眼，又慌又亂，她也是正經小姐，可如今卻是一副窮親戚上門打秋風的模樣，著實是難堪。

嬌杏被孫嬤嬤指派著上前敲了門。

很快地便有個穿著青色衣裳的小廝探出頭，瞅著她看了一眼，又看了她身後不遠處的兩人，只見那年紀大點的婆子手上拿了個紅色包袱，那包袱就是個麻布，再看看這三人的穿著，也不像是什麼大戶人家的，於是他不耐煩地問：「妳誰啊？知道這是什麼地兒嗎？就隨便亂敲門啊？」

嬌杏也是個膽小的，可回頭看了眼孫嬤嬤後，還是勉強說道：「我們是從平遠縣過來的，是來拜訪府中的老爺和太太的，咱們小姐是府上老爺的表妹。」說完，她就將剛才孫嬤嬤給她的幾個銅板遞了上去。

那小廝本就覺得她們是打秋風的，如今再聽說是老爺的表妹，便哧地一聲笑了出來。

「喲，還是咱們老爺的表妹啊？那妳等著吧，我這就去回稟！」

這一等，竟是一個多時辰。

孫嬤嬤扶著林雪柔站在牆角處。

而嬌杏在一旁耷拉個腦袋，險些要鑽到地底下去。方才孫嬤嬤著實是唸叨了她好一陣，說她怎麼這麼沒用，讓人通傳一聲，竟到現在都沒消息，白白浪費了她幾個銅板！

「算了，嬤嬤，這高門大戶本就難進，如今咱們又這般模樣，怪不得旁人將我們當成打秋風的窮親戚。」說著，林雪柔就要落下淚來。

就在三人等得有些絕望，孫嬤嬤正準備自己親自去敲門時，就看見不遠處有一輛馬車徑直駛到了門口，馬車剛停穩，車門前坐著的小廝就跳了下來。

待馬車裡的人下來時，不只孫嬤嬤，就連林雪柔都眼前一亮。那男子穿著湖藍暗繡雲錦長袍，腰間束著墨色腰帶，而腰帶上掛著一塊和闐玉珮，玉質溫潤剔透，上面雕刻的紋樣更是細緻。而更吸引人的乃是男子本身，他長身玉立，看著三十左右的模樣，但長相著實是英俊瀟灑，兼之氣質溫和，著實讓人挪不開眼。

謝樹元一下馬車，就看見家門口站著三個女子，他皺了下眉頭，還是讓身邊貼身的小廝王田過去問了下。

王田剛過去問了她們是幹什麼的，只見孫嬤嬤瞧了那邊的謝樹元一眼後，便將自家小姐的身分和來意都說了一遍。

倒是王田被嚇了一跳，他稍微瞟了那位表姑娘一眼，嘖嘖，雖說穿著素淡，頭上更是除了一支白色玉簪外別無旁物，可是這長相著實是漂亮。他因跟在老爺身邊伺候，也是略通些文墨的，這書上形容絕色美人兒，會用眉若遠山、眼若秋水這樣的話，可王田瞧著這位表姑娘，簡直是找不著形容詞來說她，反正就是美，而且是特別美！王田趕緊回來稟了謝樹元。

謝樹元一聽卻是迷糊了，這又是從哪兒來的表妹啊？再聽王田說了那表妹的來歷後，他總算是想起來了。不過實在是因為那位堂姑出嫁年分太久，又因著她與家中並不常互相來往，所以他才一時記不得。不過這會兒怎麼只有這麼個表妹在，那堂姑人呢？不過既然說清楚了是親戚，謝樹元自然不會任由她們站在府門口乾等，他讓王田將人領到自己面前。

林雪柔本就身子弱，又舟車勞頓了這麼些天，方才還在謝府門口等了一個時辰，若是往常早就撐不住了，可如今倒是硬提著一口氣，過來給謝樹元見禮。

「雪柔見過表哥。」她微微蹲了下身子，衣袍雖不是華麗的錦緞，可行禮間卻頗有些行雲流水的美妙。

謝樹元溫和地問道：「表妹是從家裡過來的？堂姑丈與堂姑如今身子如何？」

「我娘……我娘她沒了……」林雪柔此時抬起頭，強忍著的淚水奪眶而出，緊接著便覺得一陣天旋地轉。

眾人見她要倒下，孫嬤嬤和嬌杏都驚呼了一聲「小姐」，而林雪柔卻是直直地往前倒去，正好撞向謝樹元！

謝樹元下意識地伸手去接，結果將人接了個滿懷。

汀蘭院內，兩位姑娘剛下了學回來，丫鬟們早備了茶水和點心候著，因謝樹元不許丫鬟們在學堂伺候，更不許姨娘們將吃食送到學堂裡去。謝樹元對兒子的教養嚴格，就連女兒都不落後，府裡專門隔了一處院子作為小姐們上學所用的學堂，連先生都是請來中過舉人的，學識自然是不差的。

二姑娘謝明芳急急地抓了一塊金絲芝麻卷，一口咬下去又軟又甜，直叫人恨不得將舌頭都吞了，她三、兩口就吃了下去。

旁邊的丫鬟趕緊倒了杯蜂蜜水給她，著急地說：「我的好小姐，您慢點吃，小心噎著。」

江姨娘坐在倚窗的炕上，雖已是三月天，可上頭還鋪著厚實暖和的毛毯子，那毯子通體雪白，摸上去又軟又暖和，是一整塊白狐皮做成的。這樣好的皮料就是用來做披風大氅也是能的，偏偏只做了一塊鋪炕用的毯子。

此時江姨娘面色有些陰沈，她看了春華一眼，說道：「這事可確定？可別到最後只是聽那些小蹄子亂說，壞了咱們老爺的名聲。」

「奴婢就是剛才去廚房給兩位小姐拿糕點，這才聽了廚房的左大娘說的，她兒子就在咱們府上守著門。據說這個表姑娘在門外等了一個多時辰，也算她兒子倒楣，恰好咱們老爺有事從衙門裡回來，這才撞上的！」春華是江姨娘身邊的二等丫鬟，說是二等的，可是這府裡的就算是二等丫鬟和二等丫鬟之間，也是有差別的，就那太太身邊的二等丫鬟來說，光是每月的月銀可就比她們多一吊錢呢！江姨娘身邊的兩個一等丫鬟蘭心和如心眼看著年紀大了，估計不出今年就要被拉出去配小子的，到時候這一等丫鬟的位置自然是空了出來，所以春華如今想著法兒地要在江姨娘面前表現。

江姨娘還是有些不信，又問。「真是咱們老爺將她抱進府裡的？」

「可不就是！這位表姑娘一看見咱們老爺，話都還沒說上幾句呢，就直挺挺地昏了過去，聽說還剛好倒在老爺的懷裡頭，所以老爺只得一路將她抱進了府裡呢！」春華說得有些誇張，不過卻和事實沒相差到哪兒去。

這府裡的活計輕簡，加上丫鬟、婆子又多，難免有些人多嘴雜，所以這會子工夫，只怕府裡頭都傳遍了「咱們府裡又來了個貌美如仙的表小姐」一事了。

江姨娘幾乎要將自個兒的帕子揉碎了，而一旁的二姑娘光顧著吃東西，壓根兒沒聽見春華和江姨娘說話的內容，倒是一直吃得慢條斯理的謝明嵐在心底微微嘆了口氣。

當著兩個這般小的女兒面前，就將這些府中的秘辛說出來，可見江姨娘著實不是個會教女兒的人。謝明嵐自從重生了一回後，自覺眼光和境界比以前高許多。她從前只覺得自己除了投生在姨娘肚子裡這點比旁人差了些以外，無論人品、長相還是才氣，都不比那些嫡女差，可自從回了京城之後，她卻因為庶女的出身，處處被旁人看不起。但打從嫁了人之後，她在磕磕絆絆中才慢慢明白了過來，這嫡女和庶女間差的並不在身分上，而是平日的教養上。

今日若是嫡母蕭氏的話，只怕她定不會任由丫鬟在自個兒面前碎嘴，也不會讓六姑娘聽到這些話的。

「姨娘，怎麼今天沒有栗子糕啊？」二姑娘吃了兩塊金絲芝麻卷後，注意到今天居然沒有自己喜歡的栗子糕，便有些不高興地叫喊起來。

江姨娘本就心煩意亂，再聽到女兒這般不懂事的叫喊，氣得立即伸手點了點她的額頭，不悅地說：「吃吃吃，妳就知道吃！小心日後成了個胖子，只怕連婆家都說不到！」

謝明芳雖還是個小孩子，可一聽到「婆家」這兩字，還是忍不住羞紅了臉，嘟囔道：「不過就是一塊栗子糕罷了，姨娘提什麼婆家？真是羞也羞死了！」

「妳這丫頭！」江姨娘見她頂嘴，就要教訓她，卻被謝明嵐攔了下來。

她握著江姨娘的手，柔柔地說道：「姨娘日後可不能再提這種話了，若是傳了出去，別人該說我們姊妹不珍重，只是徒增旁人的笑料罷了。」

江姨娘如今直將這個女兒當成掌中寶、心中肉，對於謝明嵐的話自然是百依百順。她順了順鬢角的碎髮，問了幾句兩個女兒今日的功課，見謝明嵐進退有度的模樣，格外滿意地點了點頭，再看著謝明芳明明比四姑娘大了三歲，可還是小孩子的做派，不由得嘆了一口氣。

說到底，沒有兒子，這腰桿子就是挺不直，不過是個上門打秋風的落魄表妹，都能讓她驚出一身冷汗來。

蕭氏作為當家主母，自然比誰都早知道這事。不過她即刻讓秋水拿了二十兩銀子，去二門處找到陳管事，拿了府裡的帖子去濟仁堂請大夫過來，還特別點名請素來給她看病的許大夫來。隨後她又吩咐香雲替她換了衣裳，她這就去看看這位新來的表妹。

沈嬤嬤先前聽了回稟時，就對這位表妹沒好感，實在是不能怪她想太多，而是府裡頭已經有了這麼個不安分的表妹姨娘，如果再來一個，豈不是添亂？

不過蕭氏卻大度道：「來者都是客，尋常就是仰慕老爺的窮書生上門，咱們都能做到以禮相待，更別說這還是親戚，這禮數不可廢。」

「太太說的自然是對的，老奴只是覺得這位表姑娘早不昏倒、晚不昏倒，偏偏老爺回來的時候就昏倒了……雖說是表哥、表妹，可規矩人家的姑娘哪會往男人懷中撲？」沈嬤嬤年紀較大，難免有些嘮叨。不過因著她素來知曉分寸，又是為了蕭氏好，所以蕭氏從未怪罪過她。

然而這會兒蕭氏卻是沈下了臉，說道：「嬤嬤萬不可亂說，免得壞了表姑娘的名聲。」

沈嬤嬤見蕭氏不高興，只得閉口不提。

此時香雲已經將衣裳捧了過來，便伺候蕭氏換了一身。

等她剛換好，就聽見外面吵嚷的聲音，她臉上立即有了笑意。「定是那兩個小魔星回來了。若是今日又玩得跟泥猴兒一樣，看我不教訓他們！」雖然嘴上這麼說，可蕭氏眼底的溫柔卻是藏都藏不住。說實話，她一共生養了三次，可直到這對雙胞胎時，才真正讓她煩心起來。

大哥兒清駿因著是長子嫡孫，從小就被謝樹元嚴格教養著，行事作風頗為沈穩；到了次子清懋，這孩子也是個寡言的性子，蕭氏養他幾乎沒費什麼心思，待年紀一到了六歲，就被謝樹元移到了前院，親自教養起來，如今在學堂裡頭讀書是一等一的好，就算和她這個娘親說話，也動不動「聖人有云」、「子曰」的，活脫脫一個小儒生模樣。

一直到這對龍鳳胎懂事起來，蕭氏這才體會到為人母的辛苦。兩個孩子因為一般大，頗有些誰都不服誰的樣子，成日在她面前鬥嘴。這會兒天氣好了，便天天鬧著要出去玩，不過是在自家花園裡頭玩，昨兒個回來她一瞧，簡直就是兩隻泥猴兒，衣裳縐巴巴的不說，還沾了好些草，雪白的鞋邊上全是泥土！

「小孩子難免淘氣些了，太太可不能教訓啊！」沈嬤嬤也是滿臉的笑顏。

實在是這對龍鳳胎太會做人了，一個賽一個的嘴甜，尋常丫鬟們給倒了杯水，都要說一聲「姊姊妳真好」，就衝著他們這一句姊姊的叫，丫鬟們可喜歡伺候兩人了。

蕭氏剛掀了簾子出來，就見對面有個小人兒如同小炮彈一般地衝了過來。

謝清溪抱著她的腿，抬頭就可憐兮兮地喊了聲。「娘……」

蕭氏一見謝清溪這般作態，便知她定是又有什麼東西輸給了湛哥兒，於是她假裝板著臉說道：「娘不是教過妳，要有姑娘的樣子，不許再跟著妳六哥哥亂跑。」她看了眼謝清溪的樣子，頭上紮的兩個花苞因為跑得厲害，已經有些鬆散，小裙子的裙襬上面也沾了點點泥土。她再瞧了一眼不遠處的兒子，也沒比女兒好到哪裡去，他腳上穿著的黑緞粉底小朝靴，是按著謝樹元朝靴的樣子縮小了做的，不過此時那黑色的鞋面上頭也沾了不少灰。

「娘，六哥哥把爹爹給的玉珮搶去了！」謝清溪此時指著謝清湛就開始告狀。

一旁站著的謝清湛可不願意了，他晃著手裡的玉珮，笑嘻嘻地說：「娘，妳別聽溪溪亂說，這玉珮是她輸給我的，我可沒有搶！謝清溪，妳丟不丟人？願賭不服輸，妳是小狗喔！」

謝清湛雖只有兩歲初，可說起話來條理分明，不比謝清溪這個新瓶裝老酒的人差。

蕭氏被這對兄妹鬧得有些頭疼，不過她還是板著臉說道：「湛哥兒，如何能直呼妹妹的名字？沒規矩！小心你爹爹教訓你！」

「娘，謝清溪趁妳不在的時候，也直呼我的名諱，我可是她哥哥呢！」謝清湛告黑狀的本事可不比謝清溪差，一股腦兒地全給倒出來了。

蕭氏如今要忙著去看那位表妹，實在沒工夫教訓這對兒女，就對素雲和紅雲兩人說道：「趕緊帶姑娘和少爺下去換身衣裳，若是餓了，去廚房將做好的點心拿過來。玩了這麼久，也該餓了。」

謝清溪抬頭看著蕭氏打扮一新的模樣，便嬌聲嬌氣地問。「娘，妳要去哪兒啊？」

蕭氏板著臉教訓她。「小孩子如何能詢問長輩的事情？趕緊去換身衣裳，要不然待會兒妳爹爹回來，我可不替你們遮掩了！」

大概謝樹元平日一副嚴父姿態，因此謝清湛一聽他的名字就往裡間跑去，謝清溪一見他跑了，也急急地追上去討要自己的玉珮。

蕭氏搖了搖頭，吩咐丫鬟們仔細看著兩人，不許他們再出院子，這才帶人去了前面。

謝樹元將人安置在了前院裡頭，此時孫嬤嬤急得險些要哭出來。謝樹元讓身邊小廝派人出去請大夫，不過沒一會兒就聽人回稟，說太太已經派人到濟仁堂請大夫去了。

蕭氏到的時候，謝樹元就坐在外頭等著，見她過來趕緊起身。「倒是煩勞夫人了。」

「老爺這是說的什麼話？表妹是客人，到了家裡來自然該精心款待，這門子上的小廝著實是有些不像話。」蕭氏柔柔地說道。

謝樹元朝著裡面看了一眼，還沒開口呢，就聽蕭氏說——

「既然表妹已經過來了，妾身便讓人收拾出一處院子讓表妹安置。」

「夫人果然妥貼。」

嬌杏趴在門邊上，自然聽到了蕭氏的話。

待嬌杏回去告訴孫嬤嬤後，只見孫嬤嬤面色有些怪異，卻還是說道：「夫人倒是好性子，願意收留咱們。待小姐醒後，咱們可得給夫人磕頭謝恩。」

「二哥哥，你回來啦！」只見穿著鵝黃裙子的小姑娘風一樣地撲過去。謝清溪心底嘿嘿一笑，抓著謝清懋，在他臉上就親了一口。

從謝清溪剛穿過來的時候，就覺得謝家這位二少爺實在是可愛，小小的人兒卻偏偏小學究做派，天天「之乎者也」的掛在嘴上；待謝清溪剛會爬的時候，就想盡辦法扭在這位二少爺身上；待她會走的時候，簡直就是天上地下的黏著他。

就連謝清湛都偷偷對蕭氏抱怨過，說六妹妹只喜歡二哥哥，根本就不喜歡他這個六哥哥！結果蕭氏逮著機會對他一通教導，什麼友愛兄妹、要禮讓妹妹。剛開始兩天的時候，他倒是禮讓得很，讓謝清溪以為太陽都打西邊出來了。但沒過兩天，他就故態復萌了，不是藉著機會扯謝清溪的花苞頭，就是想方設法地蒙謝清溪的東西。

謝清懋此時已經習慣了這個六妹妹的熱情，而且對比謝清溪對謝清湛的態度，他心底很是默默欣喜。

「六妹妹今兒個在家裡做了什麼？」

一旁的丫鬟將謝清懋身上的書院儒生裝換了下來，給他換了套舒適的衣裳。

謝清溪立刻開始告狀。「二哥哥，六哥哥將我的玉珮搶走了！」

謝清懋立即轉頭，神情有些責備地看著謝清湛，臉上的表情就是：你怎麼能拿妹妹的東西呢？妹妹還這麼小，你應該讓著點妹妹的！於是他清了清嗓子，拿出兄長的架勢說道：「六弟，六妹妹年紀還小，你應該讓著點她，如何能搶她的玉珮呢？」

謝清湛對謝清溪處處告狀的行為很是鄙視，他眨著眼睛，無辜地說：「二哥哥，這個玉珮是六妹妹輸給我的，不是我搶的。」

「輸給你的？」就在兄妹兩人說得正起勁時，有人掀開簾子便說道。

「爹爹！」謝清溪原本坐在炕上的，這會兒一下子跳起來，趿著鞋子就衝了過來。

謝樹元習慣地將她抱了起來，只怕要是蘇州衙門的那些人看見了，都會跌破眼鏡，訝異這還是那位平日裡清正嚴謹的謝知府嗎？

「溪兒，今日在家做了什麼？」和謝清懋一樣的問題，不過他邊笑邊抱著謝清溪走到了暖榻處。

謝清溪又開始告狀。「爹爹，六哥哥將你給我的玉珮搶走了！」

「都說了不是搶，是妳輸給我的！」這會兒謝清湛不樂意了，站在榻上就衝著她嚷嚷。

只見謝樹元臉色一沈，氣場十足地說道：「湛兒，怎麼和妹妹說話的？」

謝清湛又覺得委屈，卻又不願輕易服輸，只癟著嘴不再說話。

緊跟著謝樹元進來的蕭氏，也瞧見了這一幕，自然是在心底搖了搖頭。

待謝清溪好生在老爹面前刷了一把存在感後，蕭氏便讓丫鬟們帶著三個小主子到東梢間去玩，而她則伺候著謝樹元換了身衣裳。

蕭氏一邊輕車熟路地替他解了扣子，一邊柔聲道：「溪兒如今越發地大了，待過了年也該跟著幾個姊姊一起啟蒙了。」

「她說了，夫人講的比先生說的還有趣，況且早年妳也是京中有名的才女，啟蒙一個溪兒自然不成問題。她不願去春暉堂，便再過幾年也不遲。」謝樹元對這個女兒簡直是有求必應，這種小要求想都不想就點頭答應了。

蕭氏眉眼一低，略皺了下眉頭，卻又說道：「老爺也不可太過嬌寵了她，免得養成無法無天的性子。我瞧著她對她六哥倒是沒什麼敬意，在家裡還好，若是在外頭被人瞧見，只怕該說咱們家的姑娘沒規矩了。」

謝樹元不以為意，說道：「先前妳帶著溪兒去張府給老夫人拜壽，不是人人都誇她聰慧知大體嗎？我瞧著她禮儀規矩也甚好。況且湛兒同她是同胞親兄妹，親厚些倒也無可厚非！」

蕭氏見謝樹元一味地偏袒謝清溪，也不再說話了。

一旁的謝清溪看見謝清湛不高興，想想也覺得自己好像是有些過分。雖說自己現在是個小孩子的身體，但總歸不是個真小孩，可也不知道是不是小孩當久了，似乎連心性都變成了小孩子，總愛與謝清湛鬥氣。

她抓了一塊謝清湛喜歡的糕點，遞給他示好道：「六哥哥，吃糕糕啊！」

謝清湛撇過身子不搭理她。

倒是旁邊伺候他的紅雲，也哄他道：「六少爺，六姑娘給你糕糕吃呢！六少爺平日不是最喜歡吃芙蓉糕的？」

「六哥哥，你是不是生我氣啦？」謝清溪看著謝清湛一張鼓鼓的小臉，越發愧疚，覺得她幹麼和一個小孩子計較嘛！她身子往前傾了下，將手裡的糕點又遞到謝清湛面前，誰知這孩子倔得很，一下子又轉過頭去了。謝清溪見他這副小模樣，愧疚之心更甚，趕緊又忙不迭地哄他。

等蕭氏過來的時候，就看見這兄妹三人眉開眼笑的樣子。

待到了晚膳的時候，林雪柔總算是甦醒了過來。大夫過來看過，說她鬱結於心，思慮過重，如今乍然去了思慮，一時受不住，所以才昏厥過去的。

雖是表哥，可謝樹元也不好在女子閨房中待著，等蕭氏過來後，他便回了外書房。

而蕭氏見這表姑娘不過帶了兩個僕人過來，還老的老、小的小，實在是可憐，便將身邊的秋水留在這裡伺候。

「小姐，您可算是醒了！」孫嬤嬤見林雪柔醒了，立即便高興地過來扶她起身。

林雪柔倚靠在床架上，腰上墊了個枕頭，她打量了一眼四周，只覺得富麗堂皇得很，就連這頭頂的紗帳都是青綃帳，光是看上去就滑不溜丟的，她偷偷地摸了一下，軟軟滑滑的布料，竟是比她身上穿的衣裳料子還好。

「嬤嬤，讓妳擔心了。」林雪柔垂著頭，低低地說道。

「我的好姑娘，可別這麼說，老奴只恨不能代您遭了這份罪！」孫嬤嬤說著就要抹眼淚。林雪柔幼年喪父，孤母帶著她獨自生活，先時靠著母親的嫁妝，日子過得倒也富足，可誰知一年前，母親卻也因思念父親，心中思慮長年不得抒解，最後病勢竟是越發的嚴重。

此時，一直站在孫嬤嬤旁邊未說話的人，突然開口道：「嬤嬤，表姑娘這才醒來，只怕是餓了，奴婢這就去小廚房吩咐她們弄些吃食，給表姑娘送來。」

林雪柔此時才注意到這女子，只見她穿著蔥綠長比甲，長得並不算出色，可勝在眉眼端正，腕上戴著一只銀包金的鐲子，一副語笑吟吟、從容不迫的模樣。

「這位姊姊是……」林雪柔剛醒來，並不知眼前這人是誰。

秋水立即請安，急急道：「表姑娘真是折煞奴婢了，奴婢叫秋水，是太太派過來伺候表姑娘的。」

林雪柔一聽「太太」這兩字，便急急地要起身，一邊掙扎著起來一邊說道：「我初到府中便給表哥與表嫂添了這樣多的麻煩，孫嬤嬤妳趕緊扶了我去給表嫂請安！」

秋水悄悄打量了這位表姑娘一眼，見她面帶急色，倒不像作假的模樣。不過想起今兒個她昏倒在老爺懷中的傳聞，她還是細細打量了這位表姑娘一番。

因為府中已有一位天天作張作致的表妹姨娘，芝蘭院的人都對「表姑娘」充滿了莫名的厭惡，所以今兒個剛聽了這樣的傳聞，秋水就發了一通牢騷，說：「一個、兩個，真當咱們府上是做善事的，什麼親戚都敢上門來。」

秋水見她當真要起身去給太太請安，忙勸道：「姑娘身子還未大好，太太早就吩咐了，姑娘醒了後，便好生用些吃食，待今晚好生歇息後，明日再同府中的小姐們見禮。」

「這可怎麼好？我來府中本就給表嫂添了麻煩，如今再不去請安，只怕我心難安。」林雪柔瞧著雖嬌嬌弱弱的，可性子倒是執拗。

秋水正暗暗發愁，就見嬌杏從外頭進來，一臉喜氣。

「嬤嬤，夫人派人送燕窩過來給咱們小姐吃了！」嬌杏此時見林雪柔醒了，更是高興，就要過來同她說話。

孫嬤嬤瞧了一眼秋水，生怕嬌杏這樣大呼小叫的模樣被她看輕了去，便立即喝斥道：「姑娘面前也容妳這般大呼小叫？還不趕緊出去請了送東西的姑娘進來！」

雖然孫嬤嬤平日也嚴厲，可因為她們三人也算是相依為命的主僕，因此倒也從沒對嬌杏這般喝斥過，嬌杏一時紅了眼睛。

還是秋水解圍道：「嬤嬤，太太身邊的姊姊我倒是熟悉，還是由我出去瞧瞧吧？」說著，秋水便掀了簾子離開。

孫嬤嬤看嬌杏一臉委屈的模樣，也不由得嘆了口氣。她伸手將嬌杏拽了過去，小聲道：「妳這丫頭也沒眼力勁了，如今咱們可是在知府大人的府裡頭，這樣的人家規矩最是大，妳這般在小姐面前大呼小叫的，豈不是讓人覺得妳沒規矩，也看輕了咱們小姐。」

嬌杏不過是個小丫鬟，又沒在高門大宅裡待過，如何懂這些道理？

倒是林雪柔替她說話。「嬤嬤，嬌杏年紀還小，日後慢慢教便是了。」

孫嬤嬤還要說話時，就見秋水掀了簾子進來，她身後還跟著一個穿著水紅比甲的人。孫嬤嬤一見，立即迎了過去，來人就是下午跟著蕭氏一起過來的香雲。

「見過表姑娘。太太之前說表姑娘約莫這會兒便醒了，怕姑娘餓了，特地讓奴婢送了些冰糖燕窩過來。」香雲是個長相甜美的，一說話臉上便有一對梨渦，看著也喜慶。

林家富貴的時候，林雪柔倒也喝過幾回燕窩，不過那東西太貴，幾兩銀子才那麼點，要不是她母親見她身子實在是弱，也捨不得花這樣的錢。此時，見謝府隨便就送了這等的好東西過來，她多少還是紅了臉，可再多的話，這會兒也只憋成了一句。「煩勞表嫂了。」

香雲又說了一會兒話，便推說還有差事等著，告辭回去了，林雪柔讓秋水送她出去。

兩人到了院門口時，香雲才瞧了她一眼。「太太說，妳這幾日辛苦了。」

「好姊姊，奴婢當差哪會辛苦？」秋水是蕭氏身邊的二等丫鬟，平日都是聽蕭氏身邊四個大丫鬟的支配。香雲雖比她大不了多少，可因著在太太面前得臉，所以秋水對她也格外恭敬。

香雲知道她是個穩重的，只小聲叮囑了一聲。「妳好生伺候著，有什麼事情，立即回來稟了太太。」

秋水回頭瞧了裡面一眼，有些猶疑地說：「奴婢瞧著這位表姑娘倒是個實誠的。」

「知人知面不知心，當初那位不也這樣過來的？」香雲冷哼了一聲。汀蘭院的那位，當初還不是一副老實相？太太還憐惜她流放時吃了不少苦，想託了永安侯夫人給她相戶好人家呢！誰知，人心不足蛇吞象。

次日，蕭氏正在梳妝的時候，就聽見外頭有丫鬟進來稟告，說表姑娘過來給太太請安了。蕭氏聽了這樣的話，只略皺了皺眉頭。

倒是身後正在給她梳頭的香雲說道：「這位表姑娘倒是個懂規矩的。」

自從江姨娘進門之後，蕭氏對於所有的表姑娘都不存在任何好感，特別是昨天這位林表姑娘一來就演了那麼一齣，她著實對林雪柔生不出什麼憐惜之情，如今不過是礙於親戚的情分罷了。雖然蕭氏對林雪柔不瞭解，不過倒聽謝樹元說過，林雪柔的外祖父，也就是謝樹元的二叔公如今是健在的。這位表姑娘不去安慶謝家投奔自己嫡親的外祖及舅父，倒是跑到了隔房表哥的府中來，也不知是打的什麼如意算盤。

蕭氏讓丫鬟請了林姑娘在前廳坐著，就又問香雲。「六小姐可起來了？」

因著謝清溪年紀尚幼，蕭氏並不拘束她，平日都是想睡到幾時便睡到幾時的。不過因著今天有林雪柔在，姑娘們該給這位表姑見禮，倒也不好不出現。

香雲垂眸道：「奴婢方才讓小玉看了一眼，素雲已經伺候六姑娘起身了。」

蕭氏點了點頭說：「妳讓素雲伺候六姑娘過來用膳，順道同表姑娘見個禮。」雖然這位表姑娘確實比打秋風的窮親戚好不到哪兒去，可這是謝樹元親自認下的親戚，蕭氏自然也不會慢待，所以昨晚她還特地讓身邊的丫鬟，送了幾件她從未穿過的素色舊衣過去。

林雪柔早已經坐在了前廳等著，不過聽丫鬟說，表嫂還未起身，她又覺得惶惶不安，生怕來早了，打攪了表嫂歇息。不過，就在她到了沒多久，就又見兩個小姐模樣打扮的孩子帶著幾個丫鬟，一行浩浩蕩蕩地進來。

原本站在外頭的丫鬟見著這兩人先是一驚，隨後便問安。「給二姑娘、四姑娘請安。」

「起來吧。我們來給母親請安，不知母親這會兒可起來了？」二姑娘謝明芳年紀更大些，這會兒自然是以她為主，所以她開口讓丫鬟起身。

「太太已起身了，不過這會兒還在更衣，還請兩位姑娘稍等片刻。」接著就有丫鬟引她們二人到前廳坐著等。

林雪柔急急地起身，可又想到這兩位姑娘只怕是表哥的女兒，也算是自己的晚輩，因此她有些著急地看著身後的孫嬤嬤，生怕自己的言行被人小瞧了去。

謝明嵐早就注意到了這位新來的表小姐，規規矩矩地屈膝請安，見謝明芳沒動，只暗暗拉了她的衣袖，謝明芳這才不情不願地蹲了一下。

兩人剛坐下，就見謝明芳瞇著眼睛打量了林雪柔一番後，突然來了一句。「表姑這身衣裳可真好看。」

此言一出，廳裡一片安靜。

林雪柔有些不明所以，還以為自己哪裡出了錯，一張白淨的臉脹得有些微紅。

謝明芳見狀，冷哼了一聲。

倒是謝明嵐安靜地坐在自己的位子上，不著痕跡地打量了這位表姑一眼。雖說江姨娘生得也不錯，可到底是流放過的，就是那一身皮膚都不能和嬌生慣養的小姐們比較。而這位林表姑雖一身素淨打扮，可身上倒是有種小家碧玉的溫婉，倒也是男人喜歡的類型。

「表姑別放在心上，二姊姊是見表姑親切才這麼說的。」謝明嵐此時並不想得罪這位表姑，要知道，上一世這位可是在京城裡頭有不小的名聲，被一位王爺包成了外室，結果後面鬧得那叫一個沸沸揚揚。

早就有丫鬟將二姑娘和四姑娘過來給太太請安的事情稟告給了蕭氏，蕭氏聽完後忍不住冷笑一聲。

倒是旁邊的沈嬤嬤說話了。「這個江姨娘真是夠不安分的，平日不讓姑娘們給太太請安，如今不過來了位表姑娘，就讓兩個姑娘巴巴地過來，生怕旁人不知道她的心思。」

「她自己不過是靠著表妹這個名分立足的，如今又來了一位表妹，她自然是怕的。」蕭氏豈會看不透江姨娘那點小心思？不過饒是自己這樣心性的，都已經噁心透了這些表妹。

「太太說的是。」沈嬤嬤說著就過來扶著蕭氏起身，往外頭走去。

前一世謝明嵐便極少給蕭氏請安，同嫡出的三個兄弟也不過都是面子情，以至於出嫁之後便連個替她出頭的人都沒有。原本這一世她想每日過來給蕭氏請安的，可誰知蕭氏卻說姑娘們都還小，正是長身體的時候，自然該睡足了覺。

原本謝明嵐盤算的倒是好，想著蕭氏只生了三個兒子，只要自己待她至敬，日後自己定是女兒中的頭一份，卻不想，這一世蕭氏竟生下了龍鳳胎！雖說她自幼有慧名，如今於琴棋書畫上更是甚有天賦，可爹爹最喜歡的卻還是那個連字都識不得幾個的小丫頭！

蕭氏出來的時候，正巧謝明貞和謝清溪兩人攜手進來。只見謝明貞牽著謝清溪的小手，步伐邁得也小，顯然是遷就她。

此時蕭氏顯然也瞧見她們倆了，只看了一眼便是滿眼笑意的模樣。

待大姑娘和謝清溪走到蕭氏跟前的時候，就聽謝清溪抬起頭認真地說：「女兒來給母親請安了。」

「我的乖女兒。」蕭氏笑得開懷，對謝明貞說：「好孩子，快帶妳六妹妹過去坐著吧。」

此時謝明嵐等人自不好再坐著，都起身給蕭氏請安問禮。

林雪柔也跟著要請安，卻是被蕭氏旁邊的香雲跨了一步，一把給扶住了。

蕭氏笑道：「表妹身子可好了？大夫可說了讓表妹好生將養著的，怎好這麼早就過來。」

林雪柔垂著頭，一副羞澀的模樣。「昨晚就該給表嫂見禮的，實在是身子不爭氣，還請表嫂寬恕我的失禮。」

蕭氏臉上露出心疼的表情，安慰道：「表妹說這樣的話可就是生分了！既來了府上，就當成在自家便是了，何須這般客氣？」

謝明芳在一旁聽得不耐煩，又見林雪柔那樣嬌滴滴的模樣，忍不住哧了一聲，還是謝明嵐在一旁扯了下她的袖子，這才沒讓她太失禮。

這前廳的地方並不大，蕭氏自然知悉謝明芳的小動作，不過卻是面上沒顯。待她讓香雲扶著林雪柔坐下後，便也扶著怡雲的手坐在了上首。

謝清溪自進來後便安分地坐在位子上，她同謝明貞都坐在林表姑的下首，而對面坐著二姑娘和四姑娘。此時謝明芳臉上隱隱的不屑，只怕在場有眼睛的人都能看出來，倒是謝明嵐雖年紀尚小，卻端正地坐在自己的位子上，目光前視並不閃躲，瞧著倒是進退有度的模樣。

「按理說，昨兒個就該讓妳們四個給表姑見禮的，不過表姑一路長途跋涉，大夫又讓歇息著，故而今兒個才讓妳們給表姑請安。」

蕭氏這麼說著，幾位姑娘便都從位子上起了身。

蕭氏挨個指點道：「坐在表妹妳旁邊的是大姑娘明貞，今年七歲了，對面穿著鵝黃裙子的是二姑娘明芳，今年六歲了，旁邊的是四姑娘明嵐，今年三歲了，只比我生的這個小魔星大上半歲多。」

林雪柔跟著蕭氏的指點一一看著謝府的這幾位姑娘，幾位姑娘年紀雖然都小，可是卻各個如珠似玉的，小小年紀早已經瞧出了美人胚子的模樣，四人皆戴著金項圈，只是下頭墜著的玉石卻各不相同。

大姑娘是橘黃的玉皮子，打成方方正正的模樣，瞧著玉質是極好的；而二姑娘項圈下頭墜著的是一塊綠瑩瑩的翡翠，瞧著是冰糯種的；站在她旁邊的四姑娘下頭卻是一塊白玉帶墨的玉牌，那玉牌上的墨如同染上去一般。

蕭氏這會兒才笑著指向最後也是最小的那個姑娘說：「那便是六姑娘，同她哥哥是對龍鳳胎。不過哥兒如今都在前院，待晚膳的時候再讓他們過來給表妹見禮就是。」

林雪柔聽了這話便仔細打量起這位六姑娘，她同其他三個姊姊都戴著同樣的金項圈，只不過她的項圈下頭墜著的是一塊羊脂白玉，那玉遠遠瞧著就晶瑩潔白而無瑕。

四人雖心中各有想法，卻都是規規矩矩地給林雪柔行了禮。

林雪柔面色一紅，回頭對丫鬟說：「嬌杏，把荷包拿上來。」

嬌杏從袖子裡恭敬地拿出四個繡著各色花草的荷包，林雪柔拿了荷包一一遞到幾人手裡，說道：「沒什麼好東西，還望幾位姪女莫嫌棄。」

四人齊齊說了聲「多謝表姑」。

蕭氏瞧這邊見過禮，便讓丫鬟在花廳擺了膳桌，留了幾人吃飯。

眾人依次坐下，就連最小的謝清溪都坐得分外規矩。

林雪柔瞧了這些提著膳盒來來往往卻絲毫不見混亂的丫鬟，暗暗觀察起蕭氏的動作，生怕錯了規矩，讓人恥笑。

用膳的時候格外的安靜，因著謝清溪年紀小，便讓身後的素雲伺候著，她喜歡哪樣，素雲便給她挾到碗中。別人吃沒吃好她不知道，反正這是在她親娘的院子裡頭，她自然是不會虧待自己的，愛吃什麼吃什麼。

謝明貞倒是常在芝蘭院裡用膳，因而吃得倒也好。

可謝明芳和謝明嵐二人，卻甚少在這裡用膳。謝明芳是個愛吃的，但礙著有這個表姑在，又不好隨便挾東西，只略吃了幾口；而謝明嵐卻是安安靜靜地吃飯，瞧不出什麼來。

這一頓飯吃下來，倒也安靜。

待用完膳後，蕭氏便讓姑娘身邊的丫鬟伺候她們去春暉園上學。

蕭氏留了林雪柔下來，卻讓人帶著謝清溪出去玩了。

謝清溪出去後，便直奔著院子外面，要往前院跑，要不是素雲在後頭攔著，只怕還真被她跑了出去。

謝清湛昨晚同謝清懋一起睡在前院了，到現在都還沒回來，謝清溪疑心他是想乘機甩開自己，偷溜出府玩去了，便鬧騰著要去前院找他。

素雲見實在安撫不了她，便讓小丫鬟同香雲講了一聲，自個兒帶著謝清溪往前院去了。

而蕭氏這邊正和林雪柔說到她母親去世的事情，待聽完後，她唏噓了幾聲，直說道應該派了人過來通知一聲，好讓他們去弔唁的。

「母親是寡居之人，哪好外出走動……」林雪柔一想到這裡，眼淚便如斷了線的珠子般掉了下來。她用帕子擦了擦臉，有些羞愧地道：「我身上戴著孝，本不該來打擾表哥同表嫂的，可家中伯父卻……」她竟是說不下去的樣子。

此時，旁邊的孫嬷嬷開口道：「太太，咱們姑娘實在是可憐！自從沒了爹娘，那族裡的人占了老爺、夫人的家產不說，還要將我們姑娘隨便嫁給別人做填房，姑娘無法，只得帶了老奴和嬌杏，準備回安慶投靠外祖及舅老爺一家，可這山長路遠的，我們姑娘是個女子，又帶著我這個不中用的老婆子，只得先投奔到了這裡。」

孫嬷嬷的話將林雪柔臊得半死，她一個未婚姑娘家，聽著「填房」這樣的話總歸是不好。

蕭氏暗暗嘆氣，這主僕三人老的老、小的小、弱的弱，能從平遠縣到這裡，只怕路上也是受了不少苦。可是前車之鑑尚在眼前，蕭氏又豈容再埋下禍根？只聽她款款道：「表妹如今既然到了家中，只管安心住下便是。這送信到叔公府上的事情，由家中小廝去便是。」

「送信？」林雪柔有些疑惑地抬頭。

蕭氏見她這迷惑的樣子，依舊笑意盈盈，說：「表妹既然想去叔公府裡，我這做表嫂的豈有不幫忙的道理？我先遣人送封信回安慶，待老爺親自修書，與叔公商議後，或是咱家派了人送表妹過去，或是讓叔公派人來接，都是妥當的。不過現在表妹只管安心住下，從明日開始可不許再起這般早了。表妹在府中做客，若是得閒了，過來陪我說會子話便是了，可不能再像今日這麼早起了。」

林雪柔被蕭氏的一番話說得不上不下。她先前聽母親說過自己有個在蘇州做知府的表哥，但母親是寡居之人，並不好帶自己上門拜訪。如今母親去了，她過來投奔表哥，卻從沒想過要去安慶外祖家，實在是因為外祖一家同自己的來往並不密切。父親尚在的時候，每年都往安慶送年節禮物，可回回卻得不到回禮，就連隻言片語都沒有，每年她都能聽到母親在房中暗暗哭泣，因此她不喜歡外祖一家。

可表嫂說的也是，哪有不投奔自己正經的親戚家，反倒賴在隔房表哥府中的道理。

林雪柔想著蕭氏那綿中帶刺的話語，一路忍著，直到回了聽雨軒，這才落了淚下來。

秋水正在院子裡吩咐小丫鬟事情，見她一路落著淚回來，被唬了一跳，不過看著孫嬤嬤尷尬的臉色，便沒有跟進去。

此時謝家幾位姑娘都去了春暉園中，正等著先生過來上課。雖說男女大防，閨閣中的千金不好日日見外男，可如今謝家幾位上課的小姐最大的不過七歲，而先生卻已經五十有餘，若不是於科舉一途不再有希望，只怕也不會安心在謝家當個教書先生。

不過能在謝家當先生，即便只是教姑娘們，這學識都得比外頭的一般教書先生要好。這位彭先生規矩嚴，姑娘們上課時不許丫鬟在旁邊隨侍，因此姑娘們上課時就連研墨都需自己來。

二姑娘謝明芳有些不耐地看著面前的硯臺，她身邊的丫鬟春碧正在給她研墨，她撇了撇嘴，不耐煩地說：「快點！可千萬別讓先生發現了，不然他又得讓我抄大字了！明明就有丫鬟，還非要讓我們自個兒磨墨，害得我那件金繡彩蝶的綢衫都沾上了墨汁，如今都不能穿了！」

就在謝明芳抱怨不停的時候，另外兩位姑娘卻是一言不發。

謝明貞讓丫鬟給自己捲了捲袖子，站在書桌旁邊，按著先生教的法子，一點一點開始磨墨；而謝明嵐因個子太矮，有些搆不著放在案桌上的硯臺，便讓丫鬟搬了個小馬札，自己站在馬札上，也一言不發地磨墨。

謝明芳四處瞧了兩眼，見她們都不搭理自己，只覺得無趣，於是便翻出先前林雪柔給的荷包。荷包上繡著蘭花圖案，繡工倒是中規中矩的，不過用的布料瞧著還沒她身邊丫鬟的好呢！待她打開了荷包後，看著裡面兩個銀錁子，立即不屑地冷哼了一下。這還是長輩給的見面禮，未免也太寒酸了些！難怪姨娘說，這個林表姑就是來家裡頭打秋風的！

「四妹妹，妳也瞧瞧林表姑究竟給了妳什麼好東西？」謝明芳揚了揚手裡的荷包，聲音雖還稚嫩，可卻帶著與年齡不大符合的鄙夷語氣。「我瞧著這兩個銀錁子還沒太太過年時打賞下人做的精緻呢！而且一個連一兩都沒有吧？春碧，妳拿去玩吧！」

說著，謝明芳就連荷包帶銀錁子給推到了桌子一角，讓正在磨墨的春碧拿著。

這兩個銀錁子雖說不精貴，可到底是長輩所賜，二姑娘這麼做可是對長輩的大不敬，要是讓老爺、太太知道，又該罰了。春碧作為謝明芳的丫鬟，已被蕭氏喝斥了好幾回，若不是太太看在這實在不是她的錯的分上，恐怕早就將她攆了出去，這會兒她如何敢要這銀錁子？所以她立即放下手中的墨條，撲通就跪下，說道：「這是表姑娘給小姐的，奴婢不敢要！」

「讓妳拿著就拿著，怎麼就不敢要了？」謝明芳不耐煩了。

謝明貞雖一直沒說話，可聽到這裡也不由得皺了下眉頭。她看了一眼站在馬札上的謝明嵐，想了下，還是未開口。

「二姊姊，這乃是長者所賜，這麼給了丫鬟，若是傳出去，難免有人非議姊姊。」謝明嵐心底雖然無語，可還是勉強開口。謝明芳到底和她是一母所生，若是在外頭丟了人，她也得跟著丟人。

雖說前世的謝明芳也有些眼皮子淺，可這一世竟有些變本加厲，如今不過才六歲，就將這踩低捧高學了十足，而江姨娘不但沒覺得二姑娘這般不好，還覺得她是個精明的，以後定不會吃虧。若謝明嵐沒有重生一世，如今只怕也學成了謝明芳那般模樣。

都說嫡庶有別，從前謝明嵐只覺得自己和嫡女不過就是差了一層身分，如今再生一世，竟隱隱看得明白起來，庶女和嫡女之間差的可不只是一層身分，更是那份眼見和內裡的教養，這內宅的彎彎道道，又豈是明面上能說清楚的？

有些嫡母從不曾虧待庶女，穿衣打扮上也不過比嫡女差了一星半點，旁人看了莫不稱讚這樣的嫡母，說她厚道。可嫡母除了穿衣打扮上不曾虧待庶女外，卻從沒教過庶女管家之道，更沒教過她人際交往這等事情。在家裡當姑娘的時候尚且看不出來，可一旦出嫁成了別人家的媳婦，問題卻是層出不窮了。不曾學過管家，自然管不了家；不曾聽過人情來往，這紅白喜事上就會有差錯，就會有得罪人的風險。

久而久之，這樣的媳婦，誰敢讓她管家？若是成了長媳，只怕連家都要亂了！

謝明嵐不願再像上一世那般過，因此自打她重生之後，從未因吃食這等小事抱怨過一句，反而奮發讀書，努力維持自己製造出來的早慧之名。

「誰敢？若是有人敢嚼舌根，我就稟了太太，懲治了她們！」謝明芳不屑地說道。

先前也有人在背後說姨娘恃寵而驕，謝明芳逮著謝樹元在蕭氏院子裡的機會，好生告過一狀，那些嚼舌根的奴才可是立刻就被發落到了莊子上，這會兒可沒人再敢輕易得罪她們汀蘭院了！

謝明嵐見她屢勸不改，又想起上次她告狀的事情，不由得有些氣悶。如今可是太太管著家，她當著太太的面向父親告狀，說家裡的下人口舌不嚴，雖太太立即發落了那幾個下人，可這還是狠狠地搧了蕭氏一巴掌！

「好了，春碧，妳先將這荷包替二姊姊收起來吧，這是長輩所賜，二姊姊方才不過是同妳玩笑罷了。」謝明嵐見她說不通，索性逕自吩咐了春碧。

謝明芳見她這麼自作主張地指使自己的丫鬟，剛要教訓她不敬姊姊，就聽見外頭把風的小丫鬟偷偷喊了聲「先生過來了」，她趕緊從春碧手中奪過墨條，只是行動間難免有些急躁，那墨汁竟是飛濺了起來，一下子就沾在了她的袖子上！

今日她可是穿了件鵝黃的裙子，這墨點在衣袖口上顯得甚是刺眼，她一時氣不過，對著春碧就怒道：「妳這奴才是怎麼伺候的？」說著，竟是將硯臺推了下來！

那硯臺裡還有方才剛磨出來的墨汁，一大半全都潑到了春碧的衣裳上，還有星星點點的墨滴竟是濺到了旁邊謝明嵐的裙子上！

「二姊姊，妳做什麼！」今日這條玉色織金銀花的裙子乃是謝明嵐最喜歡的一條，雖說江姨娘如今頗受寵，可汀蘭院的分例卻依舊是姨娘的，而她和謝明芳也都是每人一季四套的庶女分例。眼見這新裁的春衫竟被謝明芳隨手毀了，她氣得不由得叫了起來，一直以來偽裝的大方體貼通通消失不見了。

謝明芳雖心中也有些不好意思，可還是嘴硬道：「我又不是故意的，四妹妹何必這般大聲？不過就是一條裙子罷了！」

謝明嵐冷笑了一聲，實在不是她小氣，而是光這條裙子用的布料就要十幾兩一疋，更別提這上頭的繡工之精緻，可是繡娘花了半月時間才繡好的。原本她還指望穿著這套衣裳出門會客的，因著今兒個要見這位林表姑，她才特地穿了出來的。

就在此時，彭先生進來了。

幾個丫鬟便退了出去，回了自個兒的院子，等姑娘們下課再過來接。

而春碧一身墨汁、眼含著淚回汀蘭院時，被不少人看了去，沒一會兒，府裡便幾乎是傳了個遍。

彭先生一進來便看見二姑娘和四姑娘臉上的表情都不大好，而大姑娘依舊一副嫻靜的模樣。說起來，大姑娘和二姑娘年紀相仿，兩人又是一同入學的，因此學習的進度自然快些，可是讓彭先生感到詫異的乃是這位四姑娘，她年紀比兩位姊姊要差上幾歲，可是於學習上卻要更聰慧，就算入學的晚，如今學習的進度竟是慢慢趕了上來。反倒是這位二姑娘，勤勉不及大姑娘，聰慧又不如四姑娘，只怕再過幾月都要被四姑娘比了下來。

「幾位姑娘將昨日臨的十張小楷先拿出來。」這是彭先生昨日留的功課。謝樹元愛好書法，本人寫的一手楷書更是連皇上都誇讚過，因此謝樹元檢查幾人功課時，對書法最為看重。

謝明嵐因年紀還小，腕力不夠，如今還在描紅；謝明貞如今倒是能臨帖，不過她寫字卻無甚靈氣，中規中矩罷了；而謝明芳本就不喜歡讀書，如今又因為謝明嵐太過聰慧，引得父親和姨娘的關注都在她的身上，就更加不喜歡讀書了。

就在謝明芳要動作的時候，卻見旁邊的謝明嵐身子一歪，人竟是要從馬札上倒下來！她心頭一驚，剛要動就見謝明嵐桌邊的硯臺被掃翻了下來，她原本想伸手去接謝明嵐的，可卻下意識地往後退了下。不料，謝明嵐卻整個人歪了過來，竟是將她也一併撲倒，兩人頓時都摔在了地上！

第四章

兩位小姐在上課途中受了傷，就連蕭氏都被驚動了。她趕緊讓人請了大夫過來，還親自帶了人去汀蘭院。

江姨娘初時得了消息嚇得半死，待知道是謝明嵐未站穩撞倒了謝明芳時，竟是連個怪罪的人都沒有。最後兩個姑娘回來時，只能逮著底下伺候的丫鬟好生一通責罵。

而這一切都同正在前院的謝清溪無關。這前院乃是謝樹元的地盤，就算是蕭氏無事都不得常過來，如今前院住著的就是謝樹元和謝清懋兩人，還有謝清湛這個編外人員。謝清溪到的時候，謝樹元早就去了衙門，謝清懋也去了外面的學堂，只有謝清湛還未起身。

她吵鬧著要去找謝清湛玩耍，可先前六少爺就因為姑娘吵著他睡覺，發了好大一頓火，跟在身邊的素雲哪還敢讓她去？

原本素雲正要哄著她回去，可偏偏謝清溪卻看見了前面不遠處的一座小樓。

說起來，這座小樓可是謝府最重要的地方，那裡是謝樹元的藏書樓，聽聞其中藏書有數萬卷之多，當初謝樹元從京城外放過來，光是裝這些書籍就裝了一艘船呢！

因謝樹元是探花郎出身，因此蘇州學子對於這位學富五車的謝大人很是仰慕，再聽說謝府有這麼一座藏書樓，慕名而來拜訪者有如過江之鯽。

謝清溪沒讓人抱著，自己往藏書樓走去，這才剛到門口就被攔住了。不過攔她的人見著是她，也是一臉恭敬地說：「六姑娘，這藏書樓未經老爺同意，可是輕易不讓進的。」

「爹爹一定是說，閒雜人等未經他同意不許進去吧？那你覺得我是閒雜人等嗎？」謝清溪抬起頭望著他，一派天真地說。

守樓的小廝一臉糾結，這位小祖宗可是老爺、太太的心頭肉，豈是他一個小廝能攔住的？正當他疑惑時，就見謝清溪彎了一下腰，便從他的手下穿了過去！小廝豈敢伸手拽她，只能眼看著她一溜煙地竄進了藏書樓。

謝清溪一進來就看著這兩層高的小樓，只見其中一面的書架竟是頂天立地的，而另一邊則是一處旋轉樓梯，而二樓則是懸空而建的，以梨花木的欄杆圍著，若是有些手長的人靠在欄杆上，略一搆，只怕就能拿到對面牆上的書。房間裡還有一個梯子，想來是為了拿書而放的。

她將手背在身後，如同視察一般地沿著書架走，發現與她視線等高的那一排書架放著的居然是遊記，她點了點頭，表示滿意，正要伸手拿書時，突然頭頂響起一道男聲——

「小丫頭，妳是誰啊？進來偷書嗎？」

謝清溪被這麼突如其來的一聲嚇得膽差點沒了，她一抬頭，就看見一個大約十二、三歲模樣的男孩，正靠在欄杆邊上，悠然地看著她。

謝清溪往後退了一步，突然，那男孩手掌撐著欄杆，竟從二樓跳了下來！他動作矯健而瀟灑，再加上那一張未長開卻已經隱隱有傾城之容的臉蛋，竟是看得謝清溪呆了。

「小丫頭，妳是進來偷書的嗎？」男孩看著面前這個如玉團般的小人兒，明明知道她這一身富貴打扮定不是小偷，可還是忍不住逗她。

「書精？」謝清溪問。

「什麼？」男孩沒聽懂她的話。

她又問。「你是書成精了嗎？」

對面粉雕玉琢得已經可以成為少年的男孩，表情一下子變得微妙。書精？他可是堂堂……就在話要說出口的時候，卻一下子頓住，臉脹得微微通紅。

謝清溪看著他脹得耳朵都紅了的表情，差點笑出聲來。

「妳是誰？」男孩一副理所當然地問道。

謝清溪嘴角微微抽動，跑到別人家問別人是誰？估計這也是個在家稱王稱霸的人物。於是她抬著頭，笑咪咪地說：「我是這家的孩子。」

「……喔。」男孩在謝清溪這麼直白的回答之下，也有些尷尬，兩人就這麼相對無言。

外面的陽光從窗櫺照射進來時，謝清溪才發現這個萬里閣的窗戶竟不是細紗蒙的，而是彩色玻璃，中間一扇窗子被打開，陽光爭先恐後地湧入這座萬里閣中。

古有讀萬卷書，不如行萬里路之說，謝樹元本人就曾在會試之前遊學過一年，雖未行萬里路，卻時常覺得這樣的遊歷經歷實在是裨益匪淺，因此他的藏書樓命名為萬里閣。

謝清溪抬頭看著他，能出現在她爹的藏書樓裡，可見對於謝樹元來說定是個極重要的客人，可偏偏蕭氏作為當家主母，竟是從未聽說家裡來了客人，可見這人應是秘密進入謝家的。

「妳叫什麼名字啊？」雖說古代有男女大防，閨閣女子的名字不得輕易告訴旁人，可是男孩看著對面的小短腿……唉，她連個女的都算不上吧？頂多只能算女娃娃。

「來而不往非禮也，你剛剛問了我一個問題，現在應該輪到我問你了吧？」謝清溪聲音清脆地說道。

男孩微微一怔，沒想到這個小娃娃居然能說出這樣的話，於是便展顏笑開。他的眼睛猶如黑幕下的夜空般，裡面閃爍著星辰。「我叫庭舟，陸庭舟。」

「我叫謝清溪，清溪的清，清溪的溪。」謝清溪笑咪咪地回答。

陸庭舟聽完先是一愣，隨後哈哈大笑，他一邊笑一邊指著謝清溪說：「妳太好玩了，我家都沒有妳這樣有趣的小孩。」陸庭舟猶如小大人般地說：「我有好多姪子姪女，可是他們都無趣得很，就連走路都恨不得拿尺子丈量。」

謝清溪無語。好多姪子姪女？你也不是很大好吧？

不過這樣的情況，在古代倒也不少見，有些大家族裡簡直比比皆是，明明兒子都生了好多孩子，結果祖父突然老來得子，生了小叔叔出來。

「妳叫清溪？」陸庭舟看了她一眼，豁然開朗地說道：「我聽說謝大人的夫人生有一對龍鳳胎，妳就是謝清湛的龍鳳胎妹妹吧？清溪、清溪。」他輕聲地叫了兩遍她的名字，突如其來地說道：「妳父親定然十分疼愛妳吧？不然不會以謝家男子的名字排序與妳。」

雖然這是眾所周知的事情，不過謝清溪倒是第一次聽人說出來。她看著這個叫陸庭舟的少年，此時他站在自己的面前，猶如小巨人般，她不得不抬頭仰望著他，少年如玉般的精緻面容，在逆光中生出萬丈光輝。

「六姑娘、六姑娘……」

只聽門外隱隱傳來聲音。

萬里閣雖有專人守衛，但是這些小廝在沒有謝樹元的允許下，也是輕易不敢進入萬里閣的，所以謝清溪跑進來之後，他們也只敢在門口叫喚。

最後還是素雲大著膽子走到閣樓的門口，輕輕敲了敲閣樓的門，喊道：「六姑娘，咱們該回去了，要不然夫人該著急了。」

謝清溪回頭看了一眼門口，就聽素雲已經開始使出苦肉計。

「六姑娘，太太若是知道奴婢帶著姑娘亂跑，定會打死奴婢的！姑娘最是心疼奴婢了，一定不忍看見奴婢被打死吧？」

「妳的丫鬟來找妳了。」陸庭舟聽見外面一直在叫喚，懶懶地說道，眼睛斜瞥了她一眼。

謝清溪敢跑進來也是仗著謝樹元不在家，不過若在這裡待久，被旁人知道了，只怕這些丫鬟、小廝都會遭殃。在這古代，可沒有一人做事一人當這回事，一般主子犯了錯，受罰的定是身邊伺候的人。素雲一向對自己好，謝清溪自然不想害她。

於是她軟乎乎地對陸庭舟說：「哥哥，我要走了。」

陸庭舟是家中幼子，又因輩分原因，叫他「叔叔」的倒是一堆，可卻從未聽過別人叫他「哥哥」，如今聽到謝清溪這麼叫，心裡頭居然喜滋滋的，於是隨手從腰間拿下自己常佩的玉珮遞給她。「喏，拿著，這是哥哥給妳的見面禮。」

謝清溪看著面前這枚比她巴掌還大的玉珮，寶藍的絡子懸在玉珮之上，而這塊羊脂白玉玉珮通體純白，竟是沒有尋常羊脂白玉微微泛著的青色或黃色，光是瞧著那玉質，著實是綿密勻稱、表面油亮，真的猶如凝脂般。謝清溪脖子上金項圈下頭掛著的玉牌就是難得一見的珍品，可是陸庭舟的這塊，珍貴程度定在她的玉牌之上。

「哥哥，我不能要你這麼貴重的禮物。」雖然謝清溪也覺得這是個好東西，不過在來了這裡幾年後，她的眼界著實開闊了不少，還不至於眼皮子淺到要一個小屁孩的東西。

「我走了。」謝清溪習慣地朝他揮了揮手，轉身就往外面跑。

陸庭舟本想追上去的，不過想到自己是秘密來謝府的，也就停住了腳步，看著小丫頭離開。

這是謝清溪第一次見到陸庭舟，這年她三歲，而他已十三歲。

「姑娘，怎麼在裡面這麼久？」素雲一見她出來，立即傾身將她抱了起來，還有些困惑地朝裡面看了一眼，說：「奴婢方才怎麼聽見姑娘在裡面同旁人說話呢？」

「妳聽錯了，我就一個人在裡面。」謝清溪說著，就開始描繪萬里閣裡面的書架有多高，她朝著天比劃了一下，說：「素雲姊姊，裡面的書可多可多了！」

「是是是，咱們姑娘如今不是正隨著太太讀書嗎？待以後姑娘求了老爺，定然可以光明正大地進萬里閣，可不能再像這次這樣偷偷跑進去了。」素雲說道。

謝清溪點了點頭，卻眼尖地看見不遠處幾人正簇擁著另外一個小短腿往後院走，她趴在素雲懷裡，高興地喊。「六哥哥、六哥哥！」

謝清湛睡醒後，蕭氏便派人送了早膳過來，還特別囑咐，說讓他吃了早膳，再過去給自己請安。他雖不明所以，但還是乖乖聽話地吃完早膳才去後院。

這還沒進後院的門呢，就聽見身後有人叫他，一轉身居然看見謝清溪在自己後面，待她走近後，他才有些迷惑地問道：「妹妹為何在這裡？」

謝清溪剛要和他炫耀自己去了萬里閣時，就見素雲朝著自己使眼色，因此她轉了轉眼珠子，嬌聲嬌氣地說：「我實在太想六哥哥了，就來找六哥哥了！」

他們兄妹倆素來是打打鬧鬧的多，時常為了些小事就在蕭氏面前告狀，當然告狀的主力是謝清溪，謝清湛偶爾幹點這種事情，因此乍然聽見妹妹這麼說，他不由得小臉一紅，居然也認真地回說：「我也甚是想念妹妹。」

謝清溪瞬間在他身上看見了他們家小學究謝清懋的影子，立即從素雲懷裡掙扎著下去，走過去就探了探謝清湛的額頭，問。「六哥哥，你是不是病了啊？」

「沒有啊！」謝清湛有些奇怪她的問題。

謝清溪嘿嘿笑了下，說：「那你為什麼說話文謅謅的？你可不是這樣的人！」

所以妳的意思是，我不是文謅謅的人？

謝清湛心中醞釀的一幕兄妹情深的好場景，生生被謝清溪的這句話給打散了，他轉了個身，憋住氣，頭也不回地往前走。他就不應該搭理她！

「唉，六哥哥，你別走，你等等我啊——」

「娘，我好疼啊！」謝明芳嬌滴滴地躺在江姨娘的懷中，柔弱地喊道。

而坐在一旁已經換了一身衣裳的謝明嵐，聽見她居然喊江姨娘「娘」，眼角一跳，剛要說話，可是想了想，卻又忍了下來。

謝明芳是被謝明嵐撞倒的，身上蹭了好些灰塵，回來的時候差點嚇死江姨娘。江姨娘替她換了身衣裳後，又見她後背被蹭破了好些地方，一時又是心疼、又是生氣，可是這撞倒謝明芳的是謝明嵐，實在是賴不到旁人身上去，她竟是覺得有一口氣在心頭不上不下，所以蕭氏得了消息過來看兩位姑娘的時候，就見江姨娘又是抹淚、又是捶胸頓足的，不知道的還以為二姑娘得了什麼不治之症呢！

蕭氏倒也沒在意，只簡單問了句。「江姨娘這麼哭鬧，是生怕旁人不知是四姑娘將她姊姊推倒的，還是妳想讓人覺得四姑娘是故意推倒二姑娘的？」江姨娘這麼哭鬧無非就是因為這事實在怪不到別人頭上，她遷怒不了旁人，如今被蕭氏這麼一說，倒也安分了下來。

蕭氏稍微安慰了二姑娘和四姑娘兩人，不僅免了兩位姑娘明日的請安，還讓她們歇息幾日再去上學，不過江姨娘還是在蕭氏要走的時候，乘機提出兩位姑娘都受了驚嚇，身子都不爽利，大夫說了要好生將養著。蕭氏自然知道她的意思，但還是讓人送了好些貴重的補品過來。

此時江姨娘看著桌上堆放的補品，對旁邊的蘭心道：「桌上拿兩包燕窩去廚房，讓她們燉兩盅冰糖燕窩粥，就說是兩位姑娘要補補。」江姨娘眼皮一翻，又說：「妳叫院子裡的小丫鬟在那裡守著，可別讓人換了我的好燕窩。」

謝明芳一聽有冰糖燕窩粥吃，瞬間來了精神，搖著江姨娘的手臂說：「娘，我餓了。」

「姊姊！」謝明嵐突然拔高聲音喊了謝明芳一聲，謝明芳有些不耐煩地轉頭看了她一眼，謝明嵐才一字一頓地說道：「姊姊，慎言。」

「我說什麼啦？」說著，謝明芳便搖著江姨娘的手臂，纏著她說道：「娘，妳看看妹妹對我的態度！這是對待姊姊的態度嗎？」

謝明嵐見她居然屢勸不改，一時氣得指著蘭心就說：「出去，全都出去！守住門口，不許任何人靠近！」

蘭心看了江姨娘一眼，急急帶了小丫鬟都出了去。

「姊姊，妳可想過妳叫姨娘為娘，若是傳到太太耳中，姨娘要怎麼辦？」謝明嵐不客氣地說。

謝明芳還是不在意，她說：「左右我就是在自個兒院子叫娘罷了，到外頭我自然是知道規矩的，妹妹何必這麼大驚小怪的？」

「就算是在自己的院子中，姊姊也應該守禮而行。況且姊姊怎麼就知道這院子裡沒有隔牆之耳？若是此事傳到太太耳中，只怕到時候受到責難的是姨娘而不是姊姊！」

謝明嵐冷靜自持的模樣倒是越發地刺激謝明芳，她跳起來叫道：「妹妹何必說這麼一番大道理？說到底，妹妹還不是嫌棄姨娘的身分！」

「兩個姑娘別再吵了……」江姨娘見姊妹倆竟是越說越厲害，忍不住開口勸道，可是一聽小女兒這樣的話，她雖心裡知道是有道理的，還是忍不住落下淚來。

謝明芳猶如得助般，高聲嚷道：「如今妹妹稱心了吧？娘到底生了我們一場，妹妹何必要說這樣的話！」

謝明嵐何嘗不願叫娘？只是如今江姨娘在府中實在是扎眼，若還是不知收斂，只怕她們母女三人往後的日子難矣。如今姨娘最緊要的是生兒子，又何必在這樣的事情上和太太頂撞？這對姨娘和她們有什麼好處？可是這樣的話，卻不是謝明嵐應該說出口的。她雖少年早慧，可是這樣的話若說出口，只怕連江姨娘這個親母都要將她看作妖怪了。

於是她眼圈一紅，聲音低了下來，帶著哭腔道：「姊姊以為我願意這樣嗎？爹爹是那樣重禮法的人，若是咱們對太太有一絲不敬，只怕就被有心人拿了去告狀，咱們是做姑娘的自然還好，可姨娘在這府中做小伏低，姊姊怎麼還忍心讓人拿了把柄去為難了姨娘？」

謝明嵐說中了江姨娘的心底事，她一下子也哭了出來，抱著兩個女兒說道：「都是姨娘不好，是姨娘拖累了妳們……」

世界上沒有不透風的牆，雖然蕭氏無心在汀蘭院安插耳目，可是卻架不住有心人主動投靠，江姨娘母女三人的事情，還是被她知曉了。

沈嬤嬤自然還是氣憤不已，她對這江姨娘母女三人實在生不出什麼好感。

不過沈嬤嬤也說道：「這四姑娘倒是個知禮數的，難得江姨娘教出這樣明理的女兒。」

「嬤嬤，不覺得四姑娘未免太聰慧了些？」蕭氏笑了笑。

沈嬤嬤點頭說：「這倒也是。原以為一個姑娘而已，翻不出什麼大天，如今看著除了咱們六姑娘外，老爺竟是最喜歡這位四姑娘。」

待晚上謝樹元回來的時候，蕭氏就將今日之事告訴了他，末了有些擔憂地說：「我今日也去了學堂看過，這才知道四姑娘因年紀小、個子矮，竟是一直站在凳子上描紅的。聽先生說，極是辛苦呢！」
「明嵐是個好學的，這會兒兩個丫頭都受了驚。」謝樹元坐了下來。
蕭氏說：「可不就是？我已經讓廚房燉了些補湯送了過去，不過想著不能厚此薄彼，所以大姑娘那兒也一併送了。」
「夫人行事就是妥當。」謝樹元突然伸手抓住蕭氏的手，她的手掌保養得當，當真是膚若凝脂，猶若無骨。
「其實我瞧了倒是更心疼四姑娘，小小年紀就要同兩個姊姊一處上學。若真論起來，咱們四姑娘才要三歲，大姑娘當時開蒙還是五歲呢！這小孩子腿骨還沒長全，腿腳還有些軟，我聽彭先生說，四姑娘描紅一站就要半個時辰呢！」蕭氏有些擔憂地說。
謝樹元知道四姑娘讀書聰慧，卻不知她上課是這樣的情況，聽完也不由得皺了眉頭。
蕭氏又說：「如今大夫看了，說只是蹭破了皮，倒也沒什麼大礙。我總想著，若是小姑娘不小心摔到了腿，那可就是一輩子的事情啊！」
聽到這裡，謝樹元突然想起家族中有位小時摔了腿的堂妹，因著腳上的問題，就連嫁人都成了問題，後頭只能嫁了商戶，後來沒過幾年就去了。
「夫人說的確實有理。我總想著嵐兒聰慧，早些上學也無妨，如今想想，姑娘又不用科舉應考，倒也不用那麼早開蒙。」謝樹元也點了點頭。「那就暫時別讓嵐兒上學了吧，左右她也不過比溪兒大了半歲多，再等等也是可以的。」

第二日，謝明嵐就得知了自己無法上學的事情。

江姨娘當即哭得死去活來。

秋水還在外頭收拾東西，只聽見裡面隱隱傳來的哭聲，其間還夾雜著孫嬤嬤模糊不清的聲音。她暗暗嘆了一口氣，這位林表姑娘又在哭了，可真真是水做的人兒，這眼淚說掉就能掉下來，不知道的人還以為她在謝府受了多大的委屈呢！

秋水是家生子，所以早早就入府伺候，管事嬤嬤訓導她們的時候就說過，不管主子是打罵還是責罰都得受著，而且還不能掉下淚來，這掉了眼淚就說明妳心裡覺得委屈了，覺得是主子錯了。秋水素來懂事聽話，加上老子娘在府裡頭也還算得力，因此她和那些外頭買回來的小丫頭可不一樣，她一入府就進了太太的院子。雖然最開始是從灑掃的粗使丫頭做起來，可如今也做到了二等丫鬟，已經能在太太跟前露臉了。

更何況，如今太太身邊的素雲和紅雲兩位姊姊，一位被派去伺候六姑娘，一位被撥到了六少爺身邊，這兩個大丫鬟的位置早晚要空了出來的。她為人謹慎，做事又認真，早在太太面前掛了號，這大丫鬟的名額十有八九不會落於旁人之手。

可就在秋水覺得十拿九穩的時候，這位林表姑娘一入府，她居然就被太太派了過來。就為了這事，她娘還特地將她叫了回去，問了又問，她是不是做了什麼惹太太不喜的事情？秋水口風緊，不像尋常丫頭愛打聽是非，平常除了在院子裡伺候外，也不輕易出去，她自覺沒做任何惹太太不高興的事情。

可如今她被派到林表姑娘身邊伺候，旁人看了定是以為她在太太跟前失了寵，這才被發放了出來。就連跟她娘不和的管事嬤嬤，這幾日都在她娘面前冷嘲熱諷，說沒那當好差的命，就是再折騰還是白費。

「秋水姊姊，這是剛才我去小廚房的時候，碰見秋菊姊姊，她讓我給妳帶回來的，說妳最喜歡吃這雲片糕了。」小杏去廚房拿了午膳回來，順帶從食盒裡頭拿了一碟糕點出來，還冒著熱氣呢！

秋水見狀，立即伸手接過來，笑道：「這怎麼好意思？煩勞妳了，小杏兒。」

「瞧姊姊說的，這不就是順手的事？再說了，就算是專門為姊姊跑一趟，那也是應該的，我就是專門過來給姊姊打下手的！」小杏兒先前是個灑掃的小丫頭，這次被派到林表姑娘院子伺候，那可是高升了。

不過林表姑娘的身邊有孫嬤嬤和嬌杏伺候著，就連秋水都輕易插不上手，所以小杏兒多是給秋水打打下手，到小廚房裡拿一日三餐的膳食。不過她嘴甜人又勤快，就連秋水和她熟了之後，都挺喜歡她的。

「那可不行，咱們都是伺候表姑娘的。」秋水低頭笑了下。

小杏兒笑了聲。「姊姊可別這麼說，誰不知道妳是伺候太太的，日後的前程可和我不一樣。」

秋水朝裡面看了一眼，壓低聲音說：「以後可不許說這樣的話，若是讓表姑娘聽見，還以為咱們一心想著從前，是不高興在她這裡伺候呢，沒得讓人覺得咱們勢利。」

小杏兒趕緊挽了她的手，也壓低聲音說：「好姊姊，我也就在妳跟前這麼一說。再說了，林表姑娘就是在咱們府上暫住而已，又不會住一輩子，等安慶那兒來人接她了，姊姊還不是照樣回太太跟前伺候？」

這會兒秋水沒說話，小杏兒的話著實是說到她心坎上去了。若是真能像小杏兒說的這樣，那自然是最好的結果。可如果林表姑娘走了，太太身邊又有旁人頂了她的位置，那她少不得再從頭來過。最怕的就是……秋水捏緊手裡的帕子，眼睛又朝裡面看了一眼。

其實她最怕的，就是林表姑娘留在府中。這表姑娘留在府中，無非就是一種情況，若真的這樣的話，只怕到最後不僅是她要受太太的責罰，便連她一大家子人都得被連累了。

「湛兒，娘看了你昨日的描紅，竟是比前日的還差些。」因謝樹元喜好書法，就連蕭氏都對子女的書法格外關注，況且謝清湛將來是要走科舉一途的，這書法的好壞可是直接關係到他科舉成績的，更有些考官甚至會因為喜好哪種書法而錄取學生。

謝清湛抬頭看了蕭氏一眼，隨即又垂頭，一雙眼睛盯著桌子，滴溜溜地轉著。

謝清溪看著他的模樣，嘿嘿笑了一下。「娘。」

謝清溪剛叫了一聲，就見蕭氏悠悠地轉過頭，略帶警告地看著她說：「溪兒，妳不許說話。」

謝清溪癟了癟嘴，只好把想說的話都嚥了下去。

這時候蕭氏轉頭對謝清湛溫和地說：「湛兒，你告訴娘，昨日描紅的時候，都幹了些什麼？」

此時謝清湛骨子裡頭的頑劣細胞還沒被開發，還是個一做了壞事被媽媽逮到就會羞愧的好孩子。

於是，只見他絞著手指說：「二哥帶了竹蜻蜓回來，我光顧著玩竹蜻蜓了。」

蕭氏了然地點了點頭，摸著他的頭溫和地說：「娘小的時候也會因為貪玩，忘記先生布置的功課，不過侯府的先生規矩嚴格，做錯了可是要打手心的。」

謝清湛從生出來到現在都沒被人碰過一根手指頭，現在一聽要打手心，嚇得身子往後躲了一下。

只見蕭氏溫和地說：「娘怎麼捨得打你。」

謝清湛剛抬起頭一臉感激地看著他娘親，就見蕭氏溫柔地摸了摸他的頭。

「但既然錯了就該罰。去面壁站著，娘也不罰你多，站半個時辰就行了。」

站半個時辰就夠了？謝清溪看著謝清湛那小胳膊小腿的，半個時辰可就是一小時啊，估計他那小短腿夠嗆啊！她正暗暗竊喜自己不用罰站時，就見蕭氏溫柔地轉頭看了她一眼。

蕭氏接著說：「溪兒，妳六哥哥貪玩忘了寫功課，妳作為妹妹是不是應該提醒他？結果妳非但不提醒，還企圖告狀。」

謝清溪剛垮了臉，就聽蕭氏也一臉溫柔地對她說——

「妳就過去陪妳六哥哥一起站著吧。」

兩人被丫鬟帶著，乖乖到牆角面壁去了，剛站好謝清溪就看見謝清湛轉頭衝她笑，咧著一嘴小米牙，樂呵呵地說——

「六妹妹，謝謝妳陪我！」

謝清溪：「……」

謝樹元回來的時候，就看見兩人一左一右對著牆壁看著，他笑著指著兩人問道：「這是怎麼了？」

旁邊的丫鬟一抿嘴剛想回答，就見內室的門簾被掀開。

蕭氏扶著香雲的手走出來，笑著開口。「老爺回來了？這外衫還沒換，是從前院直接過來的？」

謝樹元任由小丫鬟上來給他換了外衫，笑著指著還對牆站著的兩人問：「這兩個小傢伙是怎麼回事？」

「昨日懋兒從外頭給湛兒帶了竹蜻蜓回來，你這寶貝兒子貪玩就忘了描紅的功課，這不，胡亂給我畫了幾張交了過來。」蕭氏瞥了謝樹元一眼說道。

謝樹元又指了指謝清溪。「那溪兒呢？」

「哥哥沒做功課她不提醒，等我要罰湛兒了，她倒是來告狀。」蕭氏又是搖頭又是笑。

「別人家哥哥妹妹親熱得很，她倒好，整天就想著怎麼告哥哥的狀。」

「就是，妹妹討厭！」謝清湛聽了蕭氏的話就轉頭附和。

「怎麼說妹妹呢？」

「怎麼說妹妹呢？」

謝樹元和蕭氏兩人異口同聲地說道。

謝清溪原本還苦著臉呢，這會兒又得意地衝著謝清湛吐舌頭。

蕭氏瞧著這兄妹又鬧在一處，又笑又無奈地搖頭。人家兄妹倆感情好著呢，反倒是她白操心了。

「好了，你們罰站的時間也夠了，讓素雲和紅雲伺候你們去歇息會兒吧。」蕭氏總算是大發慈悲，讓他們倆不用罰站了。

誰知謝清溪一轉頭就衝著謝樹元伸手。「爹爹抱，腿疼……」

謝樹元此時的外衫已經脫了下來，連腰間繫著的玉珮都取了，闊步走過去，伸手就抱起了謝清溪。

旁邊的謝清湛則抿著小嘴不說話。

「湛兒，到娘這邊來吃糕糕。」蕭氏見兒子一臉羨慕的模樣就心疼，可是如今講究的是抱孫不抱子，謝樹元連前面兩個兒子都沒怎麼抱過，自然也沒怎麼抱過謝清湛。要不是謝清溪是個撒嬌鬼，一見著他就鬧著要抱，謝樹元也不會抱她抱得這麼自然。

謝樹元坐在榻上，自然地將她放在腿上，順手就從腰包裡拿出個東西。

謝清溪眼睛一亮，居然是個泥人！

「孫悟空！」謝清溪伸手就去拿。這泥人做得真是精緻，她在現代過年的時候也有民間藝人捏泥人，可是到底沒手上的這個精緻。

「爹爹，這個真好玩！」謝清溪一邊看一邊笑。

謝樹元衝著不遠處的小廝忍春說：「把你手上的盒子拿過來給六姑娘。」

忍春趕緊上前，將手裡捧著的盒子遞給謝清溪。

她手太小，還是謝樹元幫她接過的，她掀開蓋子就看見明藍色的天鵝絨裡放著一個乳白色的盒子。

「爹爹，這是什麼啊？」她想伸手將盒子拿出來，奈何手實在是太小了。

謝樹元笑指著說：「這可是好東西，舶來品，是從西洋帶回來的。」

本朝雖海禁不嚴，但造船技術自然無法和現代相比，因此出使西洋的船隻不至於沒有，卻因出事機率太大，沒有些實力的人壓根兒不敢出海，所以從西洋帶回來的東西，還是稀罕得很。

謝樹元將盒子拿出來，蓋子一打開，謝清溪就差點要笑出來，居然是音樂盒。乳白色的盒子上雕刻著精緻的花紋，盒面上居然還鑲嵌著五顏六色的寶石。音樂盒的盒蓋一掀開，就看見蓋子上鑲嵌了一面鏡子。

連旁邊的蕭氏見狀都忍不住說：「竟還有一面水銀鏡？這麼大一塊鏡子，平常倒也好梳妝。」

「夫人，可不僅只於此。」謝樹元一笑，就將盒子裡一個金髮碧眼、長著金色小翅膀的人兒拿起，剛將小人兒放在盒面上，就聽見一陣音樂響起，小人兒立即旋轉了起來。

這會兒別說是在場這些小丫鬟了，就連蕭氏都忍不住多瞧了兩眼。

謝清湛靠在蕭氏的腿邊，眼巴巴地看著盒子。雖然這看著像是女孩兒玩的東西，可是他從沒見過這麼稀奇的東西，自然也想玩。

謝清溪這會兒可沒再逗他，招手喊他。「六哥哥，你也過來嘛！」

謝清湛一溜煙地跑到她旁邊。

謝清溪喊道：「六哥哥，你也坐爹爹腿上，我們一起看！爹爹，你抱六哥哥坐上來啊！」謝清溪有些著急地搖著他的手臂。

謝樹元原本還猶豫著，被她這麼一鬧，又看見小兒子眼巴巴地看著，便笑著搖頭，伸手將兒子抱了上來。

「湛兒倒是比溪兒結實些。」謝樹元一抱謝清湛上來，就衝著蕭氏說了一句。

蕭氏笑了。「那是自然，湛兒是哥哥又是男孩，自然比溪兒重些。老爺可不能這麼由著他們來。」

「無妨。」謝樹元說完這句話時，就看見兩個孩子已捧著音樂盒，開始研究了起來。

「呀，這裡刻著一艘小舟呢！」謝清溪對古代的音樂盒也好奇得緊，結果看了一眼，居然發現盒子邊上刻著一艘小舟。

謝清湛也指著另一邊說：「這邊有個小亭子呢！」

亭？舟？庭舟……陸庭舟？

謝清溪仔細地看了一眼，發現那小舟下面竟然還畫了幾條波浪線，這是溪水？

庭舟。清溪。謝清溪捧著音樂盒笑得開心，這個陸庭舟小小年紀居然這麼多心思！

「東西送到謝府了嗎？」眉眼精緻的少年沒了那日在萬里閣的笑容，一張驚為天人的臉上帶著冷靜的表情，瞧著竟不像十三歲的少年。

旁邊面白無鬚的男子微弓著身子，恭敬道：「回主子，奴才已經讓人送去了，而且也按著主子吩咐的，說這是給府上六姑娘的賠罪禮物。」這說話的人微頓了下，瞧了眼面前少年的表情，才敢繼續說下去。「奴才瞧著這謝大人接下的時候倒是挺意外的，還問我六姑娘可有衝撞了主子呢！」

「這個謝樹元！」陸庭舟小大人般地搖了搖頭，說道：「他素來謹慎，又自持身分走的是忠君的這條純臣路子，如今敢接了我的禮物，不過是仗著那小丫頭和我年紀相差太大，他是覺得本王日後的王妃定不會是這丫頭。」

「既然王爺不是這樣的意思，那為何還送東西給那六姑娘？」說話的這人叫齊心，是伺候在陸庭舟身邊的太監。

陸庭舟用手上的扇子對著他的頭敲了一下，有些慍怒道：「那小丫頭瞧著不過兩、三歲的模樣，本王就是瞧著她比尋常丫頭膽大些、說話也俐落些，覺得有趣而已。那麼點個小東西，你還真當本王孌童啊？」

齊心被他敲了也不害怕，抬頭時臉上帶著討好的表情。「主子的心思奴才哪敢隨意猜測？不過奴才也打探過了，聽說這位六姑娘和謝府的六少爺那可是龍鳳胎，喜慶得很呢！」

「喜慶？」陸庭舟沈思了一下，突然笑著點了點頭。「確實是喜慶。」

齊心見他心情不錯，便小心翼翼地試探道：「王爺，京裡頭又來信了。」

「這回又是誰？」陸庭舟臉上露出不耐煩的表情。他慣於無拘無束，別的王爺無詔不得出封地，他仗著年紀小，還沒去封地就天南地北的亂玩。這回便是以「給外祖掃墓」的名頭，跑到了這江南。

齊心回道：「是太后娘娘。太后她老人家送了八百里加急的信過來。」

「母后定是聽了皇兄的話，這才寫信來催我的。我不過是來了趟江南，這京中的大臣倒是各個都盯著，把本王當什麼了？」陸庭舟對著桌子重重一拍，欺霜賽雪的臉蛋被氣得通紅。

齊心沒敢說話。要說這大齊朝開國至今，傳到當今聖上這代也不過才第三代而已。太祖平定天下後不過三年，就因陳年舊疾去了；先帝在位倒是有二十餘年；而今上統御天下也不過才八年。

所以大齊朝也不過開國三十餘年，如今說國中上下是一片百廢待興那倒也不至於，可相較於前朝盛世，本朝如今還處於恢復期，所以親王無故出京，難免會引人注意些啊……

蕭氏讓人將這兄妹倆帶了下去。

音樂盒自然被謝清溪死死抱在手裡，笑話，那上面可是有寶石的，貴著呢，她得好好收著。

「你瞧瞧她那護東西的樣子！」蕭氏見女兒這副小財迷的模樣，好氣又好笑。不過小小的人兒，路才剛走穩，而那音樂盒有些笨重，素雲在旁邊想要替她拿著，可她就是搖頭，自個兒堅定地抱著音樂盒往外走。

待兩人走後，蕭氏才說：「我瞧著這音樂盒倒是精緻得緊，老爺怎麼突然間給溪姊兒這般貴重的東西？」

謝樹元瞧了旁邊站著的丫鬟，揮揮手道：「妳們先下去吧。」

蕭氏見丈夫這般鄭重，便心神一斂。

謝樹元待人都離開後才說道：「說到這裡，我還得給夫人賠不是。」

「老爺這是何意？」蕭氏一臉迷茫。

「前些日子恪王爺到咱們府上了，不過他是秘密到江南的，又突然來了我們府裡，因此我也未敢聲張。」謝樹元也有些頭疼，若說這位恪王爺行事乖張，可他又處處守禮，來了蘇州至今除了兩位布政使大人和他之外，竟是未驚動其他人。

蕭氏凝眉想了一下，恪王爺……她離京數年，一時倒是有些記不得，不過待她想起時，也嚇了一跳。「恪王爺怎麼會出京？太后怎麼會允許的？還有，不是說親王非詔不得出京的？」

謝樹元也甚為頭疼，只無奈道：「這乃是恪王爺之事，我一個做臣下的如何能過問？」

太后生有嫡子兩人，長子便是當今聖上，而次子就是這位恪王爺。皇上與王爺之間所差年歲有二十三之大，這位王爺出生後一年，皇上長子也出生了。因為是么兒又是嫡子，聽說當年先皇喜歡得緊，這位王爺在宮中的分例，竟不比當年的太子爺也就是現在的聖上差。

不過恪王爺五歲的時候，先皇突然駕崩，當時的皇后變成了如今的太后，而恪王爺雖只有五歲，還未到封王的年紀，可太后和皇上出於穩定朝綱的目的，迅速替他擬定了封號，定了親王的例。

「恪王爺如今也不過十幾歲吧，怎的來了江南？」蕭氏略嘆了一口氣，道：「這位王爺當年出生的盛況，我可是歷歷在目。」蕭氏在京中長大，自然對皇家這些事情甚為瞭解。

陸庭舟生為重瞳，相術上認為重瞳乃為異象，更是帝王之相。當年他出生時，太子已近成年，開始涉及朝政，可偏偏卻有了這麼一位嫡親的弟弟，還生來就帶有帝王之相。當年先皇還因陸庭舟的出生而大赦天下，更是有開恩科的想法，若不是被大臣和許皇后勸下，只怕太子對這位小弟弟的猜忌之心會更重。

「那音樂盒是恪王爺送的？恪王爺為何會送老爺這樣的東西？那音樂盒雖說貴重，但我瞧著卻像是贈與女子的。」蕭氏敏而聰慧自然不只是說說的。

謝樹元將陸庭舟與謝清溪在萬里閣偶遇的事情說了一遍。

蕭氏嚇得心都遽停了一下，猛地抓住謝樹元的手說：「老爺，咱們溪兒可不能啊！」

「妳放心，溪兒和恪王爺年紀相差太大，皇上就是為了讓他早日就藩，也不會替他選個這麼小的王妃的。」謝樹元安慰她。

蕭氏卻不放心，又問。「那太后呢？若太后捨不得恪王爺早早離開京城呢？」

「太后深明大義，我想自然不會這麼做的。也正是因為溪姊兒和王爺年紀相差太大，我才會同意收了這禮物。不過這段時間我還是得小心謹慎，王爺突然來了江南，也未必沒有帶著聖上的旨意。」這些話謝樹元自然沒法和上司下屬說，除了幕僚外，也就蕭氏能懂。

蕭氏點了點頭，道：「老爺說的是。」

一會兒後，蕭氏又突然想起般，問道：「老爺，先前你不是派人送信去了安慶？不知二叔公那邊如何說？」

「如今安慶老宅乃是大堂叔當家，他是林表妹嫡親的舅舅。」謝樹元如實道。

蕭氏安心道：「那就甚好，表妹日後到了親舅舅家，便一切如意。不過表妹來家裡一趟，我這做表嫂的倒也不好不表示，明兒個我便著人替表妹打幾套頭面首飾，也算是我這個表嫂給她的添妝。」

謝樹元見她說得高興，這想說的話也終究未開口道出。其實堂叔雖是林表妹的親舅舅，可因為當年堂姑出嫁的時候同家中鬧得實在不愉快，兩家這才十幾年未來往，就連堂姑去世，安慶都未派人過去。

大堂叔在信裡說了，林表妹乃是林家子孫，如今就算父母雙亡也該居於本家，這才合了規矩。不過大堂叔又在信裡說了，這話是二叔公也就是林表妹的親外祖所說的，可見他對於女兒當年大逆不道的行為，至今都未原諒。

不過大堂叔也知道，外甥女如無難處是決計不會捨了家裡，帶著個老媽子和小丫鬟就逃出來的，因此他在這封信外又寫了一封密信，是希望謝樹元在蘇州為林雪柔擇一良婿嫁了，信裡還附了三張一千兩的銀票，說是麻煩了他幫忙相看親事，不敢再讓他破費辦嫁妝，所以特別給了這三千兩銀子，當作是給林雪柔的嫁妝。

謝樹元接了這信也甚為頭疼，外孫女如今父母雙亡都不願接人過去，也不知這位堂姑當年究竟做了什麼事情，如今人都去了，二叔公這口氣竟都還未消。

蕭氏如今還不知這信的事情，還以為馬上就能將這位林表妹送走呢！

「孫嬤嬤，舅舅這麼久都沒派人來接我，妳說是不是因為外祖父還在生我娘的氣啊？」林雪柔在謝家已經住了近一個月，可安慶卻遲遲沒有人來接自己，就連她都忍不住開始擔心了。她真的不想再回林家去，先前大伯父為了區區三千兩的聘禮就要將自己嫁給別人做填房，若是再回去，只怕就真的逃不過被草草嫁出去的結局了。如今林家子孫多，又沒有太多的進項，一大家子靠著祖產坐吃山空，幾位伯父、叔父家的庶女都是家中收了大筆聘金後被草草嫁了出去，可那些庶女最起碼還有親娘老子在，出嫁時還帶了傍身的嫁妝，她這個無父無母的孤女，只怕最後就是一頂紅轎子抬了出去了。

孫嬤嬤也有些為難，如今她待在這府中是兩眼一抹黑，除了偶爾去趟小廚房，其他地方都去不得，又如何得知安慶那邊的消息呢？

再說了……孫嬤嬤抬頭看了看這富麗堂皇的房間，這不過是謝家的客房而已，便收拾得這般精緻，就算小姐先前在林家住的院子，只怕也趕不上這裡一分，於是她勸道：「小姐何必著急，既然夫人都說謝大人早派人送信過去了，咱們只管等著就是了。」她眼睛轉了轉，又道：「小姐可千萬要沈住氣，可不能開口問夫人這舅老爺的事情，要不然夫人還以為是咱們覺得府上待咱們不周到，小姐一心想要去舅老爺家呢！」

林雪柔嚇得趕緊搖頭。「嬤嬤怎麼這麼說？表哥表嫂待我自然是好的，下人也從無怠慢之處，我怎會嫌棄呢？」

「老奴自然是知道小姐的心思，我就是怕萬一小姐向夫人詢問舅老爺家回信的事情，夫人會多想。」孫嬤嬤說。

林雪柔黯然地點點頭。「嬤嬤說的極是。如今借住在表哥府中本就是打擾，我自是不好再多麻煩表嫂了。只是這舅舅遲遲不來信，我是怕外祖父還在生我娘的氣，根本不願接我去安慶。」想到這裡，林雪柔死死抓住孫嬤嬤的手說：「嬤嬤，我不要再回平遠縣了，我死都不要回去！大伯父定是要將我隨便發嫁了的！」

「我的小姐，您可不要動不動說死，不吉利！」孫嬤嬤見她抖落著肩膀，眼看著眼淚就要掉下來了，連忙安慰。「況且府中夫人為人寬厚，待小姐又是極好，小姐只需放寬心便是了。」

林雪柔在家時就性子軟，如今顛沛流離一番之後，時時覺得命運多舛，不但沒自立自強起來，反而越發自怨自艾。

蘇州給安慶送信，往返的話二十日就夠了，如今都一月過去了，怎能不讓林雪柔擔憂？可如今她卻不能向表嫂詢問，想到這裡，林雪柔又是落下淚來。

待到了午膳的時候，秋水正要讓小杏去廚房拿膳，就見孫嬤嬤出來，說林姑娘想吃些甜食，讓她親自過去和廚房說一聲。

「姑娘若是有想吃的，讓小杏兒去說一聲便是，哪還敢煩勞嬤嬤親自跑一趟！」秋水笑著說道。

孫嬤嬤卻客氣道：「姑娘難得說想吃玫瑰糕，先前在家的時候她最喜歡吃我做的。我過去和廚房裡做糕點的嬤嬤說，順手就將這午膳給帶回來，也免得小杏姑娘再跑一趟了。」

「可是，如今廚房正忙著做午——」小杏正要說話，卻被秋水扯了下衣袖，小杏素來機靈，因此趕緊頓住，不敢再說。

倒是秋水笑著說道：「既然是姑娘想吃，就煩勞嬤嬤親自跑一趟了，不過這拿午膳的活兒本就該小杏兒幹的，若是她敢躲懶，只怕管事嬤嬤要責罰了。」

孫嬤嬤聽了不好再說別的，就帶著小杏兒一道去了廚房。

等去了廚房，廚房裡的管事嬤嬤聽了她的來意後，臉上的笑容險些掛不住了。這糕點處處自然有備著的，但如果各院的主子想吃些什麼糕點，一般都會提前說，或是待過了午膳再說的，畢竟這做午膳的時候最是忙亂，誰有多餘的工夫給她做糕點啊？

管事嬤嬤心裡雖嫌這位表姑娘事多，可也不敢甩臉子，畢竟這廚房的前任管事張嬤嬤是如何被發落的，她們可都記著呢！再說了，這表姑娘是住在府上的客人，要是怠慢了客人，只怕太太得活剝了她們的皮。

於是管事的徐嬤嬤特地撥了一個擅長做糕點的婆子，孫嬤嬤將自個兒做玫瑰糕的方法教給了她後，就站在一旁等著。

因臨近午膳，這各院來拿膳食的丫鬟早早就拎著膳盒過來了。謝府規矩大，除了蕭氏的正院有小廚房外，其他姨娘都是在這大廚房裡頭吃的。

不過就算在大廚房裡頭，這各院的地位卻也是能看出來的。江姨娘院子裡的丫鬟不僅打扮比別的院子裡的好，且一進了廚房就開始拿東西，還都是專揀新鮮的、好的東西；方姨娘的丫鬟看著就是個文靜的，進來後恭恭敬敬地叫嬤嬤，只挑了先前姨娘要的菜領走；至於那位無子的朱姨娘的丫鬟則是咋咋呼呼的模樣，一進來那眼睛就盯著灶臺上看。

待這幾院的丫鬟走後，就聽這做糕點的婆子突然說道：「這江姨娘院子裡的丫頭可真闊氣，聽說這還只是院子的二等丫鬟而已。」

「妳也不看看江姨娘是誰？咱們這府裡，除了太太外就數她最闊氣了，身上的首飾可比其他姨娘好多了！」一旁邊正在燒火的嬤嬤也回頭插了句嘴。

孫嬤嬤自然知道這個江姨娘是誰，說來也是巧，這江姨娘竟也是謝大人的表妹。如今自家小姐這命運還不知道在哪兒呢，可這江姨娘卻過著使奴喚婢的日子。孫嬤嬤也見過這位江姨娘一回，雖說是做姨娘的，可那穿戴、那通身的氣派，竟是比外頭那些正房太太還要闊氣。而且太太又最是寬厚，在謝家做姨娘當真是掉進了福窩裡一般……

這旁邊兩人再說的話，孫嬤嬤竟是彷彿聽不到了。

「什麼？讓咱們替林表妹相看婚事?!」蕭氏猶如聽到笑話一般，震驚得從榻上站了起來，盯著謝樹元問。「這如何使得？林表妹在平遠縣有叔伯兄弟，在安慶有外祖舅舅，論哪個都比咱們親近，哪有讓隔房表哥替她找親事的？」

如果這不是謝樹元親口說的，只怕蕭氏都要以為這是有人在同她說笑話了！這等沒規矩的事情，她簡直不敢相信會是謝家人所為。

「二叔公性子本就執拗，當年我祖父考上了科舉，二叔公一連考了五次都未中舉，祖父想著他有舉人功名在身，就想替二叔公先謀一個官職，日後再慢慢提攜就是了，可二叔公卻說這是祖父覺得他一世都考不上進士，最後一氣之下竟回了安慶老家當了田舍翁。」

蕭氏幾乎是要氣笑了，迂腐，迂腐至極！可這又是祖父輩的長輩，實在不是她能說得的。「那老爺是準備接下堂叔的囑託了？」蕭氏極少動怒，可如今遇到這等荒唐的事，還是難免生氣。

謝樹元也覺得這事是有些無禮，可如今二叔公不願接林表妹回安慶，堂叔又不敢拂了二叔公的意思，他總不能將人硬送過去吧？

至於平遠縣……謝樹元冷哼一聲。「林家那幫人是以為堂姑去了，咱們謝家就沒人了嗎？也虧他們想的出來，居然要將父母雙亡的姪女嫁給老鰥夫，著實是可惡！林表妹守了母孝已有二十個月，這親事如今倒是可以相看起來了。」謝樹元看了蕭氏一眼，畢竟這事還得蕭氏做主。

蕭氏沒有接話。原以為只要備些禮物將人送走就好，如今竟是要送她出嫁？這親事是何等重要，若是看走了眼，那可是一輩子的事情！

謝樹元拉住蕭氏的手，有些討好地說道：「我知道此事著實是為難了夫人，不過咱們總不能再將林表妹送回林家吧？那無疑是送入虎口啊，豈不是害了表妹？」

「既然是替表妹相看親事，那不能去安慶的事情，自然也該告訴表妹，老爺是要和林表妹如實說嗎？」蕭氏忍不住反問。這一個月相處下來，林雪柔的性子蕭氏也算是有些瞭解了，性子綿軟不說，還自怨自憐，旁人一句無心的話，都能惹出她一汪眼淚，她這樣的性子，實在不是能撐得起門戶的。

「表妹的性子太過綿軟，若是將實情告訴她，只怕……」謝樹元雖和林雪柔接觸不多，可他看人素來精準，如何不知這位表妹的性子實在是不怎麼樣。

「算了，既然是二叔公的意思，咱們做小輩的自然不好拂了老人家。好在過些時日我要去寒山寺上香，表妹也要去替堂姑和姑父上香，到時找了機會同她說說，順便也讓她散散心，解了心中的鬱結吧。」蕭氏伸手理了下額角的髮絲。

謝樹元也伸出一隻手，順著她的臉頰摸到耳畔。「著實是有勞夫人了。」

只是，誰都不知道，計劃永遠趕不上變化快。

第五章

「月落烏啼霜滿天，江楓漁火對愁眠；姑蘇城外寒山寺，夜半鐘聲到客船。」

張繼的一首〈楓橋夜泊〉讓寒山寺聞名天下，如今謝家居於蘇州，尋常上香禮佛自然是往這寒山寺而來。謝樹元雖然不會參與這些女眷的活動，不過還是派了家丁保護夫人和姑娘們。

謝清溪就是坐在馬車裡時將這首〈楓橋夜泊〉學會了。

蕭氏原本不過隨口教她而已，也並不指望她能學會，可謝清溪轉眼就背上了這首詩，倒是讓她驚喜得很。

就連坐在一旁小大人模樣的謝清懋都忍不住稱讚。「妹妹真乖，真聰明！」

如今謝清懋在上蒙學，背詩這種小兒科早就不在話下了，也難為他能這麼捧場。於是謝清溪甜甜地衝著他笑了，然後嬌滴滴地說：「二哥哥真好，二哥哥最好了！」

謝清湛在一旁被他們的兄妹情深活生生給噁心到了，他習慣性地捏著謝清溪梳著的花苞頭，噘著嘴巴說：「不就是會背詩了，有什麼了不起！」

謝清溪看著這個同胞哥哥，恨不得對準他的後腦勺來一下。其實謝清湛的心思，謝清溪如今還真能摸出點來。他們倆是龍鳳雙胎，自幼就比旁人親近些，所以但凡有人要逗弄謝清溪，他就會覺得這是侵犯到了他的地盤，於是他就會開始不爽，可他不爽的結果不是去挑釁侵犯他地盤的人，而是欺負謝清溪。於是這兄妹倆打從會說話開始，就沒少吵架。

「好了，湛兒，妹妹年紀小，你該讓著她點。」蕭氏習慣性地做和事佬。

不過蕭氏說出的話卻讓謝清溪都有些啼笑皆非，其實她就比謝清湛小了一刻鐘罷了。

謝府出行，光是馬車就有七、八輛，更別提前前後後開路和跟隨的家丁了，走在街道上的時候，尋常百姓都忍不住停下來打量。但凡城中有頭臉的人家，都會在馬車上做出明確的標誌，讓人知道這是誰家的馬車。所以謝府的馬上都掛著謝府的標誌，鮮紅的絲條隨著微風飄擺，在這四月的蘇州倒也是一道風景。

謝清溪自從來了這裡後便鮮少出門，偶爾有幾次也不過是去別人家祝壽拜訪，實在無趣得很。如今天這樣的上香活動，她還是第一次參加呢，以前蕭氏總覺得她太小，怕寺廟裡的香火氣衝撞了他們。

剛到了寒山寺的腳下，就聽見不遠處傳來悠揚的鐘鼓聲，那種彷彿從遠山處傳來的聲音，一下子讓謝清溪興奮了起來。

「瞧瞧這孩子，聽見鐘鼓聲都這般高興。」蕭氏自然注意到了她的神情。

寒山寺乃是遠近聞名的寺廟，因此來此處上香的人並不少，有平頭百姓，自然也有如謝府這樣的達官顯貴。

謝府上香自然早早派了家中管事過來安排，因此蕭氏一下車就看見門口有知客僧等候著。因著蕭氏並未帶姨娘出門，所以此番除了林雪柔這個略年長些的女孩外，其他最大的也不過才七歲，因此蕭氏也並未讓她們戴著帷帽。

因謝府跟進廟中的多是女子，所以寒山寺此番派出的僧侶，不是小沙彌就是牙齒快要掉光的年老僧人。眾人從前殿開始跪拜，一直跪拜到正殿，四處都擺放著不少功德箱。

謝清溪雖然年紀小，可是卻跟在蕭氏旁邊，有模有樣地學著她的姿勢跪拜。她是受著現代教育長大的，本不信這世上有鬼神一事，可如今卻莫名其妙地穿越到這裡，少不得要好好跪拜佛祖，順便也謝謝讓她投生到這裡，從古代人的眼光來看，她也算是投生到了好人家。

不管是哪路神仙，我謝謝祢讓我成了投胎小能手。

謝清溪每拜一處都要默唸一遍，畢竟她也不知道究竟是哪路神仙大發的慈悲，但秉持著誰都不得罪的原則，她每跪下去一次就默唸一回。

待謝家一行女眷跪拜了菩薩又添了香油錢後，知客僧便領著她們去了後頭的禪院歇息去了。裡頭孩子雖多，可到底是大戶人家從小教養出來的，姑娘們都文文靜靜的，待丫鬟們端了茶水後便默不作聲地喝茶。

謝清懋如今在蒙學裡上學，日日都要出府，自然對於上香這種事情沒什麼興趣，就算出來也沒多興奮。

倒是謝清湛和謝清溪兩人，因為年紀尚幼，一天到晚被蕭氏拘在身邊，尋常連去個前院都要帶一群奴僕，如今好不容易出了府，喝了茶水後就開始嚷嚷著要出去玩了。

大姑娘謝明貞還是一副小淑女的做派，也不說話，只溫和地看著兩個弟弟妹妹鬧騰。而謝明芳早跪得不耐煩了，她甚少出門，自然也想四處逛逛，可她雖平日橫得很，在嫡母面前卻不大敢說話，說實話，她有些怕蕭氏。

蕭氏因跪拜得誠心，此時只覺得腰痠背痛，如何還能領著這些小傢伙出門玩去？

林雪柔見蕭氏不願去，又見兩個孩子鬧得有些凶，不由得出聲道：「我倒是不覺得累，不如就由我領著他們出去玩會兒吧？」

此時寺中的小沙彌正好進來，謝清溪便笑嘻嘻地問他，這寺中有哪裡是好玩的？

小沙彌正值換牙的年紀，一張口，下面那排牙齒就露出黑洞，謝明芳指著他便同謝明嵐捂嘴笑了，這番明顯的嘲笑讓小沙彌面色一紅，險些不敢說話。

蕭氏輕聲喝斥道：「明芳、明嵐，不可對小師父無禮。」蕭氏又溫和地問他這寺中可有讓人閒逛的地方？小沙彌這才說出後山有一處桃林，裡面有數千棵桃樹，此時正值桃花盛開的季節，看過去猶如一片粉色的雲團。

別說是謝清溪聽了想去，就連原本只是勉強陪他們去的林雪柔聽了都不由得心動。

不過小沙彌又說了，因著今日有士林學子在桃林另一處的寒山亭，所以她們去逛的時候務必要小心些，只要別往裡面走太遠就不會碰上。

蕭氏見林雪柔願領著她們出去，倒也不再拘束著她們，讓幾個姑娘都跟著出去玩玩，也算是順便出來踏青。

「表姑一人帶妳們四人難免吃力些，妳是長姊，要幫著表姑看顧著妹妹些。」蕭氏將謝明貞叫到身邊好生囑託了一番後，又指著謝清溪說：「妳六妹妹素來愛胡鬧，待會兒她若是亂闖亂玩，妳只管讓嬤嬤將她拘了回來，到時候我來教訓她。」

謝清溪滿頭黑線，看來她平時扮小孩太成功了，以至於她的親媽如今都這麼說。

倒是謝明貞抿嘴一笑。「太太可別這麼說，六妹妹只是性子活潑了些，可是這禮節可不比我們幾個姊姊差。」

謝明芳見謝明貞在蕭氏面前能這般坦然自若，又是羨慕又是嫉恨，心裡卻暗暗道了一聲「馬屁精」！

謝明嵐倒是沒太多情緒，她這個大姊姊是聰明的，一心知道侍奉太太，到最後她也確實是姊妹中嫁的門第最高之人。

若江姨娘不是這樣的身分，又不是如今這般囂張的性子，謝明嵐倒是考慮過走謝明貞這條路子。可姨娘是爹爹的親表妹，這就注定太太不會抬舉任何一個姨娘生的女兒，所以謝明嵐自己也知道，她今生若是討好蕭氏，那也是白討好。

一行人帶著僕婦浩浩蕩蕩地往桃林走去了，不過她們都是頭一回到這寒山寺來，竟是無一人識得那桃林如何走？

好在有個小沙彌正提了水壺過來，待問話後他便指了方向，然後說道：「各位姑娘若是去桃林，這個時辰倒也正好。只是今日桃林盡頭的寒山亭有文會，是些江南學子在那頭以文會友，所以姑娘們最好在林子裡逛逛便是，那寒山亭也無甚可逛的。」

文會？謝清溪一聽這麼敏感的辭彙，一下子就精神了。不過隨後她看了下最有可能出問題的兩人，如今一個才六歲、一個才三歲，用句粗俗的話就是「毛都還沒長全的女娃娃」！不過林雪柔如今倒是有了十六歲，確實是不應該過去，到底是閨閣女子，怎能讓外男瞧見呢？

大家都沒了異議後，便順著小沙彌指引的方向走過去。還別說，還沒到跟前呢，就看見一片粉色，遠遠瞧著確實美麗。這東西但凡聚集多了，便也成了奇景，就連最普通的桃花，如今都成了一片雲霞。

一眾小姑娘平日被拘束在府裡，何曾見過這般好看的景致？一時都進了桃林。就連謝明貞手上都折了一枝上頭綴滿桃花的樹枝。

這就跟以前在學校時的春遊一樣，謝清溪好多年都沒春遊了，如今自然也高興得很，不顧後面丫鬟的勸阻，就是跑著往前走。

雖然幾個小姑娘都沒戴帷帽，可林雪柔到底過了及笄的年紀了，因此一出門就將雪白的帷帽戴上，前面垂著長長的紗幔，一直垂到腰身處。

待走入這桃林後，眾人才發現這片桃林是依著山坡而種的，前頭還有潺潺流水聲傳來，想來應該是溪水吧。

「二姊姊，前頭有小溪呢！這桃花紛紛揚揚地落下來，若是落進溪水裡面，想必很好看吧？」一直沒說話的謝明嵐突然歡快地說道。

謝明芳看了看後面的三人，一個是自己討厭的表姑、一個是自己得罪不起的長姊、一個是自己更加得罪不起的嫡妹。她覺得和她們三人待在一處實在無趣得很，於是便應了謝明嵐的話，說道：「可不就是？那咱們過去看看吧！」

「四姑娘，那小沙彌方才說了桃林盡頭有文會，妳們還是不要走得太遠吧？」林雪柔開口勸道，她這樣的性子，能開口已是極難得的了。

不過謝明嵐卻一笑說道：「林表姑真是說笑了，我和二姊姊這樣的年紀又有何妨？倒是表姑注意些便是了。我看表姑也不便同我們一起往前面去，那我和二姊姊去就好。」

林雪柔有些無措地轉頭看著謝清溪和謝明貞，希望她們倆也能勸勸二姑娘和四姑娘。可謝清溪只看了謝明嵐一眼，便軟軟地開口。「既然四姊姊想去便去吧。」

「那我……」林雪柔看著左右站著的小姑娘，有些為難地說道。

「表姑就陪我和大姊姊逛逛吧，反正二姊姊和四姊姊身邊都有丫鬟和婆子跟著。」謝清溪說。她總覺得謝明嵐今日有些反常，所以她只管好身邊的人就行了，她們不跟著謝明嵐過去，看謝明嵐還有什麼花招能使出來。

於是兩撥人便分散開來，不過謝清溪到底不敢大意，看完這桃林後便說累了，想回去。林雪柔原本想過去找謝明芳二人的，可謝明貞卻讓自己身邊的丫鬟去請了兩人回來。

結果丫鬟回來的時候，只說二姑娘和四姑娘正在小溪邊玩得盡興呢，一時還不想回來。

謝明嵐心中冷笑，其實這位表姑打的什麼主意她可是一清二楚。想跟著她姨娘有樣學樣？也不瞧瞧自己是何等身分！上一世這個林表姑雖也存著這樣的心思，可是沒住多久就離開了，至於在京城再遇見她，那就是後話了。

可如今她竟還住在家中，難不成是太太看著姨娘太過囂張，有意再弄出一個表妹姨娘，要和江姨娘打擂臺？雖說這個可能性很小，但這幾日謝明嵐翻來覆去卻是想了許久。如今江姨娘之所以能在謝府生活得這般悠然，仗的就是她表妹的身分，若是再來一個表妹，那豈不是削弱了姨娘的優勢？這是謝明嵐無論如何都不能接受的，她要的是姨娘寵冠後院。

林雪柔見兩人久去不回，又想起蕭氏將四位姑娘都託付給自己，如今也不好丟下她們兩人先行離開，便不顧謝清溪的勸阻，帶著嬌杏就去找謝明嵐她們了。

謝清溪自然也無法，就算派丫鬟去請，可若是她們就不願回來，丫鬟總不能強拉著她們吧？於是謝清溪看著林雪柔離去的背影，抬頭衝著謝明貞說道：「大姊姊，咱們也去看看吧？想必那小溪一定很有趣，要不然四姊姊也不會這麼久還不回來的！」

林雪柔比謝清溪她們先到一步，一過去就看見兩位姑娘不顧丫鬟、婆子的阻止，正在小溪旁邊玩呢！謝明嵐手裡拿著一根桃枝，身子微微蹲下，桃枝往水裡一擺，再拿起時上面便沾著溪水，竟是要對準二姑娘甩過去。林雪柔有心上前勸阻，又怕溪水沾到自己身上，一時有些踟躕不前。

「表姑，妳過來看，這小溪下面的小石子竟是五顏六色的呢！」謝明嵐一見她過來，就揚起一臉天真的笑容。

林雪柔見她笑得歡快，一時也放下心，走了過去。

誰知謝明嵐見她站得遠，還特地過去伸手拉她，直將她拉到小溪邊，指著裡面的小石子就說：「妳瞧，就是那些，可漂亮了！」

旁邊的謝明芳本來也覺得有趣，可見林雪柔過來，撇了撇嘴就不高興地往一邊走，嘴裡還不滿地道：「真掃興，別人到哪兒就跟到哪兒！」

林雪柔自然也聽到她的話了，心裡一黯，剛有些出神，就聽耳邊謝明嵐喊道——

「表姑，小心！」

林雪柔心底一慌，有些不明所以地轉身看她時，就感覺到腰間有一股力量，接著她的身子晃了一下，竟是往一旁歪了過去。

「表姑！」謝明嵐的驚呼剛響起，就要伸手去拽她。

可就在此時，前方桃林又響起一個女子的大聲呼喊聲！

「救命——」

竟是謝明嵐的丫鬟喊的！她離得老遠，看著這邊，卻是比誰喊的聲音都大。

這呼喊聲直傳到那邊的寒山亭，一時間，正在作詩的學子們都紛紛停手，接著就往這邊趕來。

於此同時，林雪柔半個身子已經泡在了水裡。

謝明嵐還站在岸邊，惺惺作態地喊道：「表姑，妳別怕，我們馬上就來救妳了！」

「妳住嘴！」謝清溪見她生怕全世界都不知道一般地喊出聲，就立即喝斥她。

謝明嵐見是謝清溪這個小丫頭，也沒在意，兀自帶著哭腔道：「六妹妹，現在可不是耍性子的時候，還是先救表姑要緊啊！」

惡人還先告狀了！謝清溪見她一邊把人推下水，一邊又要救人上來，實在是精分（注）得厲害。正想著要不要也把她推下去，讓她嚐嚐這溪水的味道時，就見對面一陣腳步聲傳來，其中還夾雜著男子的說話聲，於是她立即明白了謝明嵐的險惡用心，她這是要毀了林雪柔的名聲！

謝家這樣的人家，就算是當妾室，也得身家清白吧？如今春衫輕薄，若是落於水中，春衫貼在身上，這身子可就要被外人看光了。更何況還有這麼多士林學子在，到時候林雪柔就是不一頭撞死，只怕這以後也再嫁不到好人家了。

「趕緊將表姑救起來，不然待會兒太太問起來，全都別想逃過！」謝清溪雖然人小，可是說出的話分量卻是極重的，更何況她又亮出背後的大靠山蕭氏。

這下子原本站在岸邊的幾個婆子立即一咬牙，跳下去將人帶了上來。

「咱們走！」一人一帶上來後，謝清溪便讓素雲抱著自己，趕緊離開這是非之地。

謝明嵐目的已經達到了，自然不會再逗留，於是也在丫鬟的簇擁下離開了。

至於那幫參加文會的學子趕過來的時候，只看見一眾丫鬟、僕婦急匆匆離開的背影，不過有眼尖的人，倒是瞧見了中間有個被人抱回去的。

蕭氏原本正在歇息，結果林雪柔竟渾身濕漉漉地被抬了回來，真真是令她又驚嚇、又生氣。她趕緊看了看四個姑娘，見她們都完好無損，便立即讓人去馬車上拿了備用的衣裳給林表姑娘換上，之後又問了隨侍的丫鬟、婆子，都說林表姑娘是落了水。

於是，蕭氏便讓人帶著其他三位姑娘下去歇會兒，也壓壓驚。

謝明嵐離開之時瞧了謝清溪一眼，兩人對視時，謝清溪從她眼中看出了隱隱的得意。

「娘，是四姊姊將林表姑推下水的！」等閒雜人一離開後，謝清溪就說道。只是讓她奇怪的是，蕭氏臉上卻沒有太多驚訝之情。

蕭氏只淡淡說道：「娘知道了。」

這就沒了？謝清溪無語。「娘，四姊姊行事太過惡毒，她——」謝清溪正要繼續抱怨時，就見蕭氏突然眼神犀利，就連剛剛告訴她謝明嵐將林雪柔推下水時，她都沒這般變了臉色。

只見蕭氏嚴肅道：「溪兒，這樣的話，娘不願再聽妳說第二遍。」

注：精分，此指精神分裂。

謝清溪還有些不服氣，謝府這些妾室的問題不是她能管的，雖然她也替蕭氏抱不平，可如今這個時代，哪個男人不是左擁右抱？如謝樹元這般少的，別人還要誇讚他一聲潔身自好呢！可謝清溪到底是接受現代教育的，對於府裡的這三個庶姊妹，她總覺得她們是小三生的孩子。若不是謝明貞性格好，很有古代閨閣小姐的風範，謝清溪連話都不願和她們多說。

她又開口說：「可是娘——」

「住口！」蕭氏用一種前所未有的疾言厲色表情說道：「娘讓妳莫要再提，妳為何還是不聽話？」

謝清溪這次真覺得好心被當成驢肝肺了。那個江姨娘仗著自己是謝樹元的表妹，在府裡吆五喝六的，成天不是要這個就是要那個。至於謝明芳和謝明嵐姊妹，一個眼皮淺、一個卻裝神童將府裡的人唬得一愣一愣的。這母女三人簡直就是極品小三和極品小三生的兩個極品女兒！想到這裡，謝清溪又忍不住怨恨起她這個便宜爹，有小妾也就算了，偏偏還是個表妹小妾，這還打不得罰不得了！

「娘瞧妳年紀還小，本不願和妳說這些，可是溪兒，娘曾經教過妳和妳六哥哥一句話，妳還記得嗎？大丈夫，有所為，有所不為。」蕭氏大概也覺得自己的言辭太過嚴厲，於是便將女兒抱著，放在對面的椅子上，頗有些嚴肅地看著她說：「謝明嵐她自甘墮落，好好的小姐不做，偏要學江氏的做派，她以為自己這是聰明，卻不知這是愚蠢至極。可妳卻不能學她，因為大家族中最忌諱的便是兄弟鬩牆，妳們雖是姑娘，可姊妹不和若是傳出去，只會讓人說咱們謝家沒教養。」

蕭氏的話自然有她的道理，她出身侯府，自幼便有才名，出嫁後更是侍奉公婆，姑嫂和睦，像蕭氏這樣的人，名聲往往比性命還重要，因為她的名聲不僅僅關係到她自己，還關係著她的母族以及未來的子女嫁娶。畢竟一個刻薄的主母，待自己的兒媳婦也不會寬厚到哪兒去。

「可謝明嵐無故毀人名聲，還沒人能治住她了？」謝清溪還是不服。

「是四姊姊。」蕭氏將手搭在謝清溪的肩膀上，柔聲說：「那是妳四姊姊。就算妳們今日撕破了臉皮，妳還是該叫她四姊姊，要不然讓旁人聽到了，妳便是有理也成了無理。」

謝清溪覺得她這個娘親實在是太厲害了，都到了這個時候，還能在意她稱呼上的問題。

「妳是不是覺得娘親沒用，連個姨娘都管不住？」蕭氏似笑非笑地看著謝清溪。

謝清溪小心地睨了她娘一眼，偏著頭說：「女兒不敢這麼想。」

「還說不敢，瞧瞧妳這小嘴巴噘的！」蕭氏彈了下謝清溪的嘴巴，故意調笑道。「妳說說江姨娘在府裡怎麼樣？」蕭氏看著她，有意問道。有些話總覺得女兒太小，還不適合說，可如果有些時候不說通透，只怕這孩子的性情就會變了。蕭氏萬萬不願謝清溪也變成謝明芳和謝明嵐那等的性情，就知道撚酸掐尖，毫無容人的度量，表面看著還有閨閣小姐的做派，可一說話底子就全露了出來。如今那對姊妹年紀還小，瞧不出來，待到了年紀，有得她們受的。

謝清溪還真的仔細想了想，可是卻突然發現，江姨娘好像沒有她想像中的那麼受寵，最重要的一點就是，江姨娘其實還挺窮的。

別看江姨娘母女三人好像打扮得很華麗，可是仔細算起來，除了公中的分例外，她的穿著打扮比起方姨娘、朱姨娘也未見好許多。再說明芳姊妹倆的穿著打扮，和大姑娘明貞比起來也是差不多的。

若說江姨娘受寵嘛，那也就是謝樹元平日去她那裡比旁的姨娘多上幾次罷了。

還有就是，府裡的丫鬟、婆子總是說「江姨娘是府裡妾室的頭一份」，流言說多了似乎也就成了真的了。

「妳爹爹雖有心抬舉她幾分，可是也絕不會讓她越了姨娘的本分。更何況男人粗心大意，哪會瞭解後宅的這些細枝末節？」蕭氏沒和謝清溪明說，不過她自己卻是門兒清的。

「那林表姑那邊……」謝清溪抬頭望著她娘親。

蕭氏只冷冷一笑。

「四妹妹，春華那丫頭去哪兒了？」明芳見侍候明嵐的丫鬟久久不見人影，有些好奇地問道。不過她嘴巴又突地翹起，臉上帶著幸災樂禍的表情說：「也不知道表姑怎麼樣了？我剛才瞧著，那衣裳都濕透了呢！也不知道那些窮酸學生有沒有瞧見？哎喲，表姑這名聲算是毀了唷！」突然，明芳臉色一變，急急又問。「四妹妹，妳說若是讓人知道這是借住在咱們府上的人，會不會帶壞咱們姊妹的名聲啊？」

明嵐因為春華久久未回來，心下正在忐忑不安，聽了明芳的問題，不由得冷笑一聲。

「二姊姊如今不過才六歲，就算想考慮嫁人的事情，那也等十年後吧！」

「妳、妳……」就連明芳這般善於口舌之爭的人，在聽到嫁人這樣的話題後，都羞惱得不知如何是好，只指著謝明嵐的鼻子說不出話。

春碧暗暗叫了聲不好，按理說這一母同胞的姊妹合該比旁人親近些吧？可偏偏這對姊妹但凡待到一處就要吵個不停。在府裡時尚且有江姨娘勸著，如今只苦了她這做丫鬟的。

她寬慰道：「二姑娘不是也說了，那林表姑娘不過是借住在咱們府上的，況且又是個遠房表姑，萬不會牽扯到咱們府上小姐的。」

又過了兩刻鐘，那頭就有人來傳，說太太準備回府了，讓兩位小姐準備一下便出去坐馬車。

這會兒謝明嵐真的有些坐不住了，她急急道：「我身邊的丫鬟春華還未回來，我怕這丫頭迷了路，正準備出去尋她呢！」

過來通傳的丫鬟抿嘴一笑，道：「奴婢正要同四姑娘說呢，太太說春華姊姊暫時不能在姑娘身邊伺候了，讓奴婢暫時頂替了春華姊姊，伺候姑娘回府呢！」

明嵐臉色一白，竟是說不出話。

倒是明芳心直口快地問道：「春華怎麼了？如何就不能過來伺候四妹妹了？」

這春華乃是江姨娘身邊的二等丫鬟，因今次出府，怕旁人伺候不周，才會被江姨娘派到四姑娘身邊的，所以明芳倒也多嘴問了一句。

那來人也是太太身邊的，只是並不是一、二等的大丫鬟，看著是生面孔，她笑著答道：「嬤嬤只命奴婢過來傳話，卻沒跟奴婢說春華姊姊的事情。」

「那也不能平白將人扣下吧？這總得──」明芳一聽性子便上來，急急衝著小丫鬟喊了。

倒是明嵐一把拉住她，說道：「二姊姊，算了，母親總歸是好意的。」

明芳一聽她提了蕭氏，又見這丫鬟是蕭氏派來的，到底不敢再多說旁的。

一行人回了謝府後，幾位姑娘卻沒回各自的院子，而是被蕭氏留在了芝蘭院裡頭。待謝樹元從官衙回來後，就被蕭氏派去等著的人請了回來。

江姨娘也同樣讓人在二門上等著，只是卻撲了個空。

「夫人今日帶著她們出去上香祈福，倒也是辛苦了。」謝樹元見四個女兒竟是都在，便有些意外。

蕭氏壓著性子，只將今日林雪柔落水之事說了一遍，聽得謝樹元都眉頭一跳。

「原以為這只是林表妹不慎落水，可我卻聽說，這幫參與文會的學子之所以被引過來，皆因為有人在林表妹落水時尖聲叫了聲救命。」蕭氏說這話的時候，眼睛不知是有意還是無意地看了四個姑娘一眼。

「豈有此理！」謝樹元一聽，如何不能理解蕭氏的意思？這是有人故意要敗壞林雪柔的名聲！

蕭氏冷靜地對香雲道：「把人給我帶上來。」

春華被人帶上來的時候，別說明嵐身子一抖，就連明芳都險些失聲尖叫了。只見她看了明嵐一眼，又看了春華一眼，這才勉強忍住。

「就是這丫鬟在林表妹落水時大叫了一聲救命。若她是站在林表妹身邊倒也好說，只是她當時卻是在林子的盡頭，和林表妹站著的地方最起碼有五丈，中間又隔著那麼多的樹……」蕭氏突然笑了一聲。「我倒是想知道，她哪裡來的火眼金睛，隔著那般遠都能看見林表妹落水了？」

春華跪在地上，身子抖得如同篩子，偏偏一句求饒的話都說不出來。她是江姨娘的丫鬟，若是江姨娘在，必是會給自個兒做主的。

「老爺，這丫頭也不知受了誰的指使，竟是做出這等敗壞表妹名聲之事，咱們府上是萬萬留不得這等背主棄信的丫鬟！」蕭氏素來寬厚，平日也是溫柔之人，如今說出這樣的話來，竟是讓在房中站著的丫鬟、婆子都不由得低下了頭。

春華是江姨娘的丫鬟，如今太太說她受了人指使，這不明擺著是說江姨娘指使的？

「父親——」明芳忍不住要說話。

就見謝樹元盯著春華，一字一頓道：「將這丫鬟拖出去打二十大板，若是命大沒死，就立即發賣出去！」

謝清溪這時臉上才露出錯愕之情。蕭氏待人寬厚，極少打下人板子，可如今謝樹元一開口便要了春華的半條命，還要將她立即發賣出去。

她忍不住看了謝明嵐一眼，春華這丫頭皆是聽謝明嵐行事的，結果謝明嵐只是垂眸看著地面，除了臉色略白些，竟是看不出絲毫異常。清溪心底一嘆，這丫鬟實在是可憐。

待蕭氏讓人將四個姑娘送走後，也讓身邊的丫鬟出去，只與謝樹元兩人在內室裡。

「原本還有一事，但我怕下人亂傳話，只得私下同老爺說。」

謝樹元眉頭緊皺。「夫人只管說。」

「林表妹說，當時她站在溪邊，卻是有人推了她一把，她才會落水的。」蕭氏看了謝樹元驚惑的臉色，續道：「當時只有嵐兒站在她旁邊。」

「什麼?!」

蕭氏看著謝樹元震驚的表情，臉上也露出愧疚的表情。「都怪我平日太忙，又要照顧清懋他們兄妹三人，對三個姑娘倒是疏於管教了。明嵐生性聰慧，待人也素來寬厚，平日就算和明芳有些口舌之爭，也多是忍讓著姊姊的，我聽了也覺得不敢相信。」

蕭氏看似幫謝明嵐辯說，可字字句句卻讓謝樹元生疑。

是啊，明芳有些小性子，明嵐素來忍讓姊姊，這他都是知道的，所以他一直覺得明嵐性子寬厚，必不是這樣的人，肯定是有人在背後唆使她的。

是啊，他生的女兒如何會是心思惡毒的人？只怪這背後唆使之人！

謝樹元略寬慰了蕭氏後，便直接殺到了汀蘭院去。

這會兒江姨娘剛聽說蕭氏處置了自己的丫鬟，正準備找謝樹元告狀呢，一聽他來了，趕緊便出去迎接。

誰知剛到了外面的捎間，就碰見掀了簾子進來的謝樹元，這眼波正要送過去，如楊柳般的腰身正要福下去時，一個劈頭蓋臉的耳光就甩了過來！

江姨娘整個人被打得趴在地上，後頭跟著出來的明芳和明嵐見著了，都不由得失聲尖叫。

謝樹元一見，便厲聲道：「把小姐帶下去，誰都不許進來！」

明芳、明嵐哪肯依，哭著喊著要姨娘，卻是被婆子趕緊抱了下去。

此時江姨娘已經爬了起來，抱著謝樹元的腿就大哭道：「老爺這是做什麼？當著女兒的面便這般折辱我，既是這樣，那不如殺了我算了！」

「妳將明嵐教成這般德行，小小年紀就敢推人落水，就敢讓丫鬟敗壞自己表姑的名聲，妳以為我沒殺妳的心？」謝樹元氣急反倒是冷靜了下來。

謝樹元說話帶著的狠戾，讓江氏不由得抖了一下，可她還是委委屈屈地哭喊。「表哥，你這是說的什麼？我竟是一句都聽不懂！嵐兒好生生地去上香，怎麼回來就成了這般十惡不赦？況且我是怎樣的人，難道表哥不知道嗎？」

「我知道，我就是太知道了！」謝樹元冷笑。「妳為了榮華富貴，不惜自甘下賤作妾，妳以為人人都同妳這般，所以妳竟不惜教壞自己的女兒，讓她敗壞林表妹的名聲！」

「表哥，你竟是這般想我的？」一直把謝樹元當作心中真愛的江姨娘，如今聽到謝樹元這樣冷酷絕情的話，不由得哀戚地喊道。

謝樹元將她推開，後退了兩步，冷冰冰地盯著她說道：「當日妳入了我府中後，父親便親口說過，從此江家再不是正經舅家，所以妳也別再叫我表哥。往後妳若是再叫一次，我便命人掌妳一次嘴。」

江南富庶，蘇州作為江南的中心城鎮之一，便是比起京城來也不遑多讓。況且蘇州不同於在天子腳下的京城，處處講究的是低調低調再低調，那些京城富商便是有錢也並不敢露富。這江南之地卻喜好奢靡華貴之風，兩淮鹽商更是有「富甲天下」之稱。

到了五月初的時候，整個蘇州城就跟過節一樣熱鬧。若說這古代最熱鬧的節日，過年自然是首位，而這端午節就緊隨其後了。

就如同元宵時的花燈節一般，這端午的賽龍舟那可是熱鬧非凡得很，就連平日裡甚少出門的閨閣小姐們，都能趁著這樣的日子到蘇州河邊上去看看龍舟。

從五月初一開始，蘇州河就擠滿了紮著彩球和彩旗的船隻，而那些要參賽的龍舟隊伍自然也早早準備好了。

不過從初一開始，蘇州河東邊就開始被府衙的差吏們圍住，裡面搭起彩棚。每年端午節，蘇州布政使司的布政使大人都會到蘇州河觀龍舟，與民同樂。沿著布政使大人的彩棚往兩邊延伸所搭建的棚子，自然是蘇州各大小官吏家的看臺。至於蘇州城中的皇商、鹽商們也有在這裡觀龍舟的資格，只不過他們的看臺都是搭建在官員的後面。當然，也有少數幾家皇商家的棚子，搭的離布政使大人家的極近。

這些謝清溪自然都還不知道，因為此時她正在家中被蕭氏極力打扮呢！民間習俗中，有五月女兒節的說法，女兒家們在端午時，是要繫端午索，戴艾葉、五毒靈符的。為著這五月要打扮女兒，蕭氏從四月中旬就讓人備了她要穿的衣裳，從艾青色、粉白色、粉藍色到鵝黃色，顏色都十分清爽，在五月裡穿最是合適。

「這個是方姨娘做的？」謝清溪提著一串五彩粽子，每顆粽子只有拇指頭那麼點大，用五彩繩串成一串，別提有多可愛風趣了。

謝明貞笑著點頭，有些不好意思地說：「姨娘說端午節也沒有旁的孝敬母親，好在她女紅不錯，便弄了些小玩意，還望母親和妹妹喜歡。」

雖然謝清溪不喜歡這府裡的任何一個姨娘，可是這個方姨娘素來謹小慎微，又從不在蕭氏面前蹦躂，而謝明貞這個姊姊也頗有長姊的風範，因此她覺得自己還是可以有那麼一些些喜歡她們的。

「方姨娘的手可真巧！」謝清溪看了又看，最後還是忍不住誇讚道。

蕭氏見她這樣歡喜的模樣，也覺得高興，笑著對明貞說道：「過幾日便是端午節，妳爹爹說平時拘著妳們在府裡也悶得慌，趁著這樣的節日帶妳們出去玩玩。小姑娘家出門可不能沒新衣裳，所以我這裡也替妳做了身衣裳，顏色和款式都是我幫妳挑的。」

明貞趕緊起身就謝過蕭氏。這謝府庶女是每季四套的衣裳，蕭氏為人寬厚，但也斷沒有拿出自己的私房給庶女添衣裳的道理，所以各個姑娘除了這四身定例衣裳外，若是想再多穿新衣裳，那就得自個兒拿出錢來。方姨娘不過是個丫鬟出身，是毫無私產可言的，因此手裡的體己錢也實在有限。謝明貞身上的衣裳首飾，自然都是謝家公中的庶女分例。

「多謝太太，又讓母親破費，讓旁人知道了，還以為是女兒故意拿了這些不值錢的小玩意兒來換母親的衣裳呢！」明貞抿嘴笑了下，湊趣地說道。

這府中庶出的孩子統共就這三個姑娘，因為有那兩個不省心的襯托，謝明貞的安分守己在蕭氏看來便是格外的難能可貴，因此蕭氏也十分喜歡她，不時就會賞賜她幾件東西。

「妳既是叫我一聲母親，這些東西自然是應該的。」蕭氏說道。

旁邊的香雲也打趣地看著謝清溪，說道：「太太，您瞧瞧六姑娘，先前還說奴婢做的五彩葫蘆精緻有趣呢，如今見了大姑娘的粽子，倒是一點都不願再看奴婢的葫蘆一眼了！」

要說這古代女子女紅確實是出色，想法也新穎。香雲是蕭氏身邊的大丫鬟，於這女紅上面也是極為出色的。香雲做的五彩葫蘆可是芝蘭院的拿手一絕，每年端午節的時候，芝蘭院裡的女孩們都能得了她的五彩葫蘆。

「香雲姊姊做的葫蘆也好看，我都喜歡！等看龍舟那天，我統統掛在腰上！」謝清溪這會兒就比劃著要將東西全掛在腰上。

還是蕭氏拿了過來，將那串葫蘆繫在她腰間後，笑著點她的額頭道：「這粽子和葫蘆都是五彩絲線編的，全戴著有些重了。昨日妳爹爹不是給了妳們姊妹每人一個玉葫蘆？待到了端午那日，就將玉葫蘆掛上便是。」

要說謝樹元，在識情得趣這點上，他倒是一等一的好爹爹和好丈夫。

昨日他一回來，就帶了個盒子，一打開，裡頭竟是各種玉石做成的葫蘆。端午習俗便有戴葫蘆的說法，因葫蘆音通「福祿」，又藤蔓綿延，結實累累，因此也是象徵子孫繁盛的吉祥物，所以江南這邊的大人、小孩都有戴葫蘆的習俗，以驅瘟避邪。

謝清溪就得了一串羊脂白玉做成的小葫蘆，每個都只有手指頭那麼點大，也是用五彩絲條串起來的，掛在身上別提多好玩了。

除了府中的少爺、姑娘，也就只有蕭氏還得了一串芙蓉玉的葫蘆。謝清溪當時看到這串芙蓉玉時，還驚訝了一把，要知道，這芙蓉玉在現代可是有愛情石的美稱呢！沒想到她這個爹還挺有先見之明的嘛！

待明貞走後，蕭氏便又叫了廚房管事嬤嬤過來，問了這府中粽子和各色端午點心的準備情況。

因謝家是從京城過來的，因此北方時興的五毒餅，蕭氏也特地讓廚房準備了。謝家做的五毒餅有兩種，一種是用棗木模子刻了五毒的圖案，將餅子放在吊爐上烤熟，再提漿上彩，待表面上了一層油糖後，就能看見凹凸不平的五毒圖案；還有一種就是做出酥皮玫瑰餅，將有五毒圖樣的印子蓋在上面，這樣便有了鮮豔的圖案。

謝家這五毒圖案還是蕭氏特地請了謝樹元畫的，因古有君子六藝的說法，這讀書人，特別是這種書香世家的讀書人，簡直就被培養成了全才。

反正據謝清溪知曉的是，謝樹元不僅能畫的一手好畫，於下棋、騎射還有琴藝上也別有造詣。果然天才之所以為天才，是因為他們幹啥都比別人容易，還比別人都好！

這外頭在熱熱鬧鬧地過著端午節，可是謝府有幾處卻有些蕭條落敗之景。

林雪柔落水之後，好在沒有生病，不過謝樹元還是以最快的速度將她送到了安慶，並且修書一封，白話點說便是：林表妹在我家住了沒多久就失足落水，我沒照顧好她，我這心裡頭愧疚啊！所以我也不敢再繼續接下幫表妹找丈夫的重任了，我怕耽誤了人家！

順便，他還附上了五千兩的銀票，說：其中三千兩是堂叔您原先給表妹準備的嫁妝錢，既然這事我沒辦好，那我自然得全數退還給您。現在我還多給兩千，算是我給表妹的添妝錢，希望能彌補我沒照顧好表妹的失職！

謝樹元的一封信寫得情真意切，況且這讓隔房的表兄給表妹找對象，實在也說不過去，所以安慶那邊倒是也沒說旁的，謝府的人回來的時候，還順便拉了一車的端午禮物。

至於江姨娘母女三人，算是這件事裡的最大輸家吧，而最直接的後果就是，明芳和明嵐兩姊妹被光速地從江姨娘的院子裡搬了出去。就算江姨娘要衝出院子找謝樹元也好，或是在自己院子裡尋死覓活也好，都沒能改變兩個姑娘被同她隔開這件事。

後來蕭氏見她還在鬧，只讓丫鬟過去說了一句「再鬧，就把妳送莊子上去」。江姨娘如今見不到謝樹元，又怕蕭氏真的藉機將她扔到莊子去，嚇得不敢再鬧了。後來，謝樹元直接又說江姨娘行為無狀，在院子裡禁足兩個月。

至於明芳和明嵐兩人就更慘了，謝樹元不知從哪兒請了四位嬤嬤回來，說是給四位小姐的教養嬤嬤，聽說都是在京裡的侯府、國公府伺候過的，規矩那是極極極好的。

於是，這兩姊妹至今還在院子裡學規矩呢，聽說端午節那天都不許出門。

雖然謝清溪也得了一個教養嬤嬤，可蕭氏本身就是侯府出來的小姐，身邊的沈嬤嬤那更是在侯府伺候了幾十年的老僕了，比起這幾位教養嬤嬤來，估計管教她們的資格都有，所以這位嬤嬤進了芝蘭院倒也老實。

到了五月初五這日，闔府上下都掛了艾草，丫鬟、僕婦身上都掛著各色香囊，府裡上上下下都瞧著喜氣洋洋的。

謝清溪一早就被伺候著洗漱，今日她穿著一件淺綠色芙蓉花流光綾裙，這流光綾乃是江南這兩年時興的綾緞，如這名字一般，綾緞卷成捆時尚且看不出珍貴來，待做成衣裙穿上後，行走間猶如布滿霞光藏在裙襬間一般。

不過這樣的綾緞若是身材高䠷瘦削的女子穿上，倒是能穿出幾分仙氣來，謝清溪瞧著鏡子裡面小臉白胖粉嫩的自己……好吧，她還是比較適合福娃的打扮。

謝清溪還沒到地方的時候，就被外面喧鬧的聲音勾得連一刻都坐不住了。除了上回去上香時路過這街邊，這竟是謝清溪這一生第一次出門上街。

待到了蘇州河周圍的時候，這喧鬧之聲非但沒有減弱，反而越發的喧囂，往來叫賣的小販，簡直是一浪高過一浪，畫糖人、捏糖人、賣糖糕、糖葫蘆，雖說這些她都見過，可是前世這些她瞧不上的小玩意兒，如今竟是勾得她魂都快沒了。

蕭氏瞧著謝清溪一副魂都飛到外面的模樣，只覺得好笑，再見到旁邊的兒子也是同樣的表情，只覺這兩個小傢伙著實是可愛。

「娘——」謝清溪實在是忍不住了，就伸手去拉蕭氏的手。

只見蕭氏表情嚴肅地瞅著她道：「不行。」

「娘，妳都還沒聽女兒說什麼呢！」謝清溪有些不死心地繼續拉她的手撒嬌。

蕭氏笑道：「娘雖然沒聽，但也知道，就是不行。」

謝清湛眨了眨眼睛，瞧著娘親和妹妹，突然也拉著蕭氏的衣袖，頭就要拱到她懷裡。

一時間蕭氏又想抱他，又怕他弄縐自己的衣裳。

只聽他可憐兮兮地說：「娘～～我也想下車去玩！我保證，我買個畫糖人就回來！」

「我也要、我也要！我也要畫糖人！」謝清溪一見自己陣營多了個隊友，趕緊撒嬌。

一直到下車的時候，這兩人還在鬧騰。

謝樹元過來的時候，就見這兩人一左一右地站在蕭氏的腿邊，跟兩個小護法一樣，不過嘴裡卻一直唸叨著「想要、想要」。

「溪兒，想要什麼？跟爹爹說。」謝樹元瞧著小女兒被打扮成小仙女模樣，腰間左邊配著五彩小粽子，右邊掛著自己給的玉葫蘆，玉雪可愛得簡直讓人想伸手捏捏。

「爹爹！我要去買畫糖人，畫糖人！」謝清溪一見大靠山來了，立即轉變方向撒嬌。

蕭氏臉色一冷，嚴肅地對她說：「溪兒，妳若是再這般無理取鬧，小心娘以後再也不帶妳出來了。」

「爹爹、爹爹……」謝清溪著急地朝謝樹元伸手，想讓他抱自己。

雖說在外面，可謝樹元見女兒這般急切，也立即伸手將她抱在懷中，逗弄著她。

「爹爹，我想要竹做的蜻蜓，還有畫糖人，還有小風車……」謝清溪為了能出去玩，簡直將賣萌撒嬌發揮到了極致，扳著小手指一個一個地數著。

謝樹元見下面站著的兒子也露出一臉渴望的表情，只得笑著對蕭氏說：「好在咱們來得早些，若夫人累了，便先到彩棚內休息會兒，我帶著溪兒和湛兒逛逛這裡。孩子們難得出來，又都是小孩子心性，愛玩是應該的。」

蕭氏見謝樹元已經答應，只得無奈地點點頭，不過卻還是囑咐他多帶些小廝和丫鬟在身邊照顧這兩隻小潑猴。

可事實證明，讓男人帶孩子永遠都不靠譜，不管在哪個年代。

第六章

端午節素來便熱鬧，自從這位蘇州布政使大人來了之後，就越發的熱鬧了。原本是民間富商出資贊助的龍舟比賽，如今因布政使大人年年過來觀賞，反而帶上了幾分官方的色彩。

從五月初一開始，這蘇州河附近就熱鬧極了，沿岸早就被小商販占領了，而這種全城矚目、全城百姓都參與的節日，又豈是商家能錯過的？就連蘇州商會都組織各種商家，在這種時候進行各種促銷活動，什麼買兩疋綢緞送一疋布、買滿三兩銀子就減免三錢。

若是謝清溪這時候出來逛街，看見這樣的促銷活動，都不得不感嘆一下，這古代人民的智慧果真是無窮的，這麼現代化的促銷方式都能運用得這麼得心應手。

當然，這會兒謝清溪剛獲得了階段性的勝利，她親娘總算是鬆了口，允許她跟著謝樹元到蘇州河沿岸的街市上逛逛了！

謝樹元難得悠閒地領著三個孩子在街上遊玩，不過因謝清湛和謝清溪兩人穿著同色的衣裳，又是一般高的模樣和同樣的年紀，這麼兩個小孩子走在街上，跟那金童玉女下凡似的，但凡看見他們的人都會忍不住回頭張望。

「爹爹，我要畫糖人！」雖然謝清懋時常會從外面給他們帶些好玩的小東西回家，可到底不是自己親手買的，所以一瞧見這畫糖人的攤子，謝清湛就急急地指著。

謝清溪也看見了，所以她也高興地附和道：「爹爹，我也要、我也要！」

謝樹元見他們喜歡，便領著孩子過去，後頭跟著好幾個小廝。蕭氏原本想讓他帶丫鬟的，不過他好歹也是蘇州的父母官，上街帶著幾個丫鬟在身邊像什麼話？

「師傅，你這糖人怎麼賣啊？」謝清溪湊到小攤子前。

雖然小攤子周圍圍滿了孩子，大多數孩子手上都已經拿著糖人，少數幾個沒有的，也只是眼巴巴地看著，並不開口，想來是家裡實在窮，連這點小玩意兒都買不起。

「小姐，咱就是畫糖人的手藝人，可不敢當您這師傅的稱呼啊！」畫糖人的手藝人見問話的是這麼個粉雕玉琢的小姑娘，也實在喜歡得緊，趕緊說道：「這糖人有兩種賣法，一種就是妳挑選圖案，按照不同圖案的價格給錢；還有一種就是妳花三個銅板，玩一次轉盤，這轉到哪個就算哪個。」

謝清溪看了眼轉盤上畫的圖案，有龍、鳳、虎、兔子、老鼠等不同圖案。她又抬頭看了眼已經做好插在架子上的糖畫，指著一個仙女捧著月亮的圖案問道：「那個多少錢啊？」

「姑娘真是好眼光，這嫦娥捧月可是極其難做的，我每回也就做這麼幾個放在這裡招攬客人，這個妳給二十個銅板就成了！」手藝人見她打扮富貴，張口就說。

「老李頭，昨兒個別人來買的時候，你不是十五個銅板就賣了，怎麼今天就變成二十個銅板了？」旁邊一個穿著粗布衣裳，連鞋子都沒穿的小男孩大聲開口道。

謝清溪轉頭看他，他不過四、五歲的模樣，頭髮油乎乎地披著，臉上也髒兮兮的，說完話的時候還吸了下鼻涕。

那叫老李頭的畫糖人被當場揭穿，難免有些惱羞成怒，只聽他怒罵道：「馮家的小崽子，買不起糖人也別在這兒壞了我的生意，趕緊滾、趕緊滾！」

那姓馮的小孩子雖被罵了，可卻絲毫不在意，只圍著糖畫攤子轉悠，眼睛盯著那些糖畫，別提有多想吃了。

「師傅，做生意要講誠信，你既然賣給別人十五個銅板，也該這麼賣給我的。」雖然謝清溪不缺錢，但她不喜歡當兔大頭。

老李頭瞧著一直沒說話，只負手背立、站在小女孩身後的謝樹元，瞧著這位爺通身的貴氣，只怕是官家人，所以他趕緊討好地說道：「姑娘若是要，我立刻給妳做個新鮮的！」

「我不想要了。」謝清溪撇嘴。

老李頭頗為尷尬。「……」

「哈哈……人家不要了！」那個姓馮的小孩拍手大笑，頗有些幸災樂禍。

一直站在旁邊的謝清湛一聽她這話，屁股一頂，就將謝清溪擠到一邊去，笑呵呵地對老李頭說：「她不要，我要！我要這個大老虎的！」

老李頭怕到手的生意再飛了，忙拿起糖勺就開始在板上做畫。說實話，老李頭這畫糖確實是有一手，不過一會兒的工夫，一頭凶猛的大老虎便栩栩如生地出現在板上。

因著不同的動物所用的糖稀也不同，所以這老鼠、小兔子一類的小動物，價格自然便宜些，而小孩子們雖喜歡老虎、大龍的圖案，但因為價格略有些貴，因此買的人便少些。

這會兒謝清湛剛將老虎拿到手裡，周圍的小孩子都眼巴巴地瞅著。

謝清溪看著他得意的小模樣，不由得冷笑一聲，指著轉盤就說：「看我花三個銅板就轉一個大龍出來！」

後頭有小廝立即取了三個銅板給老李頭。

謝清溪伸手撥弄轉盤上的籤子，那籤子繞著轉盤轉了好幾圈，最後穩穩當當地落在了一個大鳳凰上頭。

老李頭臉上有些不好，不過還是勉強喊道：「鳳凰一個！」

雖說鳳凰也不錯，可謝清溪一心想要轉到那個大龍，因此又轉頭眼巴巴地看著謝樹元。

謝樹元笑了一下，示意小廝再丟三個銅錢。

謝清溪笑呵呵地捏著大鳳凰，手上一撥弄，籤子又飛了好幾圈……喲，又是個鳳凰！

「鳳凰一個！」老李頭又喊了一聲，不過那臉色已經有些苦澀了。

這會兒連謝樹元都覺得有些意思了。

於是，還沒等謝清溪轉頭看他呢，小廝就又給了老李頭三個銅板。

這會兒老李頭接得可就沒那麼情願了，要知道，這鳳凰因為大，若是單賣的話，每個得十五個銅板呢！

再來，又是個鳳凰。

接著轉，還是鳳凰！

這會兒謝樹元的眼神都有些變了。

不過最高興的卻是周圍的小孩，因為謝清懋不願再吃這些小孩子玩意兒，便隨手將大鳳凰給了旁邊的一個小孩。

那個姓馮的小孩一見，更是眼熱，貓著腰就擠了進來，隔著小廝對謝清溪喊：「小丫頭，妳下次再轉到，就得給我！」

謝清溪有些好笑他的理直氣壯，便問道：「為什麼？」

「因為剛剛是我提醒妳，妳才沒上當受騙的！」小男孩理直氣壯地喊道。

「臭小子，你說誰騙人呢！」原本臉色就不好的老李頭，這會兒就更加不樂意了。

謝清溪笑道：「那好吧！」

謝清懋見妹妹居然和這麼髒的小孩說話，難免有些不高興，擠過來將兩人隔得更遠些。

再轉，還是鳳凰。

謝清溪捏著棒子，呵呵地笑著，就要轉身找那個姓馮的小孩。

旁邊有個機靈的小廝見著二少爺那臉色，趕緊說道：「小姐，讓奴才幫您給了那小子吧！」

「小丫頭，謝啦！」姓馮的小孩拿了糖鳳凰後，隔著老遠地喊道。

雖說這只是小孩子家的玩意兒，可是謝清溪回回都轉到鳳凰，實在是讓謝樹元有些驚訝。雖說儒門有敬鬼神而遠之的說法，可謝樹元也相信命中自有定數的說法。他想到皇上的幾位皇子，如今和謝清溪年紀相仿的倒也有幾個……

就在此時，從後頭跑來幾個官差，有個人見著了畫糖攤前的人，立即跑上前給謝樹元請安。

謝樹元知他們找過來定是有事，便讓小廝看著少爺、小姐，將他們帶到一旁說話。他聽完來人的稟告後，臉色有些鐵青，待回去後，便對謝清溪說道：「溪兒，爹爹臨時有公務要處理，這就讓人送你們回妳娘親那邊可好？」

「不好、不好！」謝清溪的頭搖得跟波浪鼓似的。

旁邊的謝清湛也附和著，小腦袋跟著搖了起來。「不好、不好！」

謝樹元急著要趕回去，又不好讓人強行帶他們離開。

謝清懋見狀便說道：「爹爹只管去便是，弟弟妹妹難得出來，便由兒子帶著他們逛逛，待到了時間，再領著他們回去便是。」

「那也好。」謝樹元勉強點頭，又將小廝都留了下來，這才帶著人走了。

謝清溪見親爹這麼好說話，就放下心來繼續玩。

拿著大鳳凰跑回家的馮小樂一進家門就急急喊道：「馮小安快出來，看我帶什麼回來了！」

正蹲在門口編竹籃子的女孩聞言也抬起頭來，看見他手上捏著的大鳳凰時大吃了一驚，趕緊拍了拍手站起身問。「馮小樂，你這東西是從哪兒來的？」

「姊，外頭有個小傻子在畫糖攤子前面玩轉盤，連著轉了好幾個大鳳凰，站在那兒的小孩都有份，妳和馮小安趕緊跟我一起去！她欠著我人情，我讓她也給你們轉兩個！」馮小樂樂呵呵地說道。

小女孩叫馮桃花，是這家裡的長女，雖只有七歲，可是卻格外懂事，如今已經幫著家裡做活掙錢，下面兩個弟弟平日也都是她看顧著的。

此時馮家最小的兒子馮小安出來，一看見哥哥手裡拿著的糖畫，撲過來就要，馮小樂不給，他就要嚎哭，馮桃花就過來打他。

馮小樂無法，只得讓他舔了兩口，又哄他說外頭有人正在給這個鳳凰呢！

馮小安被他哄得，死活要出去，馮桃花被他鬧得無法，只得帶著他們出去。

這時候畫糖攤子周圍的小孩手裡幾乎都有了糖畫，手裡還沒有的，也眼巴巴地盯著謝清溪，希望她趕緊將大鳳凰轉出來。

馮小樂帶著姊姊和弟弟出來，剛到跟前就喊道：「小丫頭，妳再給我兩個唄！」

謝清溪一轉頭就又看見那髒兮兮的小孩，不過這會兒他還領了另外兩個小孩過來。那小姑娘穿的衣裳雖然又破又舊，不過卻勝在乾淨；旁邊那個略小些的孩子，看著同她現在的年紀差不多，穿的衣裳同樣破舊，但也挺乾淨的。
「嘿，我說你還得寸進尺了！」跟在謝清溪身邊的小廝，一見這對自家小姐大呼小叫的熊孩子又來了，還帶來兩個白要的，便有些咬牙切齒地說道。
謝清懋有些皺著眉頭看著馮小樂。
而謝清湛倒是饒有興趣地看著他，轉頭就對謝清溪說：「溪溪，妳給他轉一個唄！」
「是兩個！」馮小樂豎起兩根手指頭強調。
「嘿，你這小子！」旁邊的小廝見他這副理所當然的模樣，就要擼起袖子。
「好呀！忍春，給錢！」謝清溪吩咐身後的小廝。
忍春白了馮小樂一眼，不過還是乖乖地遞給老李頭三個銅板。
謝清溪轉過頭盯著面前的轉盤。
旁邊的馮小樂還在嘰嘰喳喳地說道：「一定要是大鳳凰的！那個大，糖多！」
「你煩不煩人？閉嘴啦！」謝清溪正屏氣凝神地準備著呢，就被他這麼一打攪，立即轉頭衝他喊道。
馮小樂見她這麼說，也只得小聲地嘀咕道：「比我姊嗓門還大……」
就在謝清溪怒瞪著馮小樂的時候，突然從旁邊伸出一隻手，修長的手指在籤子上輕輕撥弄了一下。
她還瞪著旁邊的馮小樂呢，就聽見周圍小孩興奮的聲音響起，居然真的轉到大龍了！

「手氣不錯。」

謝清溪一腦袋往後轉時，就聽到熟悉的聲音。「咦？」謝清溪的眼睛瞬間亮了起來，嘿嘿，居然是熟人！

陸庭舟笑意盈盈地看著面前的小人兒。剛剛離得老遠就瞧見這邊的熱鬧，再仔細一瞧，就看見站在最裡面靠近攤子的小姑娘一身精緻貴氣的打扮，可眼睛卻巴巴地瞧著糖人攤上的大龍。

跟在陸庭舟身邊的齊心也注意到扒在攤子上的謝清溪，就笑著問要不要過來瞧瞧熱鬧。

陸庭舟看了一會兒，見她回回都能轉到鳳凰，也覺得實在有趣。若是旁人轉著大鳳凰，也是極歡喜的，可偏偏小姑娘一心想要那張牙舞爪的大龍，他看著她認真的小模樣，又見她回回都轉不到大龍，忍不住伸手幫了她一把。

「謝謝哥哥！」謝清溪笑呵呵地道謝，接著就對老李頭說：「我就要這個架子雙龍戲珠！」

「小姐，這轉盤的只能給一條龍。」老李頭本就虧了血本，如今聽她竟還要這樣貴的，眼淚差點都要掉下來了。

謝清懋正準備讓小廝給錢的時候，就見一錠碎銀子仍在了攤子上，只見那穿著淺藍錦袍的少年面帶微笑地說：「給她做吧。」

謝清溪瞬間有一種被土豪包養的幸福感。

可誰知下一秒，陸庭舟修長白皙的手就擱在她頭上，微笑地看著她說：「果然還是個小娃娃，這麼喜歡吃糖。」

謝清溪終於記起來，自己如今只是個三歲小孩。她突然有種「君生我未生，我生君已老」的悲催感，果然青梅竹馬什麼的，那只是一種傳說啊……

「好了，清溪，咱們去別處看看吧，待會兒賽龍舟就要開始了，咱們逛完了就得回去。」謝清懋有些警惕地看著面前這個比自己都要高大不少的少年。這少年雖衣著普通，可是通身的貴氣卻是騙不了人的。

陸庭舟看著小丫頭被領走，手裡拿著的雙龍戲珠竟是比她的臉還要大，偏偏她還不讓身邊的小廝拿。

「主子，咱們要不要……」齊心看著陸庭舟有些失落的表情，詢問了一聲。

「算了，咱們也去逛逛吧，這蘇州城的熱鬧我倒是還沒瞧過呢。」

謝清溪走了不遠後，又回頭看著身後不遠處的少年，他纖長的身姿沐浴在逆光之中，她笑著向他招手，可卻又看不見他的神情，因此不知，那個少年的嘴角一直在笑。

謝清湛是個好動的，又是頭一回到這麼熱鬧的地方，雖然周圍全是人，可還是拉著謝清溪嘻嘻哈哈地往前跑。

謝清懋有心拉住兩人，可沒有爹娘在，素來就無法無天的兩人又豈會受他約束？謝清懋只得帶了小廝緊緊跟在後頭，可偏偏前頭有要把戲的，兩人都沒見過這樣的熱鬧，仗著人小，只管往前擠去。待謝清懋找過去的時候，就看見兩人已經站在最裡面了。

就在要把戲的人收錢的時候，旁邊突然有兩人吵起架來，沒過多久就動手打了起來，人群一片混亂。

謝清懋怕有人擠著他們，趕緊帶著小廝往裡擠去找他們，可誰知找到裡面的時候，只看見謝清湛一個人站在那裡哭。

「有人把妹妹抱走了……」謝清湛邊哭邊往東邊指著。

謝清懋聞言，臉都嚇白了。

旁邊的小廝更是嚇得面無人色。

「二少爺，這可怎麼辦啊？」忍春都要哭出來了。這樣多的人，若是小姐被拐子抱走了，只怕他們都得沒命了！

謝清懋年紀雖小，可到底是世家大族教養出來的，在片刻後，竟是冷靜了下來，對忍春說：「立即去找我爹，讓我爹趕緊派人過來找！你們其餘的人都給我打起精神來找，要不然誰都別想活了！」

忍春立即一路狂跑著去找謝樹元了。

「清湛，你有沒有看見是誰抱走了妹妹？」謝清懋努力壓住著急，可是額頭上還是出了一片汗。

謝清湛點了點頭。剛剛他不過一轉頭，就看見謝清溪被抱走，不過他卻是記得站在謝清溪身邊那人的模樣，便開始努力跟哥哥說那人的長相。

謝清懋讓小廝照著六少爺描繪的找，他則緊緊抓著謝清湛的手。已經丟了一個，若是再丟一個，他都……

謝清溪被那拐子抱在懷裡，一路跑，那人嘴裡還一路喊道：「小姐，別怕，奴才這就帶妳去看大夫！讓讓、讓讓，我家小姐生病了！」

其他不明所以的人聽見他喊的話，皆趕緊給他讓開了道。

謝清溪知道自己若是不自救，只怕這次真的要落在這拐子手裡，於是她手腳並用地開始掙扎，腳直朝著拐子的肚子踹，一點也不留情。可她到底人小腿短，就算掙扎，力量也實在有限。就在此時，她看見街邊的一抹淺藍，竟是一下子掙脫了拐子捂著她嘴巴的手。

「陸庭舟！」

正站在街邊的陸庭舟聞聲，一抬頭便看見那個一路往前跑的拐子，而有個小人兒正被他抱在懷裡，雖沒看清臉，可陸庭舟卻是一下子跑了上去。

就在此時，突然有個人攔在他跟前，惡狠狠地說：「小子，別多管閒事！」

這種拐賣小孩的勾當定然不是一個人做的，估計周圍都有同夥盯著。陸庭舟冷笑一聲，無心和他糾纏，因為先前那人已經抱著謝清溪往小巷子裡竄了。

後面的齊心跟上來就將攔著陸庭舟的人打倒，可這人見來人是硬茬子，就大聲喊：「來人啊，打人了！」緊接著，周圍就跑出來七、八個人，將陸庭舟兩人圍住。

「主子，奴才來擋著他們，您先走！」齊心對陸庭舟小聲說道，緊接著就打開了一條通道，讓陸庭舟離開。

那些人原本還想擋著齊心，可齊心可是大內出來的，能被派到陸庭舟身邊保護，又豈是等閒之輩？

不過那些人瞧見陸庭舟離開了，也有兩個人跟了上前。

陸庭舟自小習武，雖只有十幾歲，可還是很快追上了前面抱著謝清溪的拐子。他從後面上前，打了那人一個措手不及後，也不多做糾纏，直接抱著謝清溪就往巷子裡面跑。就在他拐到另一條巷子時，巷口剛好有人打開了家門。

陸庭舟一下子便竄了進去，對著裡面那個老大爺說道：「老伯，後面有壞人在追我們兄妹，還請老伯行個方便，日後定有重謝！」說著，他就將腰間的玉珮摘下來遞給那老大爺。

那老大爺滿頭銀髮，頗為老實的模樣，見少年抱著個孩子，連忙領著他們往裡面走去，說道：「趕緊進來躲躲！」

陸庭舟抱著謝清溪就跟著他往屋裡走。

就在走到屋裡時，突然，那個老伯轉頭叫道：「小姑娘。」

謝清溪原本趴在陸庭舟懷裡，聽老伯突然叫自己，就轉頭看他。

陸庭舟也疑惑地抬頭看著那老伯，可誰知下一秒，那老頭竟是從懷裡掏出一樣東西，緊接著，一片粉末在他們面前飄過。

謝清溪只覺得頭瞬間就昏昏沈沈的，在昏迷之前，她不禁無語，心中罵道：嗟，進了賊窩！

雖說龍舟比賽的吉時還沒到，但似乎全城的老百姓都往這蘇州河趕過來了。古代女子，特別是大戶人家的小姐或夫人，一年難得有幾回可以這樣光明正大出門的機會，自然是早早趕了過來。

這能有機會在沿岸設觀看臺的，到底是少數的人家，絕大多數的百姓還是站在河邊觀望著，因此每年為了搶最好的觀看點而打架的事情簡直是層出不窮，至於不小心被人擠下河的，也不在少數。

這人一多，難免就有些混亂，所以官府就必須出來巡視。但衙門裡的巡捕人手到底有些少，這時候就得請當地的駐軍協同巡視，每年光是為了派誰來都吵翻了天，因誰都不願來。

謝樹元作為蘇州的父母官，此時應該在蘇州知府衙門裡坐鎮，可偏偏右布政使宋煊攬了這統籌調配的活兒，親自負責今年的例行巡視，所以謝樹元這才有了空，送蕭氏等家眷到蘇州河來。

因江南富庶，更有「稅收占天下十之二」的說法，因此江南布政使無論是權力還是地位，都比其他布政使高，朝廷為免出現地方過於強權的問題，在江南布政使司下還特別設了三個布政使司，分別為金陵布政使司、蘇州布政使司、安慶布政使司。

宋煊作為蘇州布政使司的右布政使，自然有管理整個轄區的權力，而蘇州作為蘇州布政使司的官衙所在地，他自然有過問地方事務的權力。

但偏偏蘇州知府乃是謝樹元，就算他比宋煊級別低，又是宋煊的下屬，可宋煊要想管蘇州城的事情，還真不是那麼簡單。

張峰因欣賞謝樹元，又想著趁還沒到致仕的年紀，想最後搏一把進入六部，所以對謝樹元格外看重，謝樹元不願讓旁人插手蘇州城的事情，他自然就不會插手。況且謝樹元的父親謝舫如今是吏部尚書，若不是內閣如今實在人滿為患，又無內閣成員致仕，謝舫早就入了內閣。不過從張峰在京城的關係所傳遞出來的消息，聽說內閣次輔劉傑劉大人今年會向皇上遞摺子請辭，說是要回家安度晚年。皇上一直想讓謝舫入內閣，如今有了這樣的機會，只怕會准了劉傑的請辭。

原本謝樹元治理蘇州一切安好，卻因為臨近端午，街上的人群比往常多了兩倍，時常有孩童失蹤的事情發生，且今年比往年要多，從五月初一到今天端午這幾日的時間，竟就有了幾十起的孩童拐賣案。宋煊斥責了謝樹元辦事不力，也著蘇州守備加派人手，同知府衙門的衙差通力合作，盡快將走失孩童找回。可是這歷年走失孩童能找回的，一百中能有一例便已經是極好的，如今宋煊竟是要求竭力將所有孩子找回，實在是有些強人所難，所以謝樹元就被奪了這例行巡視負責人的位置，改由宋煊親自負責。原本張峰想替他說話，卻被謝樹元攔住。宋煊既然想要這功勞，只管讓他爭去便是了，別到最後功勞成了罪責。

如今臨時搭建的棚子，被作為這次例行巡視的總部，宋煊倒是未像謝樹元那般在衙門坐鎮，反而在蘇州河附近搭了幾個棚子，若有事發生，便可以就近稟告。

這回還真有大事發生了，以至於謝樹元都被叫了回來。

「什麼？沈秀明的女兒被拐?!」連謝樹元聽到這個消息後，都不由得大吃一驚。

要說這蘇州城內，老百姓或許可以不知道知府大人是誰，可卻沒有人不知道這個沈秀明。沈秀明乃是蘇州巨富，便是在這豪富甲天下的江南啊，他都是排得上名的人物。再加上沈秀明這二十年來在蘇州城內賑災施救、修橋鋪路都少不了他的分，就算如今的風氣是輕商，但這沈秀明在蘇州的風評著實不錯，最起碼人人見著他都要尊稱他一聲「沈大善人」。

而且沈秀明關心窮苦學子的讀書問題，蘇州知名的書院裡面，沈秀明都曾經出資捐贈過，如今不少江南出身的官員都受過這位沈大善人的資助，所以這沈秀明在蘇州不僅是身價不菲，甚至在布政使大人面前都有一席之地呢！

如今這丟失的小女兒可是沈秀明的老來得女，聽說是四十歲的時候，他的愛妾所出，此女名為寶珠，由此便知沈秀明待她如掌上明珠。

再說這商賈之家，嫡庶之別倒真沒有官宦之家來得重，聽聞沈秀明這個愛妾乃是揚州瘦馬（注）出身，如今便是年過三十，卻依舊是寵冠沈宅。

此時沈秀明也身在這棚子內，沈寶珠被拐的消息一傳回來，他就來了這巡視總部，希望能借助官府的力量盡快將女兒找回來。沈寶珠的母親是揚州瘦馬，便是因小時被拐賣，又賣至揚州，被人當作瘦馬養大，後來被沈秀明收入內宅之中的，如今沈寶珠丟失了，沈秀明一想到自己的女兒極有可能步上這樣的後塵，就眼前一黑。

他悲痛地朝謝樹元作揖，恭敬道：「小女年幼，如今卻遭此不幸，還請大人務必將小女找回，沈某定感恩不盡！」

謝樹元沈重地問道：「令嬡是在何處丟失？沈家僕從可有瞧見是何人帶走了她？」

「若是看見那拐子的模樣，本官如今倒也不必這般心急了！」宋煊冷哼了一聲，只覺得謝樹元問的都是些廢話。「不過才幾日，這蘇州城內竟是有幾十孩童被拐，作案之猖獗實屬前所未有。」宋煊瞥了謝樹元一眼，又道：「謝大人，這蘇州城接二連三發生這等事情，你身為蘇州知府，是這蘇州城的父母官，該當何罪？」

饒是謝樹元這般淡然的性子，聞言都忍不住想發火了。如今該是找人要緊，這宋煊卻利用沈寶珠丟失一事對自己發難，實在是可恨可惡！

注：揚州瘦馬，揚州在古代是兩淮鹽商的聚居地，鹽商富甲一方，生活奢侈，由此也養活了一大批傍其生存的行業，「養瘦馬」就是其中之一，他們是迎合鹽商們變態心理需求而生。從事「養瘦馬」的牙公和牙婆低價買來貧家幼女，養成後再高價賣出去，這和商人低價買來瘦馬，養肥後再高價賣出的經營方式一樣，所以人們就稱這類女性為「瘦馬」，說白了便是妓女。到了明清時期，「養瘦馬」成了一項暴利的投資，有一大批人專門從事此項職業，先出資把貧苦家庭中面貌姣好的女孩買回後加以調習，待長成後賣予富人作妾或入秦樓楚館，從中牟利。因這些女子以瘦為美，個個苗條纖瘦，故被稱為「揚州瘦馬」。

「小女就是在這蘇州河附近走失的，小女瞧見小玩意兒便跑了過去，身邊伺候的僕人卻被幾個因賭錢而爭執的人給擋住，待找過去時，便再也不見小女的蹤影了。聽說，有人看見小女是被一個穿著藏青色緞子的男子抱走的，那人一路走一路嚷著要帶她回家。」

謝樹元點了點頭。

就在此時，外面傳來一陣喧鬧聲，宋煊忍不住皺眉，對著旁邊的人說道：「你出去看看，是何人敢在此處喧鬧？」

這人還沒出去呢，就見外面匆匆跑來一個衙差。

衙差一瞧見謝樹元就心急火燎地喊道：「謝大人，您家的小廝過來，說府上的六姑娘不見了！」

此話一出，棚子內一陣安靜。

謝樹元只覺得眼睛一黑，身子晃了一下，竟是往後退了一步，幸虧蘇州守備劉敏扶了他一下。待謝樹元回過神後，立即說：「趕緊將人帶進來！」

忍春一進來就撲通跪在了謝樹元面前，聲音都帶著哭腔。「老爺，六姑娘不見了！」

「怎麼會不見了？清懋和清湛呢？不是讓你們好生看著少爺、小姐的！」謝樹元又急又怒，甚至顧不得還有其他人在場，便是一連串的斥責。

「少爺和小姐鬧著要看把戲，便掙脫了奴才們，跑到前頭看著。待那把戲人收錢的時候，突然有人打起架來，二少爺帶著奴才們擠進去的時候，就見只有六少爺一個人在……」

忍春這會兒都哭出來了，可是說話好歹還利索。「六少爺說，六姑娘被人抱走了！」

「景潤兄，稍安勿躁。」劉敏是蘇州守備，和謝樹元的關係也算融洽，這會兒出言安慰。

此時謝樹元急怒之下倒是冷靜了下來，他直接對劉敏說道：「敬堯兄，如今這些歹人猖獗，還望你們兵馬司能鼎力配合。若小女能尋回，我謝樹元定叩謝在場諸位！」

饒是宋煊聽了都不禁多瞧了他幾眼，此時謝樹元滿面焦急卻又強忍著，額頭竟是滲出了不少汗水。宋煊作為謝樹元的上司也有兩年多了，平日的謝樹元意氣風發，便是對自己這個上司都未曾多低頭，如今為了自己的女兒，竟能說出這樣的話，倒也是一片拳拳愛女之心。

謝樹元開始盤問忍春，好在這地方離謝清溪被拐之處不遠，他當即便要帶人找過去，不過在走之前，卻是對劉敏道：「只怕這幫歹人並不知小女的身分，為免這幫人知曉小女身分後狗急跳牆，還望敬堯兄尋人時切莫打草驚蛇。」

劉敏點頭，表示理解。

謝樹元又說道：「為防這幫人在得手後就趁亂出城，還請劉大人暗中加派城門的守衛。」

「我這就去辦，並再派一隊人馬過來助謝大人尋人。」劉敏立即說。

沈秀明一見連知府大人家的小姐都丟了，本不敢多說，可如今若是這些官差光顧著去找知府家的小姐，那自己的女兒又該如何？

著人往別處去了。

謝樹元說完後，便帶著忍春急急地離開了。

沈秀明見狀，只得焦急地問宋煊。「大人，那小女之事……」

「沈大善人稍安勿躁，本官身為蘇州右布政使，自然不會任由這些歹人在此作惡的。如今劉守備已經派人盯著城門，若是有消息，自然會讓人通知沈大善人的。」

待沈秀明出去後，沈家的管家在他耳邊說了幾句話，他目光一亮，頗為驚愕，急急地帶

此時，街上倒是又恢復了先前的熱鬧，就連打架的人也不知所蹤。謝清懋拽著謝清湛的手就站在路邊，並不讓他去找謝清溪，而身邊站著的一個小廝則小心謹慎地瞧著旁邊，生怕有人再靠近。

謝樹元到的時候，謝清湛彷彿找到主心骨一般，撲過去就抱著他的腿，嘴裡直嚷嚷道：「爹爹，有人把妹妹抱走了！我要去找妹妹！」

謝樹元恨不得抽這混小子幾巴掌，可此時又怎是打孩子的時候？只見他認真嚴肅地對謝清湛說：「你再同爹爹說說，方才那抱走妹妹之人的長相和身形。」

謝清湛先前已經同謝清懋說過了，如今再複述一遍甚是流利。

謝樹元見他雖害怕得很，但在慌亂之下還是沒失了分寸，心頭對他的怒火不由得去了幾分。此時，謝家的小廝也陸續回來了，有人帶回了好消息。

「你是說，有個人抱著個小女孩說要去看大夫，卻被一個少年郎攔了下來？」謝樹元不敢漏掉一絲消息，仔細問道。

是個叫小九兒的小廝打聽回來的，他倒也機靈，一路沿著找過去，也不找路人，只找那些擺攤做生意的商販問，再加上他給了不少錢，結果還真讓他打探出了消息。

「回老爺，小的聽說攔住那個拐子的是一個少年，不過那少年只帶了一個僕從，後來又從後面竄出了好幾個人，只攔住那兩人不讓走，是那少年身邊的僕從拖住了那些人後，那少年才又追著那拐子往小巷子去了。」

謝樹元一聽竟是有消息，便立即振奮道：「是哪條巷子？立即帶我前去！」

小九兒也不敢耽擱，趕緊在前頭領路，領著一行人往先前的地方去了。

遠處傳來悠揚的樂聲，再接著竟是鼓聲連連。

坐在謝家棚子內的蕭氏瞧著外面，一向沈穩的臉上也露出了焦慮。這賽龍舟的吉時已經到了，可偏偏仍不見謝樹元和三個孩子。

謝明貞看出了嫡母的憂慮，只說道：「想來是六弟弟和六妹妹貪玩了些許，這才誤了回來的時辰，母親無須多慮。」

蕭氏雖也是這樣想著，可到底心下不安，更何況也不知怎麼回事，她這心裡總是惴惴不安的……

謝樹元瞧著這縱橫交錯的小巷子，周圍的人家更是家家閉門，就算敲了門也不見有人開，想來是因為今日端午，這四周的人家都趕到蘇州河去看龍舟比賽了。

「這周圍你們仔細搜，每一家都給我進去搜！」謝樹元發了狠話，要搜遍這附近。

而此時小九兒先前問過話的攤主也都被帶了過來，好幾個一見竟是知府大人要問話，自然是知無不言、言無不盡的。況且那陣子兩夥人在路中間打架，可沒少撞壞東西，所以這幾個攤主對那些人倒也是有些印象。有個人甚至說，其中有一個看著像是常來收保護費的。

謝樹元聽完便沈思了半晌，他在這蘇州也不是一年、兩年了，自然知道蘇州道上也分為好幾個幫派，只是他平素嚴於律己，從不收取這些黑道的孝敬銀子，對這些人雖不至於趕盡殺絕，但也絕對是不假辭色的。從這些言辭聽來，這拐賣溪兒的人只怕是團夥作案。謝樹元早有聽說，這幫派有劃分地盤之說，幾個有實力的幫派將地盤劃分了，大家在各自的地盤上掙錢，井水不犯河水。

「你們可知此處是何人的地盤？」這些路邊的小販雖不起眼，可論起消息的靈通，只怕他們還真有些門道。見這幾人偷偷互相交換了眼神，謝樹元冷哼了一聲，道：「本官乃是蘇州的父母官，你們只管說來，若是有人敢尋你們的麻煩，本官定讓他雞犬不寧！」

這時有個膽子大的便說道：「回大人，尋常這裡都是黃金榮黃老大的人在收保護費的。先前圍著那位小公子的人當中，小的瞧著有個便像是黃老大的人。」

此時劉敏派來的那隊人馬也到齊了，謝樹元也不客氣，讓這些人沿著小巷子開始搜查，不漏過每一家。

就在謝樹元將那條胡同翻個底朝天的時候，謝清溪慢悠悠地醒了，只是醒來後她還是覺得頭昏。睜開眼睛後，周圍一片漆黑，竟是連一點光亮都看不見。

「有人嗎？」她試探性地叫了一聲，可是卻沒人回應。

就在她再要叫的時候，突然感覺到自己的腳被碰了一下，她嚇得幾乎要失聲尖叫起來，可誰知下一秒，一雙手就捂著了她的嘴，只感覺到一陣溫熱的氣息噴在她耳畔，然後一個壓低的清亮嗓音響起——

「別叫，是我。」

「小船哥哥？」謝清溪試探性地問了一聲，可是心頭卻安定了不少。

陸庭舟怔了一下，隨後又輕笑了一聲，反問道：「小船哥哥？」

他是那麼的近，以至於溫熱的鼻息噴在她的側臉，猶如一根柔軟的羽毛在不停撫摸她的臉頰。這時候，她的右手被人碰了一下，她以為是陸庭舟，就沒當回事，可緊接著她的右手竟是被狠狠地掐了一下，她痛得差點叫出聲，好在及時止住了。

她委屈地壓低聲音問。「小船哥哥，你為何掐我？」

「我沒掐妳。」陸庭舟回道。

謝清溪不服氣了。「你就是掐我了！你掐了我還不承認？」

「我真的沒掐妳。」陸庭舟認真地回答。

謝清溪突然被他的語氣怔住，緊接著，她整個人幾乎要藏到他的懷中，可她的腳被綁住了，行動實在是不便得很，還沒等她拱到他懷中，就聽見他涼涼的聲音從她的頭頂上傳來——

「還有一個人同我們一起被綁了。」

「你嚇死我了！」謝清溪怒道。

陸庭舟卻是沒說話，不久他又說了一聲。「得罪了。」

緊接著，一雙修長有力的手握住她的腿，順著她的小腿摸到了她的小腳丫。

謝清溪從來都覺得自己這樣白白胖胖的甚是可愛，可如今這藕節一樣肥的腿落在他的手上，她只覺心頭在滴血，被命運捉弄的無力感又陡然升起。

若現在她是個身材纖細修長的女子，低眉垂眸間能露出嬌羞，那還能碰撞出一段英雄救美的佳話，可這會兒她低眉垂眸，卻只能露出她肥嘟嘟的小下巴和兩頰的兩坨嫩肉……

陸庭舟摸著小女孩的腳，即便是穿著鞋，可自己的手竟是能一手掌握住。雖說他也有這般年紀大的姪女，可他卻是從未抱過。這樣小的孩子、這樣小巧的手腳，陸庭舟不知為何，心頭竟是升起一種說不出的感覺。

待他將謝清溪解開後，便對她說：「妳替旁邊這位小姑娘拿下她嘴上堵著的布條吧。」

難怪她說這麼久了，旁邊這個人怎麼都不說話呢？合著他連人家嘴上塞著的布都沒拿下啊！於是謝清溪也摸了過去，誰知手一碰，不知碰到了何處，那人突然掙扎起來，竟是一下子便將她撞翻！好在陸庭舟就在她後面，她幾乎是直挺挺地倒進陸庭舟懷中的。

「唉，小丫頭，雖然妳矮，但妳還是很胖的。」陸庭舟悶悶地痛呼了一聲，涼涼地開口。

謝清溪覺得自己耳根都紅了，不過緊接而來的就是憤怒。不管是哪個年紀的女人，最痛恨的就是別人說自己胖，即便她如今還不能算作一個女人！

不過陸庭舟在調笑過她後，便對黑暗中的另一個人說道：「這小丫頭是個女孩，若是她有碰到姑娘的地方，也只是為了救姑娘脫困。如今咱們同為階下囚，還是同舟共濟的好。」

「小船哥哥，她肯定聽不懂你說的話。」謝清溪呵呵笑了一聲，又想起自己這會兒還被關著呢，趕緊捂著小嘴偷笑。不過她還是過去，將小姑娘的繩子解了開。

誰知這姑娘嘴上的布條一拿掉就說道：「誰說我聽不懂的？我家裡可是專門請了先生教我讀書，如今我已經開始讀《論語》了！」

喲呵呵，還是個有文化的小姑娘啊！謝清溪瞧不見這女孩的面目，不過聽聲音倒是有八、九歲的模樣。

「你們是誰？我叫沈寶珠，我爹是蘇州城的大善人沈秀明，」她頓了一下，似乎在思考，緊接著她就說道：「你們若是救了我，我定讓我爹爹給你們一百兩銀子！」片刻後，她見對面竟是沒人答應，不禁有些慌張，又說道：「那就給你們一千兩！」

「原來妳只值一千兩銀子啊！」謝清溪吐槽。

噗哧！饒是陸庭舟此時有些鬱悶，卻還是被謝清溪這話給逗樂了。他總覺得這小女娃實在太過機靈，若是尋常的三歲女娃被拐賣了，如今只怕已經哭天搶地的，她倒好，竟然還有心情揶揄旁人。

「那……那你們想要什麼？」沈寶珠強裝的鎮定慢慢崩潰，她望著這烏漆抹黑、根本不知道是什麼地方的地方，開始想爹爹、想家裡的姨娘，還有家裡的金玉糕。

「就算妳爹願意出一千兩贖妳，咱們也得先想辦法離開。」陸庭舟說了一句後，就起身。

這應該是個地窖，因沒有點蠟燭，所以四周漆黑。如今他適應了這裡的黑暗，再起身時，已能四處走動。他發現這地窖沒有一點異味，想來並不是尋常人家用來放醃製品的。

「小船哥哥，你說咱們現在被藏在何處呢？」謝清溪有些擔心地問道。

雖然陸庭舟在她身邊讓她格外安心，可陸庭舟也不過是個十幾歲的少年啊！沒一會兒，陸庭舟又坐了回來，他轉頭盯著謝清溪，他的眼睛成了這無盡黑暗中唯一的光亮……

「妳餓不餓？」

「呃？」這種時候問這個問題，實在有點大殺風景啊！不過她還是實誠地問。「你有吃的？」

陸庭舟小心地從懷中拿出油紙包。

謝清溪雖然瞧不清他的動作，可是卻聽見衣料和油紙磨擦的聲音，她有些不敢相信地問。「你就這麼把糕點放在懷裡？」

「我見旁人都是這麼放的。」陸庭舟說得理所當然。他在這世上最尊貴的地方出生，可是紅牆黃瓦猶如精緻的牢籠，鎖住了他。而這會兒在江南，他住得簡陋、吃得簡單，可是卻有著前所未有的快樂。看來他真如自己同皇兄說的那般，願當一「閒」王。

陸庭舟小心將油紙鋪在地上，打開後，就見糕點還是被壓碎了，他有些可惜，可一隻小手卻悄悄地伸過來，拿了一塊碎掉的糕點，就偷偷地往回縮。

雖說這糕點早已經冷了，又被壓碎了，可到底還透著香氣，因此就連旁邊不遠處的小姑娘都被吸引了。沈寶珠想起自己的肚子也餓得厲害，便說道：「你們拿一塊糕點給我！」

謝清溪自己在家就是金尊玉貴的小姐，還沒人敢用這種命令的口氣同她說話呢，因此她自然不願搭理這小姑娘。

沈寶珠見沒人理她，又說：「我將我身上的玉珮給你們。」

「好呀，拿過來！」謝清溪不客氣地說。

沈寶珠見她竟是真要，一時不客氣地說：「妳可知我這玉珮值多少錢？只怕將整間糕點鋪子買下來都夠！」

「那妳去買啊！」謝清溪雖然說得簡短，可句句都能氣死沈寶珠。

陸庭舟無奈地搖頭，這兩個小姑娘都是心大的，這種地方也能鬥起氣來。他在心底嘆了一口氣，不過卻不大擔心目前的處境，只要齊心能回去將湯圓帶出來便可。

謝清溪最後到底還是給了沈寶珠糕點，三人吃過後便倚著牆壁，誰都沒有說話。謝清溪吃飽飯就容易犯睏，更何況她這個身體還是個小孩子，所以這會兒眼皮正不停地打架，可她又不願睡著，怕萬一那幫人販子來帶人，她可就慘了。

不過，身子畢竟不是她能控制的，只見她頭一下子就歪到一邊去，倒在了陸庭舟的肩上。

陸庭舟轉頭看了一下小小的人兒蜷縮在那裡，輕嘆了一口氣，就將她整個人抱了過來，讓她靠在自己的懷中。

謝清溪被這樣親密無間的姿勢弄得手足無措，一時竟是不知要推開他好呢，還是乾脆靠在他懷裡好呢？好難選擇喔……

那雙修長如玉般的手掌，霸道地將她的頭按靠在自己懷中，以命令的口吻說道：「先休息一會兒，休息夠了，才好逃跑。」

霸道總裁愛上我！好霸道，好總裁啊～～

然而，許久之後，謝清溪才知道，原來他們這齣戲真正的名字叫「落難千金和腹黑王爺不得不說的故事」……

就在謝清溪睡得口水都流下來時，外面傳來了腳步聲，一直在閉目養神的陸庭舟突然睜開了眼睛聆聽。

「那邊來話了？這可是人命啊……」門外的人有些猶豫，雖是壓低聲音在問話，可是話音裡露出的顫聲倒是洩漏了他心底的怯意。

旁邊的人瞧了他一眼，冷哼道：「沒用的東西！既是幹了咱們這個行當，哪有不見血的道理？想來你幹這行的時間太短，如今只管讓你開開眼，也算讓你壯膽，往後可別再說這樣的慫話丟了咱兄弟們的臉！」

先前說話的人若不是強撐著，這會兒只怕都要哭出來了。他家裡頭窮，又因爹娘老子死得早些，上頭的大哥不管自己，這才從村子裡跑出來的，後來機緣巧合，竟是幹了這拐賣婦女、孩童的營生。不過旁人瞧他年紀小，身板也小，誰都不願帶著他，只讓他做些打雜的事情。今兒個因旁人都在外頭，所以他才會被派過來，可是這一開口就是要人命，還是三條人命，可不是嚇住了他。這會兒，訓斥他的人已經從腰間拔出刀，錚亮的刀鋒在黑暗之中劃過幾分冷冽。

陸庭舟自小習武，因此這兩人雖壓低了聲音交談，可說的話多少還是漏進了他的耳朵裡。

原以為這些人只不過是要拐賣孩子，沒想到如今竟是想要人命！

第七章

陸庭舟站起身，將謝清溪藏在自己的身後，領她貓著步子往門口走去，站在門邊，動也不動地靜候著外頭的人開門。

謝清溪此時也漸漸能適應這裡面的黑暗了，雖只能看見前面陸庭舟的輪廓，可也安靜地待在他身後。她這麼個小人兒，此時若是亂動，只是添亂罷了。原本陸庭舟就是被她所拖累，若是他再有個意外，只怕她這輩子都不會安心。

沈寶珠此時也醒了，看見這兩人站在門口，雖不知何事，卻也機靈地慢慢挪動著身子往這邊站。

安靜了一會兒後，緊接著，門口就傳來一陣響動聲，想來是有人正在開門。就在地窖的門敞開的一瞬間，陸庭舟的身子就竄了出去！

站在最前面的人沒想到這裡面的人竟然自行解開了繩子，他剛要揮舞著手裡的短刀，可是手臂卻被人挾制住，接著就聽見一聲脆響，他殺豬般的聲音倏地響起，手中的短刀落下，正好被陸庭舟接著。

嚓！刀刃插進皮肉的聲音。

謝清溪跟在後面出來時，只覺得臉上好像被噴到了水滴一樣的東西，接著她聞到了一股腥味。就在她剛意識到這是那人被捅了一刀所濺出的鮮血時，後面跟著的另一人突然驚叫了出聲，他驚恐地指著陸庭舟，卻是直往後退。

陸庭舟無意在此處糾纏，抱著謝清溪就往外面跑。這個齊心竟是這般沒用，等了這麼久，居然還沒找到這裡，待脫困後，定是要罰他半年的俸祿！

沈寶珠見那少年管也不管自己，只抱著那個小丫頭就往外頭跑，嚇得腿腳都軟了。那被捅翻在地上的人，此時傷口直往外頭冒血，沒一會兒連衣襟也沾的全是血。至於另一人，早在少年奪刀殺人後就轉身跑了，她不敢耽擱，只得也跟著往外頭跑，好在沒過一會兒就追上了前頭那少年，原來那人因抱著個小丫頭，跑的速度並不快。

待三人到了通道的盡頭時，陸庭舟便小心地貓在那裡，生怕外頭正有人守株待兔準備逮自己。他看了謝清溪一眼，順手將她手上戴著的絞絲南珠鐲子扔了出去，又過了一會兒，見外頭沒有動靜，他便轉身對謝清溪道：「我先出去，若是安全便接妳出去，若是妳聽見外面有打鬥聲，就找個機會自己往外面跑。」

此時已隱有光亮進來，她看著陸庭舟如玉雕般的面上濺著許多血跡，原本陽光溫和的少年竟是染上了肅殺之氣，她看著他冷冽嚴肅的面容，禁不住點了點頭。

這時候說什麼「我不走」的，都是廢話。她只會成為陸庭舟的累贅，若是她先跑了，陸庭舟也可乘機逃跑。只要不帶著她這個累贅，說不定他還能逃出去呢！

「好孩子。」陸庭舟並不知她心中所想，只伸手摸著她的小腦袋。原本梳得精緻好看的花苞頭，如今也散亂開了，小臉上是灰塵混著血跡，竟是說不出的狼狽。

陸庭舟攀著地道口就躍了上去，這地窖出口乃是在一處破舊的雜物間內，四周灰塵遍布、蜘蛛網密布，零散地擺著些亂七八糟的東西。

有一個麻袋壓放在通道口處，陸庭舟不小心碰了一下，發現裡面竟是放著石塊。想來原先是用來壓在地道口的，只是先前那兩人下去處置他們三人，挪開了麻袋後，就未搬回去，倒是便宜了自己。陸庭舟悄悄地打開雜物間的門，外面還是豔陽天，他放眼看了這院子，發現外頭花團錦簇，瞧著竟像是哪家大戶人家。他心裡雖然吃驚，可還是迅速返回，將謝清溪和沈寶珠都拉了上來。

再說原先逃跑的那人，他本就不願殺人，他當初願意做這拐人的勾當，也是因為這事實在不需要打打殺殺。如今他見同伴被刺傷，自己先跑了出去，卻也不去通報，而是往別院的門走，待走到門口的時候，就見守門的兄弟一臉狐疑地看著他。

「王三頭，幹麼去呢？」

「弟兄們的酒喝完了，讓我去買點。」他說完就往外走。

看門人知道他素來幹著跑腿的事情，便也沒在意，只讓他出去了。待過了一會兒，看門的人才覺得有些不對勁。這二當家的剛拐回來三個孩子，按理說應該趕緊出城的，怎麼還讓他去買酒呢？

也多虧了這個叫王三頭的膽小拐子，這才讓陸庭舟三人有了充足的時間逃跑。

沈寶珠原先也跟著他們，可是越往外頭，她瞧著四周的景致便越是不對勁，等走到一處活水池塘，看著裡面養著的紅鯉時，她才突然叫道：「這是我家！」

陸庭舟本抱著謝清溪小心地往前面走，他四處張望，生怕引來拐子的同夥，卻冷不丁地被身後的人嚇了一跳。不過待他聽清沈寶珠喊的話時，竟是又驚了一下。

沈寶珠見他們兩人都狐疑地看著自己，只覺得被侮辱了，指著那池塘便說：「我先前還在那池塘餵過魚呢！你們若是不信，就看看那裡鋪著的地磚，上頭還刻著『寶珠』兩字呢！」

謝清溪伸長脖子看過去，嘿，還真被她看見了！實在是因為這位沈小姐的癖好太新奇，那兩字竟是如碗口那般大，讓人想看不見都難。

「……妳家竟是拐子的賊窩。」謝清溪無語了。這個沈寶珠不是說她爹是什麼大善人沈秀明的嗎？

沈寶珠急得直搖頭，慌慌張張地說：「我爹爹不是的！他是大善人，他才不是壞人！」可這裡分明又是自己的家，如今她就是有口都難分辯。

陸庭舟沈聲道：「那妳可知這裡有能躲藏的地方嗎？」

沈寶珠看了這兩人，仔細地想了下，最後點了點頭。

再說謝樹元這邊。

離謝清溪被拐已經有兩個時辰了，就連龍舟比賽都結束了，如今這看龍舟的百姓慢慢地從蘇州河散開，而出城的人明顯也比先前多了許多。若是可以，謝樹元恨不得關了城門，讓誰都不許出去，可偏偏這事卻不是他能做主的。

這巷子裡的人家幾乎都被搜遍了，卻還是沒有一絲頭緒。

就在此時，一個如泥猴般的小人從一處跑了出來，問正在搜索的官兵道：「你們是官差嗎？」

「官家辦事，小孩子一邊玩去！」這官差也找得著急，這可是知府大人的嫡女，要是真丟了的話，這全蘇州城的官差可就都成了笑話！

「我看見有人綁著三個人上了馬車！」這小男孩的一句話真真是石破天驚。

謝樹元仔細看著下面跪著的小男孩，問道：「你可看清了？其中是否有個小女孩？她穿著淺綠色的衣裳，梳著花苞頭，脖子上戴著金項圈，模樣白白胖胖的。」

「我見過你！」

那小男孩又開口，說出口的話卻讓謝樹元一愣。

小男孩又說：「你是那小丫頭的爹爹，就是一直轉出大鳳凰的小丫頭！」

謝樹元這次仔細瞧了小男孩的臉，總算想起先前清溪在糖人攤前時，確實有個泥猴一樣的小孩。

「我沒瞧見那幾個人的模樣，我只看見他們抬了三個麻袋上馬車，只是那麻袋動了好幾下。」說話的這小孩就是馮小樂，說來也巧，他家竟是住在這胡同裡頭。

早先去了糖畫攤後，他姊姊小桃花死活不願讓他帶著弟弟去看龍舟，就是怕街上拐子多，於是他只得不情不願地回家。可到底是小孩子心性，他待了一會兒就想著出門，於是趁著小桃花不注意偷溜，他剛開了家門，就瞧見前面不遠處一戶人家的門口停著一輛馬車，他人剛出去，就見有三個麻袋從那院子裡頭抬了出來。他原也沒在意的，可是其中一個麻袋竟是動了起來，因此他仔細地看著那麻袋，只覺得裡頭裝著的應該是活物。

他跑去玩了一圈回來後，就見自家附近被翻了個遍，回去聽他姊姊一說才知道，竟是有孩子被拐走了！

「你可確定那就是人？」謝樹元原以為他看見人了，不料卻只是看見三個麻袋而已。

「我確定。」馮小樂點了點頭，又說道：「那家是後來才搬來咱們胡同的，平常從不跟我們來往，我娘也從來沒見過他家裡人，可是他家卻日日吃肉，我娘說這家人定不是什麼好人！」

旁邊的人聽得著急，只覺得這是孩子的瘋話。能日日吃肉的就不是好人？那他們在座的豈不是都沒好人了！

可謝樹元卻是心頭一動，問道：「你能帶我們去那戶人家嗎？」

「可以！」馮小樂點了點頭。

待一行人踹了那家門闖進去的時候，發現裡頭早已經空無一人。待進去翻了一會兒後，竟是翻出了繩索還有迷藥！

謝樹元見了迷藥，豈有不知的道理？

「你可知那輛馬車往何處去了？」謝樹元急急地問馮小樂。

馮小樂撓了撓頭，只說道：「我只看見它往東邊走了。」

就在此時，守在門口的官差對著一個懷抱白狐的白面青年大喝道：「你是何人？官府辦案，閒雜人等趕緊離開！」

「謝知府可在此處？我有要緊事要見他！」這人就是齊心，而他懷裡抱著的祖宗便是陸庭舟平日養著的白狐——湯圓。

他在街上攔著那幾人後，雙方纏鬥了一會兒。那幾人大概也怕引了官差過來，只攔了他一會兒就四散著逃跑了。齊心後來再去找陸庭舟竟是找不到人，嚇得膽都差點破了，於是他便連滾帶爬地趕回了別院，不過他知道此事茲事體大，若是告知保護王爺的人，只怕連著他日後都得沒命，因此他抱著白狐就趕緊去找謝樹元，卻被告知謝知府不在臨時棚子內，他一路尋了過來，發現這竟是自己先前找王爺的地方！

這院子並不大，門口的動靜謝樹元自然也聽到了。他一出來就看見齊心站在門口，趕緊上前迎了人進來。

齊心不願將這事宣揚出去，只拉著謝樹元到旁邊說話。

「你是說……王爺為了救小女，也失蹤了?!」謝樹元這會兒真的是驚出了一身的冷汗，方才稍微好些的臉色，瞬間如紙一樣白。若恪王爺因著清溪而出事，別說他一個，只怕整個謝家都要受到牽連啊！誰不知太后最是疼愛這個小兒子，恨不得當眼珠子養著。雖說皇上對這位王爺的心思不好猜，可恪王爺到底是皇上的親弟弟，又比他小上那麼多，平日還讓他同皇子們一起讀書，養他跟養兒子差不離的！

齊心倒是不大擔心陸庭舟，陸庭舟自小習武，便是三、四個人都不是他的對手，再加上他人又機靈。如今他就是怕，怕這位爺為了救人家小姑娘，搞得連自身都難保了。

「謝大人無須太過害怕，湯圓自會帶著咱們去找王爺的，只是還望謝大人派一隊人馬給我，這些拐子實在是太過傷天害理。」齊心自持有湯圓大人在手，是絲毫也不怕。

謝樹元用一種「你瘋了」的表情看著齊心，緊接著又看著他手中的那隻白狐，竟是還聞到一股……酒味？他以為自己聞錯時，就聽齊心有些不好意思地開口。

「湯圓大人中午略喝了酒，不過如今已經醒得差不多了，絕不會耽誤咱們找王爺的。」

謝樹元狐疑地看著他，可是又實在沒辦法懷疑齊心，畢竟他可是把自己的主子給弄丟了。謝樹元不敢再耽擱，帶上一隊人馬就開始跟著齊心走，就見齊心將那隻白狐放在地上前，先在牠耳邊說了些話。謝樹元實在不知，這死馬當活馬究竟能不能醫得好？可偏偏那白狐一落地，竟是直往東邊的方向跑。
齊心和謝樹元都是騎馬跟在後頭，一幫人直跟著那白狐跑。
也不知跑了許久，謝樹元忍不住問道：「你可確定這狐狸能找到王爺？」
「這可不是一般的狐狸。」齊心老神在在地說。
若不是心急於找女兒和陸庭舟，謝樹元只怕要下臉子了。可誰知那白狐帶著他們一路跑，最後竟是在一處莊子上停下來了。
謝樹元看著牌匾上明晃晃的「沈府」二字，有些狐疑地看著齊心，偏偏齊心立刻下了馬，衝上去就是一陣敲門。
「你們是誰啊？」開門的見是個瘦弱的男子，有些不耐煩地問道。
齊心也不同他廢話，一腳便踹了過去。
那看門的人被踹翻在地上，先是驚愕，接著就惱火地站起來，竟是從門後抽出一把明晃晃的長刀來！
謝樹元帶著人進來，原本還懷疑找錯了地方，可如今見這小廝居然手裡有刀，當即又有點相信。
而身後滿城團團轉找人的兵丁，見連個小廝都敢這般囂張，上去幾個就將他打倒。
那白狐還在前頭跑，竟是一路往後院而去。
大概是門口的聲響驚動了院子裡的人，裡面出來幾個男人，一見這一隊穿著官兵衣裳的人，只當己方暴露了，急吼吼地喊了幾聲，於是被這麼一喊，整個別院都驚動了起來。

這些人既做了這樣的營生，便已經是亡命之徒，就是見了官府的人也不懼，照樣拿了武器上前。

兩方對上，謝樹元帶來的人因先前一路跑來失了力氣，竟有好幾個人被砍翻在地上。

謝樹元見這幫人這樣的猖獗，又看見有士兵倒在地上了，那些人竟還上前補刀，他當下生出了幾分血性，奪過一人的刀便上前混戰在一處。他雖是文人出身，好在謝舫教子極嚴，自小謝家子弟便是文武雙修，又因著謝樹元如今要教導謝清懋，所以這一身武藝並未落下。

謝樹元帶來的那隊人馬，見謝大人竟沒丟下他們逃跑，反而同他們並肩作戰，士氣頓時激勵了起來。

對面領頭的人自然也注意到了謝樹元，大喝一聲。「兄弟們，抓住那個領頭的，咱們殺出去！」

此時陸庭舟抱著謝清溪，正隨著沈寶珠往安全的地方，想躲在那裡等著齊心找過來。剛開始倒也順利，可誰知前頭一打起來，這後院的人衝出來竟與他們撞個正著。

「你趕緊放我下來！」謝清溪這時候也著急，生怕成了陸庭舟的累贅。

陸庭舟看著對面四個人，又聽著前頭的動靜，猜測應該是齊心帶著人找過來了。他將謝清溪放下，吩咐道：「妳站在後面，不要亂跑。」

陸庭舟橫在兩個小女孩前面，一手持刀擋在那裡。

「小子，死到臨頭還充英雄！」其中一人見他絲毫不將自己四人放在心上，便是一陣惱火。

廢話也沒多說，那四人衝了過去。

陸庭舟冷笑一聲，出手時卻是刀刀致命。這皇宮之中教皇子的武藝多是花俏，打得好看，但實戰起來倒未見得多厲害，畢竟哪個皇子身邊不是跟著無數的侍衛？天家貴胄又豈會輕易涉險？但陸庭舟一出手便招招是殺招，再加上他竟是不要命般，那四人竟生生被他擋住了。

沈寶珠見少年擋住了這些人，慌慌張張地就想往後面跑，可誰知這時從後面竟是又竄出了一個人，他剛要抓沈寶珠時，就聽她喊：「別抓我、別抓我！後面還有一個！」

原本躲在花壇後面的謝清溪一抬頭，兩人的目光便對上了。那人居然真的放過了沈寶珠，就要過來抓她！而此時陸庭舟被其他四人纏住，脫不開手來救她。

謝清溪剛跑出不遠，就被身後那人抓住，提著她的後衣領，將她整個人都拎了起來。

「放開我！」謝清溪雖然掙扎著，可卻還是被身後的人舉起了一米多高。

她人小，兩條小腿不停地在空中亂晃，可就是掙脫不了。大概是她不停的掙扎，惹怒了身後的人，只見那人一手抓著她的衣領，一手拎著她的雙腳，竟是要將她生生摜在地上摔死！

陸庭舟正被四人圍攻，待他一分心看向這邊的情況時，一把長刀立即從斜裡砍過來，險些砍到他的左肩！

「不——」陸庭舟發現那個抓住謝清溪的男子竟是想要生生地摔死她，不禁發出一聲前所未有的叫聲。

謝清溪還在掙扎，轉頭瞥見了陸庭舟的表情，是那麼的絕望、那麼的焦急。有這樣一個人為我這般焦心，也不枉我在這個世界走上一遭了吧？她竟是生出了一種知足感。

陸庭舟的短刀又擋了前面砍來的長刀後，竟是身子一轉，手上的短刀脫手而出，就衝著抓住謝清溪那人的腿上去，生生插進那人的大腿，竟是將整條大腿都貫穿了！那人慘叫一聲，整個人跪了下來，手上自然也鬆了勁。

謝清溪還是摔在了地上，可好在只是蹭破了點皮。

她剛回頭，就看見已手無寸鐵的陸庭舟正往自己這邊跑來，而就在此時，一個人的長刀砍向了他的後背！

即便在很多年後，謝清溪都還清楚地記得這時候的場景。

她也曾經問過陸庭舟：你那樣尊貴的身分，為何要不顧一切地救我？

他只笑笑，卻一次都沒有解釋過。

或許有些事情，聽從的是本能，是連自己都無法解釋的行為。

謝清溪看著陸庭舟的身子一個趔趄，整個人往前撲倒。

眼看著身後的四把刀都向著他的後背招呼，謝清溪幾乎是連滾帶爬地跑了過去，可是她人太小，個子太矮，那樣近的距離，竟彷彿永遠都走不到一般。

就在她要絕望的時候，就見一把匕首破空而過，對著最前面的那人而去！那人往旁邊躲，竟是撞到了旁邊的人，可匕首卻還是直直插到了那人身上，也不知是插到了哪條大動脈，那血瞬間噴濺而出，緊接著，一個人影就竄了過來，擋在了陸庭舟的前面。

真理告訴我們，援兵永遠是最後到的。

素來就安靜的芝蘭院，如今竟是連說話的聲音都沒有了，只有小丫鬟一盆接著一盆地往裡面端著熱水。

蕭氏的臉色白得如同一張紙一般，眼睛卻是一眨都不敢眨，生怕這麼一眨眼，眼前這個小人兒就會消失不見了。

她今日一直等在棚子內，卻是久久不見謝清溪和謝清湛回來，就連派人去找謝樹元也找不到。後來小廝將謝清懋和謝清湛護送回來時，她才知道她的小溪兒竟然丟了！

蕭氏簡直形容不上自己當時的心情，只知道素來沈穩大方、進退有度的自己，竟是哇地一聲，跟個孩子一般哭了出來。可蕭氏沒哭兩聲，整個人就直挺挺地倒了過去。

蕭氏身邊的丫鬟也想哭得很，那麼可愛的六姑娘若真的丟了，那不是生生挖太太的心嗎？

謝清湛原本就害怕，再見著母親這般模樣，哭得更是上氣不接下氣。

最後還是謝清懋做主，讓婆子抱著母親上車，先回家等消息再說。

一旁的謝明貞只得趕緊去照顧謝清湛，見他哭得厲害，便拿自己的帕子給他擦眼淚，可擦著擦著，自個兒的眼淚也掉下來了。

沈嬤嬤因著年紀大了，今日並不願湊這樣的熱鬧，便在院子裡歇著，卻見一行人匆匆進了院子，她一瞧，見大家高高興興地出門，如今卻是如喪考妣地回來，再看蕭氏竟是被人抬回來的，當即嚇得險些站不住。

這後面又是請大夫、又是派人出去找人的，整個芝蘭院竟是亂得不成樣子。

待謝樹元將謝清溪抱回來時，蕭氏已經醒了過來，她看著滿臉血跡和滿身塵土的孩子，一把就搶過來抱在懷中，若不是大夫讓她將謝清溪平放躺著，只怕她會一直抱著不放。

待大夫來了之後，謝樹元也不敢耽擱，連忙又去了前院。因著陸庭舟別院中有專司保護他的人，他若是回去，後背中刀的事情定然是掩蓋不住的，別說是齊心怕，就連謝樹元都膽戰心驚，畢竟恪王爺可是為了護著自家女兒才受傷的啊！

謝清溪其實就是身上濺了血，又被那歹人抓著從空中往下摔了一下而已，然而就算大夫瞧完後再三保證了「貴府的小姐絕無大礙」，可蕭氏照樣死死抓著她，不許她下床，但她眼瞧著陸庭舟後背被砍了一刀，最後被人抬上馬車，此時如何能不擔憂？

「娘親，小船哥哥為了救我，被人砍了一刀，我一定要去看他……」原本她還想要假哭來嚇唬蕭氏的，可是一想到之前陸庭舟不顧自己的安危，將手中僅有的短刀擲向那歹人，她眼眶就驀地一熱。

蕭氏被嚇得如今後背還汗濕著呢，雖然現在是一個活生生的女兒在自己的面前，可是一想到方才女兒所遭遇的那些，就令她嚇得連眼睛都不敢合上。

「溪兒，妳若是出事了，叫娘可怎麼活？妳聽娘的話，好生躺著，好生歇著啊……」蕭氏壓根兒不管什麼恪王爺也好，小船哥哥也好，只按著不讓謝清溪下床。

「娘？娘……」謝清溪看著她娘那樣，竟像是有些魔怔了，頓時嚇得不敢再說話了。

好在一直在身邊的謝清懋也瞧出了蕭氏的不對勁，立即走過來握著蕭氏的手，聲音溫和地說：「娘，我是清懋啊！妳累不累？我看妳擔驚受怕到現在也累了，兒子扶妳去歇息吧？」

「可溪兒還沒睡呢……」蕭氏怔怔地指著謝清溪說。

謝清溪立即躺倒在床上，閉著眼睛說：「娘我累了，我現在就要睡了。」

後來又是謝清懋勸著，又是沈嬤嬤哄著，才將蕭氏哄回正房歇息了。

謝清溪雖然也想去安慰她娘，可又怕再刺激了她，索性帶著丫鬟跑到前院去了。

齊心跪在床邊看著趴在床上的陸庭舟，他後背的衣裳被刀劃開了長長的口子，裡面的皮肉翻開，流血不止不說，看著實在是可怖。齊心也是見過大風浪的人，宮裡頭死些奴才簡直是常事，有些都是當面被活活打死的。可是這到底是自己伺候著長大的主子，自小就金尊玉貴地養著，就連皇上都沒捨得動過他一根手指頭，如今竟受了這樣重的傷……

陸庭舟趴在床上，後背疼得厲害，他動都不敢動。沒一會兒，就聽見旁邊低低的哭聲傳來，他有心轉過頭瞧瞧，可是手臂剛要撐起來，就牽扯著背後的傷口。

「哎喲，我的小祖宗，這都什麼時候了，您還亂動？還是好生躺著吧，這大夫馬上就來了！」齊心聽見他痛呼的抽氣聲，一下子驚得站了起來。

陸庭舟的臉面向牆的那邊，背對著齊心說：「我這不是聽見你哭了，想安慰你一下嗎？」

「您安慰我幹麼？這傷口可是在您自個兒的身上，我看您還是安慰自己吧！」齊心在陸庭舟身邊伺候久了，說話自然隨意些，如今見他為了救個小姑娘，不僅以身犯險，甚至連自己的身子都不顧了，便不禁勸道：「好主子，咱們以後可不能這麼任性了，若是這事讓太后和皇上知道了，別說奴才這條命得填進去，只怕這謝家的小姑娘也落不得好啊！」

「我看誰敢告訴母后和皇兄！」陸庭舟一聽這話，也知道齊心不是在嚇唬自己，掙扎著就要起身。我自己拚死拚活救下的小姑娘，轉頭再讓別人教訓一頓，那我多虧啊！陸庭舟心裡這麼想著。

此時謝樹元正好帶著大夫進來，聽見了齊心和陸庭舟的話，他也不敢多說，只讓大夫趕緊上前給陸庭舟看看。

這大夫乃是蘇州城裡頭頂頂好的大夫，一見少年背後的傷口竟是這般深，不由得搖了搖頭嘆道：「只怕以後得留疤。」

雖有想到這樣的後果，可謝樹元聽完心裡還是一咯噔。恪王爺乃是天家貴胄，這身上就是磨破了一處皮都是大事，如今若是落了這樣長的一條疤，如何能瞞得住？

陸庭舟倒是沒在意，所幸這道疤是落在背上的，他又是男人，怕什麼？於是他坦然對大夫說：「留疤倒是不妨事，先生只管給我料理了這傷口便是。」

齊心有心想回別院找太醫，可是這事要是讓太醫知道了，定然是瞞不住皇上的。

「老夫需得先處理了少爺後背的傷口，以免髒東西沾染了傷口，日後化膿。」大夫倒也利索，取了藥箱就要替他處理，不過下手前還是補了句話。「處理傷口自然有些疼，若少爺受不住，只管叫出聲便是。」

陸庭舟剛想說「沒事」，就察覺後頭的傷口一濕，緊接著便是一陣劇痛傳來！

到底還是個十三歲的少年，原先還想強忍著的，可是這會兒卻冷不丁地叫了出來，嚇得在場的人俱是一驚。

謝清溪覺得這一日彷彿過了幾年那麼久，她不過是早上才從家裡出去，可回來的時候再看著這家中的花草樹木，竟是生出了陌生的感覺。

她剛到前院時，就看見四周守著的小廝，待進了陸庭舟休養的院子時，一進門就聽見裡頭淒厲的聲音。也不知怎麼的，她竟是不敢進去瞧陸庭舟了。

她就靠在捎間與內室的門邊，紅色珊瑚珠子串成的門簾就在旁邊，她只消掀起這朱紅的簾幔，就能走進內室看陸庭舟了，可是她卻只垂著頭，看著自己小小的腳。

就在她猶豫間，突然聽見謝樹元的聲音響起——

「王爺對謝家的大恩大德，下官便是做牛做馬也報答不了。如今小女不在，便由下官代小女給王爺磕頭謝恩了！」謝樹元沒等陸庭舟說話就逕自跪下，「咚咚咚」地磕了三個響頭，由那響亮的聲音便可知謝樹元實在是真心實意。

可是此時已經將頭轉過來對著他的陸庭舟，臉上卻露出似笑非笑的表情。

謝樹元這是在撇清自己和小丫頭的牽扯呢！他代女謝了恪王爺的恩，那就表示是咱們謝府欠了王爺你的恩情，以後你讓我謝家做牛做馬都行！

「謝大人護犢情深，實在是感人啊！」陸庭舟臉上還掛著笑，問道：「不知六姑娘如今多大？」

謝樹元不明白為何陸庭舟會突然換了話題，只如實道：「小女如今不過三歲稚齡。」

「本王今年十三歲，雖說皇子成婚都晚，不過再晚也不過是拖到二十成婚，謝大人多慮了。」陸庭舟的眼睛直勾勾地盯著謝樹元，嘴角揚起譏誚的笑意。

謝樹元老臉一紅，他怎會聽不出陸庭舟的言下之意？恪王爺是先皇的老來得子，又是當今太后的親子、皇上的親弟弟。雖說如今皇子成婚都略晚，可再晚也是到了二十就賜婚的，到那時候謝清溪也才是十歲的小丫頭，這王妃的位置怎麼都不可能落到她頭上。

但他見恪王爺竟是連性命都不要地救自家女兒，所以心底才隱有這樣的擔憂。原本不過是想藉著謝恩將兩人的關係撇開，可卻被恪王爺這麼直接拆穿，饒是謝樹元這般老練的人，此時都覺得尷尬，因為人家明明白白地告訴他——你想太多了，你女兒年紀這麼小，本王的老婆怎麼也不會是她！

謝樹元雖有些尷尬，可是心底卻如同放下擔子來。謝家是文官出身，靠著科舉起家，如今看著極好，可是他家到底是沒有根底，比不上京城那些積年的國公府、侯府。而且謝家的立身之本便是忠君，雖說恪王爺是皇室的人，可他身分敏感……謝樹元小心地覷了陸庭舟一眼，見他微微閉目，又想起他身帶重瞳的帝王之相，心底不禁嘆了一口氣。

且不說這位王爺日後的前程如何，但他到底不是溪兒的良配。

在門口的謝清溪自然將這番對話聽得明明白白。她到底不是真正的三歲小孩，如何聽不出兩人這話裡話外的意思？

原來他竟是個王爺。可她又如何不明白，他們之間差的不僅是身分。

有些遺憾不是有心就能彌補的，時光就是他們都不能彌補的遺憾。他和她最大的鴻溝，是差著的十年……謝清溪心裡有些失落。

素雲跟在她旁邊，見自家小姐只站著並不入內見面，還以為她不好意思呢，便勸道：「這位公子為救小姐而受了傷，咱們姑娘真是懂事，自個兒受著驚嚇了還急急地要過來道謝，怎麼到這兒了反倒不進去了呢？」

「小船哥哥身上有傷，如今正休息著，咱們還是先回去吧，別打擾了他們。」謝清溪低著頭就往外頭走。

素雲有些奇怪，可還是跟著自家姑娘往外頭走。她見姑娘小小的身子往前走，又想著今日謝清溪著實是受了大罪，便上前道：「姑娘可是累了？奴婢抱著妳走吧？」

「不累、不累！我不要妳們抱，我誰都不要抱！」原本心裡就失落的謝清溪聞言，突然跟被點著的炮仗似的。

謝明嵐聽了丫鬟說的話，手掌捏成一個拳頭，連呼吸都有些粗重，小心地問：「六妹妹回來了嗎？」

眼前的丫鬟叫宣墨，是她搬出姨娘的院子後，姨娘怕她身邊都是太太的人，特別撥給她的。謝樹元雖將她和二姊姊遷出了姨娘的院子，可到底沒做絕，江姨娘給的丫鬟還是讓她留在了身邊。

只是如今姨娘被關在院子裡頭禁足，她倒是見不著了。為著這事，謝明芳在院子裡已經發了好幾回的火，可每次都被身邊的嬤嬤教訓，謝明芳便到謝樹元跟前告了好幾回的狀，可謝樹元不僅沒懲罰那嬤嬤，還特別給了賞賜，並發話說姑娘們若是有行差踏錯的地方，只管懲處了便是。

如今連這樣熱鬧的日子，她們姊妹都沒法跟著一起去，可見這次父親著實是惱了她們。謝明嵐再自恃聰明，這會兒也有些慌張了。

可不過一日的工夫，竟是聽說自家那個六妹妹被人拐了！

「這會子回來了！先前忍春回來叫人的時候，奴婢就聽二門上看門的婆子說了，說忍春大爺那樣沈穩的性子，那額頭上的汗就跟淌水似地流，帶了人就急急又出去了。」宣墨是個好打聽的性子，任誰她都能說上幾句。

先前謝明嵐覺得她不穩重，可是如今遷出了姨娘的院子，她單過的時候，就又覺得宣墨是個得用的了。

謝明嵐一聽謝清溪居然被找回來了，這心裡別提多失望了。每年有多少小孩被拐了找不回來，怎的就她這樣好的運道，竟是立刻就被找了回來？若是沒了她這個嫡女，府上只剩下三個庶女，以她的聰慧和重活一輩子的先見之明，何愁出不了頭？

雖說這回被謝樹元懲處了，可謝明嵐思前想後，只覺得是自己太過急躁了。便是再想除掉這位林表姑，也該再仔細想些對策的，如今這麼匆匆行事，到底還是露了馬腳。

「趕緊伺候我更衣，我要去看看母親和妹妹。」如今親妹妹遭了這樣的大難，她這個做姊姊的自當去看看，若是不去瞧，豈不是讓人覺得她太過冷漠無情？

待她換了身素淨簡單的衣裳後，就匆匆出了門。

在路過二姊謝明芳的院子時，卻剛好遇見謝明芳的丫鬟紅櫻。

紅櫻一見四姑娘，便說道：「給四姑娘請安。」

明嵐正猶豫著要不要叫二姊明芳同自己一道去，便先隨口問了句。「妳這是往哪兒去？我二姊呢？」

「二姑娘今兒個午膳用得少，這會子餓了，說是想吃燕窩粥甜甜嘴，所以打發奴婢去廚房裡拿呢！」紅櫻不過也是隨口說一句。如今江姨娘被老爺禁足了，這府裡伺候的誰不會看風向？就是紅櫻這幾日去廚房裡拿飯菜，那些廚娘都對自己愛搭不理的。不過她哪敢將這些事告訴二姑娘，要不然以二姑娘那樣的性子，定是又要鬧上一場。

謝明嵐有些詫異，這府裡都亂成這樣了，她這個二姊難道沒得著消息？不說去看看嫡母和妹妹也罷，居然還要這要那的？

她方抬腳要往明芳的院子裡走，可是一瞬間卻又頓住了腳步。

這府裡統共就四個女孩，謝清溪是嫡女不消說，這吃穿用度上自然比她們都好，就連父親的寵愛也是她們都比不過的；謝明貞是長姊，為人性子寬厚，就是姊妹間也多有禮讓，又素來會奉承嫡母，這也是謝明嵐趕不上的。

如今只剩下二姊姊和她，這有對比才有差距。前面那兩位都是如今的她比不上的，若是有個又不懂事、又蠢笨的人襯托著，豈不也能顯出她的好來？這麼前思後想著，謝明嵐到底還是沒有進去，只抬腳去了嫡母的院子。

此時謝清溪剛回來躺下，就聽丫鬟說謝明嵐來看她。這種時候，就算天皇老子來了她都不願搭理，更何況是謝明嵐呢？因此只讓丫鬟說自己睡下了。

嫡母那邊正在歇著不宜打擾，妹妹這裡又睡下了……謝明嵐雖臉上不大好看，卻還是在正廳裡坐了下來。

待謝樹元從陸庭舟那裡回來時，就看見她一人端坐在前廳裡，旁邊只有自己的丫鬟站著。

謝明嵐見謝樹元這般問，便急急說道：「女兒聽了妹妹的事情，心裡後怕得很，所以就過來給母親請安，順便看望六妹妹。只是母親因六妹妹的事情也受了驚嚇，如今正歇著，所以女兒便想著在這裡略坐坐，待母親醒了，也好進去侍候。」

「女兒見過父親。」明嵐瞧見父親過來，便過去請安。

謝樹元皺著眉頭，看著她身旁擺著的一盞清茶，問道：「妳怎麼一人在這坐著？」

謝樹元見她小小的人兒卻說出這樣明理的話，心中頗為寬慰，覺得謝明嵐倒是比先前懂事了些，遂安慰她說：「妳母親和妹妹受了些驚嚇，這芝蘭院裡也忙亂得很，妳先回去吧，待妳母親身子略好些了，妳再過來請安便是。我兒有這份孝心，為父也甚為寬慰。」

「爹爹可別這麼說。女兒先前不懂事，倒是讓爹爹和母親都擔心了。」謝明嵐垂著頭說道。

謝樹元點了點頭。這麼小的人兒說出這樣的話，倒是讓人憐愛。

謝明嵐見今日的目的達到了，也不再多說，只乖巧地聽了謝樹元的話離開了。

謝樹元先是去看了謝清溪，小女兒的頭髮早已經被散開，一身髒衣裳也換了，如今正安靜地躺在床上。不過他剛在床邊坐下，小人兒就睜開了眼睛，一雙圓圓的眼睛倒是沒了往日的光彩。

「爹爹……」謝清溪輕聲叫了一句，就起身撲進謝樹元的懷裡。

謝樹元找閨女找了一天，真真是又急又怕，如今見女兒撲在自己的懷裡，慌忙抱著，末了連眼眶都有些濕潤。「都是爹爹不好，不該獨留了你們在那裡，日後爹爹再也不這麼大意了。」

「是我不好，我不該亂跑，讓爹爹和娘都擔心。」謝清溪何止是後怕？今日若沒有陸庭舟，只怕她真的回不來了。她擔心陸庭舟，因此還是問了句。「小船哥哥還好嗎？他為了救我，被壞人砍傷了。」

謝樹元一時沒明白「小船哥哥」是誰，緊接著才醒悟過來，原來是指恪王爺。

他有些嚴肅地瞧著謝清溪道：「溪兒，妳口中的小船哥哥乃是當今皇上的嫡親弟弟，也是先皇嫡子，是受了朝廷冊封的超一品恪親王，便是為父見了他，也要下跪行禮。妳年紀小又不知他的身分，略親厚些倒也無妨，但是這『小船哥哥』的叫法，往後可再不許了。」

謝樹元倒是不擔心謝清溪有什麼別的想法，畢竟她才只是個三歲的小女娃，估計只覺得這個大哥哥親厚又救了自己，這才隨口叫的。

謝清溪被他教訓了一頓，只得垂頭稱是。

謝樹元又安慰了她一會兒，哄著她睡覺。

謝清溪雖睡不著，可還是乖乖地合上眼睛裝睡，沒過一會兒，謝樹元便看蕭氏去了。

蕭氏喝了大夫開的安神湯，早已經睡下了。

謝清湛因為妹妹是跟他一起亂跑丟了的，又驚又怕後，也睡在蕭氏的旁邊。

倒是謝清懋讓人搬了張椅子，就坐在蕭氏旁邊守著。

謝樹元進來的時候，就看見這個次子猶如小大人般，守在娘親和弟弟旁邊。

「那位少爺傷勢可還好？」謝清懋本就成熟穩重，又知道自己妹妹是被人救了的，因此謝樹元進來後便問道。

謝樹元點了點頭，卻又說：「那位在咱們家略休養幾日便會離開，所以你要看著湛兒和溪兒，別讓他們打擾了恩人養病。」謝樹元沒和兒子說起陸庭舟的身分，此事越少人知道越好。

陸庭舟走了。

謝清溪這幾日都待在芝蘭院。

蕭氏不過是那日嚇得太過，如今休養了幾日早已好了，這會兒她是打定主意要看住了謝清溪。先前只當她還是小孩，她滿府亂跑也從不約束，可是她竟然膽大到在外頭都敢亂衝亂撞，蕭氏自覺是自己沒管好女兒，所以謝清溪靜養的這幾日，算是真正過上了閨閣小姐大門不出、二門不邁的日子。

待謝清溪得了消息後，陸庭舟已經走了好幾日。

素雲收拾東西的時候，才發現謝清溪端午那日戴著的那串玉葫蘆不見了，那可是老爺賞的，素雲找了好幾遍，這才確定真的沒有了。那日小姐回來時，身上的衣裳和項圈都好好的，只除了手上的鐲子不見了，不過過了幾日，老爺便又遣人送了回來。

素雲稟了蕭氏後，蕭氏也只說了聲「知道了」。想來這東西定是在路上的時候丟了的，如今女兒好好的就好，只是丟了一串玉葫蘆罷了。

六月的某日，謝樹元到了蘇州的碼頭上，待過了一會兒，有人過來請他上船，他到了船上，只見一個穿著蒼藍錦袍的少年立於船頭。

「下官見過王爺。」謝樹元上前見禮。

陸庭舟沒有回頭，只眺望著這波瀾壯闊的江面說道：「皇兄時常在朝中稱讚謝尚書，說他是經世之能臣，不過本王覺得皇兄倒是漏說了一點，謝尚書教子的厲害可一點都不輸於他當官。」

「下官如何當得王爺如此讚賞？不過是盡心盡責罷了。」

當日謝樹元帶人從沈家別院救出陸庭舟三人之後，因那幫匪人殺了好幾個官兵，所以全蘇州城的人都知道沈家的別院藏了拐子一事，後來謝樹元又從裡面找出了好幾個孩子。

因著這些日子被拐的足有幾十個孩子，因此那些孩子的家人幾乎將沈府圍得水泄不通。沈秀明雖有大善人的名頭，可如今這事一出，旁人皆說他是偽善，畢竟這拐賣婦女孩童實在是喪盡天良之事，那些好人家的女孩一旦被拐賣，最後不是被賣為奴婢，便是被推進了青樓。

謝樹元抓住了首犯，嚴刑逼供之後，將他們近日拐的孩子查得一清二楚，而那些已經被賣往別處的孩子，他自然也是要尋回的。

所以蘇州左布政使張峰便乘機向皇上上書，說拐賣孩童一事實在是罪大惡極，如今歹人雖被抓住，但是還有孩童未被救回，還請皇上下旨，命江南各府各州通力合作，盡早將被拐孩童找回。張峰的摺子到了京城後，得了朝中不少大臣的附議，是以皇上便下旨，命徹查此案，並特別嘉獎了謝樹元一番。

「經此一案，謝大人在蘇州的名望可謂是達到頂峰，日後升官指日可待。」陸庭舟笑了笑。

謝樹元一臉恭敬，朗聲道：「多虧皇上聖明，被拐孩童才得以找回！如今各司各府通力合作，不僅是蘇州，便是其他州府的孩童也被找回了大半！」

「好了，本王今日就將啟程回京，日後再見，只怕便是謝大人高升回京之時了。」陸庭舟轉身看了他，笑著道：「本王在京中恭候大人。」

待謝樹元走後，江風大起，陸庭舟瞇著眼睛看著那道如松背影漸漸消失。半晌後，他緩緩從懷中掏出一串玉葫蘆，仔細看著每個葫蘆上面都有水波一般的紋路，看了一會兒後，他揚唇笑了下，便將之掛在自己的腰間。

我救的小丫頭，你想撇清我們的關係？逗我呢？

春暉園雖有些小，可平日不過是當作姑娘們上學的地方，倒也還夠用。如今快過了卯時兩刻，只見不遠處有個緋紅的身影一溜煙小跑著過來，而跟在她身後穿著淺綠比甲的人也是一路跑著。待到了春暉園門口，緋紅身影總算停住，站在園子門口歇氣。

朱砂趕上來，趕緊給六姑娘順氣，一邊撫著她的後背，一邊說道：「太太早就說過，這位先生嚴格，並不因小姐是姑娘就鬆懈了。如今這回遲到了，我看小姐如何是好！」

謝清溪一邊順氣，一邊聽自己丫鬟說話，她順過一口氣後倒是笑了。「妳這丫頭如今倒是越發膽大了，竟是敢教訓起我來了。」

朱砂聽了倒是一點都不膽怯，誰不知道她家小姐好性子，從來都不會苛責底下人。如今她跟在小姐身邊，別說是在這府裡得臉，就是這蘇州城別家的小姐見著她，都得客客氣氣的。

謝清溪雖是這麼說，可是眼睛還是瞟了一眼園子裡頭。

自打去年先前那位先生回鄉後，謝樹元就給她們姊妹重新請了位先生。這位白老先生快六十歲了，鬍子白得都看不見一絲黑的，為人嚴肅又刻板，就算只是教閨閣小姐們，都拿出當年教科舉學子的勁頭來。

謝清溪雖也讀書，可是仗著自己以前的底子，在姊妹當中雖不是最出眾的，卻也不是落後的，要知道，她可是謝府姑娘裡頭年紀最小的呢！

可自打這位先生來了之後，看了她們各自寫的帖子，便說六姑娘寫字是極有靈氣的，只是不肯下一番苦工。

謝清溪這輩子投了這麼個好胎，親爹當官極厲害又會摟銀子，親娘是侯府嫡女在後宅說一不二，她上頭還有三個嫡親的哥哥，她要那麼刻苦幹麼？他們家又不指望著她去考狀元！

可這位白老先生卻是位較真的，覺得六姑娘既是在書法上有靈氣，就該好生下一番苦工，也好不辜負這天賦。於是白老先生不僅私底下教導她，還給她布置了額外的功課——每日二十張小楷！

剛開始謝清溪還好生寫了，可是過了兩日就胡亂了事，結果這白老先生竟請了戒尺出來，打了她三下手心！這會兒可把謝清溪哭慘了，長這麼大，她還是頭一回被打呢！於是，連蕭氏和謝樹元都被驚動了。可這回一向對她毫無原則和底線的謝樹元，居然還誇了先生，並且告誡她，若是下回再敢偷懶，就是他親自教訓她了。

自被教訓過後，謝清溪便再也不敢偷懶耍滑了。

就為著這事，謝明芳可是好一陣得意，話裡話外諷刺了她好幾回。再加上謝明嵐因著字寫得好，被先生誇讚了好幾回，謝明芳得瑟得簡直沒法瞧了。

「是福不是禍，是禍躲不過，頂多再被先生打板子罷了。」謝清溪昂首挺胸地朝著裡面走去。可誰知進去後，只看見三位姑娘與她們的丫鬟在，卻是未見先生。

春暉園院子雖小，好在這正堂夠寬敞，四張桌子倒是擺得一起，只是這難免有中間和旁邊之分。當初就為了這座位，可都沒少爭過。

謝明芳倒是出了主意，說是按著年齡大小一並排開，這樣倒也省事。她打的倒是好算盤，若是按著年齡排開，就是謝明貞坐在最左邊，謝清溪坐在最右邊，讓她們姊妹倆坐在了中間的位子。

謝清溪倒是不在意坐在哪裡，反正她們這些小姐讀書，不過是為了養性、開闊眼界，倒也沒人真指望她們有多大的才學。可謝明芳這樣處處爭、事事爭的性子，她實在是看不過，合著好事都該落到她們姊妹身上吧？於是謝清溪不樂意了，直接坐在中間的位子，還拉著謝明貞一塊兒坐下了。

結果謝明芳又拿出江姨娘那套哭功，說謝清溪欺負她是姨娘養的，如今在學堂裡竟是連個位子都沒得坐，後頭居然連謝樹元也搬來了！謝清溪是人不犯我、我不惹人的性子，不是她要為自己說話，實在是她們這姊妹間的口角，十有九次都不是她挑起的。

謝明貞是個好性子的，退讓了一步，坐到了最左邊的位子，而後謝樹元做主，又讓謝明嵐坐在了謝清溪旁邊，反倒是謝明芳坐到了最右邊的位子。謝清溪倒是樂和了，可氣得謝明芳臉都黑了好幾日。

謝清溪實在是想不通，她們姊妹是一處長大的，有多少次謝明芳被謝明嵐攛掇著出頭爭這兒爭那兒，結果她自己什麼好處沒落到不說，最後好事還都讓謝明嵐占去了，她怎麼就死不長記性呢？不過人家是一個姨娘生的嫡親姊妹，說不定就真願意呢！

「六妹妹，今兒個先生還沒過來呢，妳先坐下吧，可別被先生撞見了。」謝明貞見她過來了，也是鬆了一口氣，讓她趕緊過來坐著。

朱砂將謝清溪的書袋放在桌上，也笑著對她說：「虧得小姐沒遲到。」

「可不就是，要不然又得挨先生的板子，到時候到爹爹面前哭，還得吃頓訓呢！」謝明芳幸災樂禍的聲音響起。

謝明嵐倒是轉頭對謝清溪說道：「六妹妹昨日的功課可帶了？今兒個先生可是要檢查的。」

「帶了，多謝四姊提醒。」謝清溪客氣地道謝。

說實話，若是比較起謝明芳和謝明嵐這對姊妹，她倒是更喜歡謝明芳一些。雖然謝明芳為人魯莽又蠢笨了些，可是讓她去做殺人下毒的事情，給她十個膽子倒也不敢。可這個謝明嵐就不同了，打小就什麼事情都敢做，又是個背地裡捅刀子的陰主，她一般是不願和謝明嵐待一塊兒的。

「怎麼先生到現在都還沒到？先生可是從來不曾遲到過的。」謝清溪雖心底竊喜，但還是問了謝明貞。

謝明貞安靜地搖頭，只說不知。

待過了一會兒，就有個丫鬟過來，說白先生被老爺請到前院去了，聽說是謝清懋帶了幾位在學堂裡要好的同窗回來，正向老爺請教學問，所以謝樹元就一併將白先生也請了過去。

白先生雖然現在教的是謝府的小姐，可那是因為他年紀實在是有些大，自覺精力已不適合教那些科考的學子，怕耽誤了人家，這才到了謝府做先生的。

謝清溪一聽今天白得了一日假，高興得跟什麼似的，趕緊讓朱砂收拾了手上的東西回院子。如今她也有了自個兒單獨的院子，位置緊挨著蕭氏的芝蘭院。

她轉頭問謝明貞。「大姊姊，妳待會兒幹麼去？要不去我院子裡玩會兒？先前二哥哥給我找的鸚哥兒，如今都會學舌了，可有趣了！」

「謝六妹妹的好意，姨娘這幾日感染了風寒，我先回去瞧瞧她，若是下午得了空，再去也不遲。」謝明貞說道。

謝清溪點點頭。這幾日方姨娘的院子一直在請大夫，她也是知道的，因此略安慰了幾句，就帶著朱砂揚長而去了。

謝明芳見她只問了謝明貞，當自己和謝明嵐竟如無物，便有些生氣地道：「有什麼了不起？不就是一隻鸚鵡，再會說話不還是隻小畜牲！」

屋子裡頭的丫鬟都垂目不語。

而謝明貞只當沒聽見這話，待她的丫鬟收拾好東西後，打了聲招呼便也離開了。

這會兒謝明芳和謝明嵐的丫鬟也都收拾好了東西，就等著兩位小姐呢！

謝明嵐見二姊生氣成這樣，倒也奇怪，平日她不是和謝清溪最不對盤的，怎麼謝清溪不請她去院子裡玩，她就氣成這樣了？她站起身挽著謝明芳的手說：「二姊姊何必這樣生氣？若是二姊姊也喜歡鸚鵡，只管求了二哥哥便是了。咱們都是自家兄妹，難不成二哥哥還會推託不成？」

「我就是氣不過罷了！她什麼事只管叫大姊姊，當咱們兩個竟似無物一般，這等不敬姊姊，就是到了爹爹跟前，我也照樣說的……」謝明芳喋喋不休地說著，竟是越想越生氣。

謝明嵐也不惱火，只勸著她二姊，可心底卻是譏笑不已。

妳處處和人家作對，這會子又想著人家請妳去院子裡做客？哪有這等的好事兒！

第八章

謝明貞沒回自己的院子，而是直接去看了方姨娘。

因著前幾日受了風寒，方姨娘一直纏綿病榻，如今見謝明貞過來，掙扎著就要起來。

「妳怎麼這會兒過來了？我不是囑咐妳這幾日不要過來的嗎？過兩日便是秦家老太太的壽辰，妳可是要去的，若是這會兒過了病氣，豈不是耽誤了？」大約是說得急了些，方姨娘喘了好幾口氣才歇過來。

謝明貞給她順了順背，好生勸道：「姨娘生病了，女兒豈有不在跟前伺候的道理？再說了，這樣出門的機會，以後也是有的，也不急在這一回。」

方姨娘的臉色有些蒼白，原本就瘦削的臉頰如今連下巴都尖了幾分。「姨娘沒有機會出門，自然也不知道這外頭的事情。如今妳年紀大了，我這心裡總是擔心——」

「姨娘說什麼話呢？」謝明貞打斷方姨娘的話，說道：「太太那樣持禮的人，又何曾虧待過女兒一分？」

方姨娘看了她一眼，倒也笑了。「妳以為姨娘是怕太太呢，若是我怕太太薄待了妳，也不會讓妳打小就好生奉承著太太了。咱們家的太太，那才是正室嫡母該有的風範呢，我早就說過，妳該多跟太太學，千萬別學了姨娘的小家子氣。」

「姨娘……」謝明貞低低地叫了一句。

「老爺在這江南也待了快十年了，按理說早該回京的，如今卻還沒個動靜，我是怕老爺若是還不回家，妳又到了年紀，萬一替妳在江南相看了人家，那日後咱們母女只怕難見面了……」方姨娘這幾日生病，思慮是越發地重了。

謝明貞聽方姨娘竟是擔心這個，倒也鬆了一口氣，只說道：「姨娘倒是多慮了，我才多大點，還早著呢！」到底是閨閣女兒，提起自己的婚事，還是忍不住羞紅了臉。

方姨娘安慰了下，說：「妳也別擔心，我素來待太太恭敬，想來太太不會虧待咱們娘倆的。再說了，我不求那高門大戶，也不指望著妳去攀高枝，只求將來替妳求一門婆家簡單、夫婿知上進的婚事就好了。」

「姨娘！」謝明貞又叫了一聲，靠在方姨娘肩上說道：「那姨娘可得好生養著，日後看著女兒風風光光地出嫁。」

方姨娘沒再說話，只愛憐地摸著女兒的頭。

蕭氏這日招了外頭鋪子的主事進來回話，剛將人打發走了，就見謝清溪帶著丫鬟風風火火地到了，她有些奇怪地問。「今兒個先生沒上課？」

「今兒個爹爹休沐在家，二哥哥便帶了同窗好友過來，說是向爹爹請教文章，爹爹請了白先生一併過去。」謝清溪笑嘻嘻地說道。

蕭氏搖頭，有些無奈地道：「也不知妳這性子像了誰，竟是這般不喜歡讀書。」才氣這種東西，實在是可遇而不可得。

謝樹元和蕭氏兩人，一個是探花郎、一個是帝都當年有名的才女，皆是出了名會讀書的人。如今養了四個孩子，前頭三個哥兒倒是都繼承了父母會讀書的秉性。大哥兒謝清駿今年秋闈就要下場了；而二哥兒謝清懋早已經考了秀才功名，如今在蘇州府最有名的白鷺書院讀書，也是個經常考第一的人物；至於謝清湛，他就是最刺激謝清溪的人了。按理說他們是一個爹娘生的，還是一塊兒出來的龍鳳胎兄妹，但謝清湛在讀書這件事上，簡直是謝清溪拍十匹馬都趕不上的。因著謝清湛實在是聰慧，才小小年紀在蘇州學子間都有些名聲了，以至於謝清溪實在是難望其項背。但其實她在讀書上也是有些聰慧的，就是不肯下功夫。

巧慧正在外頭吩咐小丫鬟，去廚房裡頭看看方姨娘的藥是否熬好了？自打入秋方姨娘病了以來，這斷斷續續地，竟是纏綿病榻快一月了。

秋晴捧著東西過來的時候，巧慧正好要進屋去，這會兒一瞧見她便趕緊迎了上前，開口笑著問道：「秋晴姊姊怎麼親自過來了？」

蕭氏身邊的四個「雲」因為年紀到了，早已經各自配了人，如今都作為管家娘子，在府裡頭伺候著，而當年的「秋」字輩丫鬟倒是都被升為了一等丫鬟，如今誰見著都要恭恭敬敬地叫聲姑娘呢！巧慧如今也是管家娘子了，不過方姨娘用慣了她，所以還是由她貼身伺候著。

「太太讓我給大姑娘和方姨娘送些東西，我想著這會兒大姑娘必在姨娘這裡，就過來了。」

巧慧領著秋晴進去，就看見方姨娘歪靠在床上，而大姑娘謝明貞坐在靠近床邊的錦凳上，正陪著方姨娘說話呢！

這會兒秋晴進去後，謝明貞便站了起來，連方姨娘都略掙扎了下要起身。

「姨娘好生歇著，太太派我過來便是給姨娘和大姑娘送些東西的，若還勞累了姨娘，只怕回去了太太要罰我的！」秋晴趕緊說道。

方姨娘臉色雖然還有些蒼白，可是瞧著倒是比先前好多了。蕭氏從來不是小氣的人，自打方姨娘病了之後，補品就跟流水似的進了這院子裡頭。

秋晴將蕭氏賞給方姨娘同大姑娘的東西放下後，只略說了幾句，就回去了。

這麼多年下來，方姨娘何嘗看不清？府裡各個都說四姑娘得老爺歡心，幾乎不在六姑娘之下，每回聽了這樣的話，方姨娘便要冷笑。

先不說這身分的天差地別了，單單說這兩位姑娘的學業就好。四姑娘那刻苦的勁，府裡誰不知道？先前還有下人在私下議論，說咱們府上只怕要出個女狀元了！可六姑娘呢？那等靈慧聰明，卻偏偏不肯在學業上下功夫。老爺那樣重視子女課業的人，偏偏更喜歡的是六姑娘，這其中的寵愛和縱容，豈是四姑娘能比的？

方姨娘想到這裡便輕笑了一聲，伸手將謝明貞鬢角的髮絲理了理，接著讓巧慧將蕭氏送給大姑娘的東西拿過來，待那匣子打開後，竟是滿眼的珠光寶氣，便是方姨娘的首飾盒裡頭，都沒有這樣金貴的東西。一對沈甸甸的金鐲子，瞧著有拇指蓋那樣的寬，按理說這樣寬的鐲子定是瞧起來笨重，可這鐲子雕工卻十分精細。

不過這對金鐲子還是尋常之物，方姨娘只一眼便看見中間那顆鴿子蛋大小的藍寶石，這寶石只是擺在匣子中，也沒嵌在什麼首飾上頭。

方姨娘忍不住拿起那顆藍寶石，驚喜地說道：「這樣好成色的寶石，我瞧著竟是比六姑娘平日裡戴的都不差呢！」

府裡人都知道，六姑娘愛戴紅寶石，她的首飾裡頭便有不少鑲嵌紅寶石的，而且還都是那種頂級的鴿子血。如鴿子蛋那般大小的寶石，她盒子裡只怕隨便都能拿出三、四個。

謝明貞也忍不住多看了幾眼，謝家庶女公中打的首飾雖說也精貴，可是如這般名貴的，便是謝明貞也沒有幾件。這還是蕭氏對庶女們頗為大方，要是擱別人家中，只怕連嫡女手裡頭都沒幾件這樣好的首飾。

「這樣好成色的寶石，姑娘可得好生收著，待姑娘及笄禮的時候，將這寶石鑲嵌在冠上，便是再沒戴不出去的道理！」方姨娘越看越高興，臉色也顯得沒那麼蒼白了。

盒子裡面還有珠花，有鑲著蜜蠟的，也有鑲著珍珠的，給小姑娘戴著正合適呢！

這幾日謝家頗有些風雨欲來的安靜，因著今年鄉試，傳聞中的謝家大哥要下場，以至於每回謝清溪到蕭氏的院子時，總能聞見香火味。若不是謝樹元說過，考試講究的是平時積累，而不是什麼怪力亂神，只怕蕭氏早早便帶著她們將蘇州的大小寺院全拜遍了！

不過蕭氏還是帶著她們去了好幾個寺廟，但凡聽說哪家寺廟靈驗，她必是要去一回的。有一次，謝清溪偷偷地看了蕭氏給廟裡捐的香油錢，眼睛差點都看直了，那可相當於蘇州一個正五品官員家裡一年的用度啊！

說起來，謝清溪和謝清湛長這麼大，都還沒見過他們家的大哥哥呢！倒是謝清懋只比謝清駿小兩歲，所以沒來蘇州之前，兩人算是一塊兒長大的。每回謝清溪追問謝清懋，大哥哥究竟是個什麼樣的人時，她家這位小學究二哥便會意味深長地說一句「大哥很好」，可究竟怎麼個好法，他卻是怎麼都說不出來。

不過全府都知道的就是，謝家這位大少爺的學問是極好的，至於好到什麼程度，謝清溪聽說，就連皇上都誇讚過謝清駿的文章靈秀十足呢！當然，這消息的真偽，還是有待考證的。

謝樹元雖然遠在江南，可是對謝清駿的學業卻還是格外關心，每月都有人從京城將謝清駿所做的文章謄寫一遍，再送至蘇州謝樹元處。

謝清溪在她爹的書房中看過一個專門的匣子，裡頭裝著的全是謝清駿從九歲之後所做的文章，而上面密密麻麻地寫滿了謝樹元的注解，想來這些注解也必會送到謝清駿手上吧？

鄉試是科舉考試的第一環節，只有過了鄉試，當上了舉人老爺，才有機會到京城參加會試。若是再中會試，便有機會參加殿試，成為天子門生。

天下之大，而讀書人又如此之多，每年便是院試都有不少人考不上呢！謝清溪在現代的時候，就學過一篇范進中舉的文章，說的就是古代讀書人考試之難。等她到了這邊之後，鄉試在蘇州府也舉行過幾次，這考不中的自然還是比考上的多，至於四十歲還落榜者，也是皆有人在。

謝清駿作為一個十六歲的少年，又是頭一回參加鄉試，若是尋常人家，只當是下場練練手罷了，可是偏偏謝清駿的親爹叫謝樹元，當年是以十九歲的年輕之姿中了直隸解元，二十歲便成為聖上欽點的探花郎，若謝清駿真的落榜了，只怕這虎父犬子的名頭就要落在他身上了！每回想到這裡，謝清溪給佛祖上香祈求保佑自家大哥哥能中舉的心，就更加虔誠了幾分。

當然，鄉試要開始了，有一個顯而易見的好處便是——書院放假了！白鷺學院作為蘇州府最好的書院，每次參加鄉試者自然最多，為免人心浮躁，每回到了九月，書院索性就給學子們都放了假。

謝清湛雖然年紀還不夠去白鷺書院，可是他讀的可是蒙學裡頭最好的書院，標榜著一切向白鷺學院看齊，於是他也放假了。

其實放假還不是最高興的事情，最高興的是——謝樹元沒時間管教他們了！

鄉試的重要性無須多言，全國之中也只有布政使司所在的駐地才會有鄉試考場，因著江南布政使司下頭三分，因此江南的考生也是分散在金陵、蘇州、安慶這三地。

鄉試的主考官是由聖上直接欽點，各省的主考官則是由禮部選派翰林、內閣學士前往主持。待朝廷委派的正副兩位主考官到了之後，會和當地的政府官員組成臨時機構，主持鄉試考試。

這歷年考試，鄉試是最容易出現科舉舞弊案的。由於江南富庶，各大鹽商更是豪富一方，有些富家子弟平日裡不學無術，可偏偏到了考試之時便開始動歪腦筋，而花費重金買通正副考官，便是這其中最常見的一種手段。

謝樹元主持蘇州鄉試並非頭一回，不過他從不敢掉以輕心，畢竟若是在他的管轄地出現科舉舞弊案，即便是同他無關，他也定會被治個督促不力之罪。他在江南經營多年，去年更是將整個蘇州布政使司的稅銀提高了十分之一之多，就連皇上都下了嘉獎令特別嘉獎他，而父親謝舫也曾經來信跟他通過氣，說只怕這次鄉試過後不久，他便可被調往京城。雖說在京城做官不易，可謝樹元的父母、姻親關係都在京城，對他來說，回京城那才是如魚得水。

因此，謝樹元這些時日格外忙碌，他甚至還要看著主考官們，以免他們和不該接觸的人走得太近。

「爹爹最近好忙啊，都沒時間回來吃飯……」謝清溪吃到一半的時候，低低地嘆了一口氣說道。

蕭氏端著碗筷，看著女兒這憂愁的小模樣，竟是說不出的好笑。她故意沈著一張臉說道：「清溪，食不言，寢不語。」

謝清溪是天生的杏眼，再加上眸子實在黑亮，一雙眼睛看人的時候猶如會說話，此時她如同小鹿般眨著眼睛看蕭氏，說：「可是娘，昨日我說話的時候，妳就沒這麼對我說啊！」

「喔，那這就是今兒個開始的規矩。」蕭氏淡淡地說了一句，伸手挾了一筷子胭脂鴨。

坐在謝清溪旁邊的謝清湛嘴裡咬著一塊肉，低低地笑著。

結果謝清溪手臂微微一捅，險些碰掉他手裡的筷子。

「明日就是鄉試了，我聽說要一連考三場，而且每場要考三日呢！」謝清溪對於這種全國性的考試實在是很感興趣，畢竟這現代的高考雖說也是連考三天，可是最長的一門考試也只需要考兩個半小時便是了。

「六妹妹說的不錯，這鄉試雖是文筆考試，不過我瞧著對身體要求卻也是極高的。」謝清懋點點頭。謝清懋如今十四歲了，這個家裡除了謝樹元之外，便是他對鄉試最為瞭解的，因為說不定下回鄉試的時候，他也要下場了。

謝清溪又問。「我還聽說考試的人得自己做飯？那多浪費時間啊！」她這會兒有點像是想到什麼一般，轉頭問蕭氏。「娘，妳說大哥哥會做飯嗎？」

蕭氏出身侯府，家裡的兄弟多是走的蔭生的路子，極少有人會在科舉上頭下功夫。可謝家不同，謝家本就是走文官清貴路線，以科舉起家，若是家中後代無出息的子弟，只怕過了

一、兩代便會衰落。謝樹元雖是探花郎，可是她和謝樹元成婚的時候，他就已經是探花了，因此她壓根兒就不知這考試裡頭的彎彎道道。

謝清溪見蕭氏臉色有點不好，立即便不再說話了。

待到了第二日，秋水就同她說，太太昨兒個夜裡在佛像面前跪了半夜，嘴裡唸唸有詞的呢！謝清溪見這情況嚴重了，就更不敢在蕭氏面前亂說話了。

好在謝清駿是在京城考試，所以鄉試這幾日，謝家倒是挺平靜的。可是這等待錄取結果的時候，連謝清溪都能感覺到她娘身上的浮躁。就連謝樹元都忍不住勸慰她娘，謝清駿今年才十六歲，年紀還小，此番下場也不過是讓他練練手罷了。

然而一直到蘇州府的張榜告示出來時，蕭氏的心都沒放下來。

謝清溪倒是挺好奇誰是蘇州府的解元，雖然她出不了門，可是這府上總有下人在外頭來往，待蘇州府告示貼出來之後，不過半日的時間，大家便知道蘇州府今年的頭名解元，是一位年僅二十的學子。

這二十歲在古代科舉考試中有多年輕，可以從同場考試的人當中看出來。今年光是超過四十歲還在考鄉試的都有幾十人之多，聽說還有個五十幾歲的考生呢！

反正古代科舉在年齡上是不設限制的，但凡你有能力參加考試，甭管你幾歲，只要你文章做的好，我就敢錄取你。

然後沒過幾天，謝清溪就知道主考官有多敢了。

謝清駿得了直隸解元，十六歲的解元！

這消息傳到謝府的時候，謝清溪正在蕭氏身邊，她看見蕭氏站起來的那瞬間，腿險些都軟了一下。

蕭氏高興地道：「好，實在是好！」她雙手合十，虔誠地唸叨了幾句。「感謝佛祖保佑、老天爺保佑、祖宗保佑……」

謝清溪：「……」

然後她娘大手一揮，整個謝府的下人都多發了兩個月俸銀。於是這會兒大家都高興了，並且格外真心實意地感謝這位遠在京城的大少爺。

京城那邊一發榜後，京城謝府便派人快馬加鞭地往這邊報喜訊，但這蘇州府也不是只有謝家一家有人在京城，有些消息靈通的官員，沒過兩日也得知了蘇州布政使謝樹元的長公子成了直隸解元一事。

因京城隸屬直隸，而直隸又是在天子腳下，所以成了直隸解元的直接好處就是——比其他省的解元更有機會問鼎狀元。

不過京城但凡瞧過這位大少爺的人，都不由得搖了搖頭，小夥子長得實在太俊俏了。

雖說謝清駿不在蘇州，可還是有不少人往蘇州謝府送禮，恭賀大公子桂榜折冠。

偏偏蕭氏在乍喜之後，就陷入一種極度的悲傷之中。自打她出京之後，竟是再也沒見過謝清駿，當初她離開京城的時候，他才那麼大點，如今竟已經成了一省解元了。蕭氏甚至想著，若是清駿再見到自己，可還認得母親？

謝清溪也被她娘這種忽喜忽悲的情緒感染了，不過她覺得自己更悲劇，因為她可是從來都沒有見過自己這個學神大哥哥啊！當年謝樹元十九歲考取直隸解元時，就被誇得天上地下僅有的，如今她這個親哥哥比他爹當年考上的年紀還要小，任誰聽了都要誇一聲「謝家男兒驚才絕豔」啊！

因著大哥哥這事，謝清溪總覺得她娘都變得有點不像她娘了。於是她總是戰戰兢兢的，只怕她娘不在沈默中爆發，就是在沈默中瘋狂。

結果，蕭氏爆發了。

這日，已經到了晚膳時候，蕭氏正帶著謝清溪兄妹三人等著謝樹元回來吃飯，可還沒等到謝樹元，卻是聽到門房上來人，稟報門口來了一戶人家，說是從京城來的舅老爺。

蕭氏聽了，險些激動地昏過去，急忙扶著丫鬟的手就要過去。

謝清溪和謝清湛也激動啊！想想看，這京城來的舅老爺，可不就是他們倆的舅舅嘛！作為謝家在蘇州所出的兩枚碩果，他們居然神奇地到現在都沒見過自己的爺爺奶奶、外公外婆等各種親戚。於是，兩人也顛顛地跟在蕭氏後面，生怕錯過了和自己親舅舅相認的感人時機！

就在蕭氏他們往前頭去的時候，那家人也被領了進來。

因為謝樹元剛巧回來，兩廂正好碰上了，於是就將人領了進來。

待蕭氏剛到，就瞧見前面來了一大群人，身著一身官袍的自然是她家老爺了，可是這旁邊陪著他說話的是？蕭氏以為自個兒的眼睛看錯了，又仔細地瞧了一眼後，臉色立刻從喜悅變成面無表情。

謝清溪見她娘站住了，也就跟著站在原地，等著她爹領著她舅舅過來，可……她怎麼瞧著這個舅舅有些猥瑣呢？她瞧了幾眼，又小心地覷了蕭氏一眼，愣是沒敢開口詢問。

謝樹元這會兒也剛好看見夫人領著孩子們出來，他有些詫異，還沒等他開口呢，旁邊那個穿著灰色錦袍的男子已拱手上前。

「竟是煩勞嫂子出來迎接，秉生實在是慚愧！」

「江大老爺客氣了。」蕭氏硬邦邦地說道。

謝清溪一臉無知地看著她娘。咦？她舅舅不是應該姓蕭嗎？怎麼變成姓江了？等等，這府裡倒是有個姓江的……就在謝清溪一臉無語地轉頭盯著對面的人時，就聽旁邊的蕭氏又開口了。

「江大老爺這聲嫂子只怕是喊錯了吧？」

打臉，好打臉！

此話一出，別說是江秉生臉上露出尷尬之色了，就連謝樹元都略怔了下。

謝樹元豈會不知蕭氏心中的想法？但如今人都來了，難不成再將人攆出去不成？於是他便開口道：「夫人，秉生一家剛從碼頭過來，舟車勞頓頗為辛苦，還煩勞夫人收拾個小院子出來，讓他們一家稍作歇息。」

謝清溪一見她爹又開始和稀泥了，急得就要跳腳。讓這個江家住進來算是個什麼事？這簡直就是在明晃晃地打她娘親的臉啊！身為護娘寶的謝清溪就要衝出去，卻被身後的朱砂一把拉住。

姑娘年紀小，便是說錯了話也不要緊，只是夫人可是給她們這些伺候姑娘的丫鬟們下了命令，定要好生看顧小姐，如今這等情況，小姐若是輕易開口，只怕老爺和夫人都會責罰她的吧？

蕭氏雖說平日待謝樹元至敬，可是這夫妻相處之道，本就是你來我往的，你若敬我一尺，我便還你一丈。她也知道謝樹元心中的想法，無非是覺得這畢竟是親舅舅家人，又是嫡親的表弟，自然不能薄待。可是江家當年將江姨娘送進府裡，就是明晃晃地打了她的臉，要是這種時候她還冷眼旁觀，只怕日後這姓江的在府裡頭還就真成了正頭的親戚了！

她沒再看謝樹元和對面的江家人，而是對旁邊的秋水說道：「妳找兩個小子，將先前門房上過來通傳的人給我帶過來。」

秋水得了令，便急急地過去找人將人帶過來。

沒過一會兒，那門房上的小子就被拖到蕭氏面前，見這邊氣氛嚴肅，他嚇得都沒站住就直接跪下了。

蕭氏原本就氣質高貴，如今再寒著一張臉，便顯得越發的冷冽。

其實謝清溪一直覺得她娘適合走高貴冷豔的路線，雖然八面玲瓏她也玩得很好，但是她高貴起來那氣勢實在太嚇人。

「先前便是你說的京城舅家來人了？」

蕭氏雖只是簡單問話，可是連謝清溪聽了都不禁背後一涼。

那小子原本就還算是個機靈的，不然也不會在門房上當差，古有言，宰相門前七品官，雖然謝樹元不是宰相，不過他在蘇州府這地界那也是一把手。這小子收了江秉生的十兩銀錠子，喜得眉開眼笑，豈有不幫他往裡頭通傳的道理？雖說江姨娘和太太不對盤，可這江家到底是老太太的外家，太太怎麼都得給幾分薄面吧？

誰知蕭氏不僅不想給幾分薄面，她還想撕了你臉上的那層面皮呢！

江秉生連著他身邊站著的江家大夫人一聽蕭氏問這話，臉上盡是尷尬之情。

這主意還就是江大太太邱氏想出來的，她知道蕭氏痛恨江家，恨不得一輩子不同他們來往，可是他們既然都到了蘇州來投靠表哥了，總不能連門都進不去吧？於是她就讓江秉生給那門房上的小子一錠銀子，讓他到裡頭去通稟，說是「京城舅家」來人了，蕭氏定會以為是蕭家來人，待派人接了他們進去之後，就算發現貨不對板，難不成還能將他們轟出來不成？

她若是敢這麼做，老太太都不會讓的。

門房的小子低低「喏」了一聲。

蕭氏冷哼了一聲，道：「你平日裡就是這般同主子說話的？」

「太太饒命啊！實在是小子貪財，收了江老爺的十兩銀錠子，這才聽了他的話，往裡頭傳話說是京城舅家來人的！」蕭氏待下人雖寬厚，但也是賞罰分明的主子，即便是那些腰桿子再硬的積年老僕人，若是犯了錯都得領罰，如今當著這麼多人的面，他如何敢撒謊？都還沒審問呢，這話就一股腦兒地全都倒了出來。

謝清溪崇拜地看著她娘，再望著對面的江家人，哎喲，這臉打的喔，真是啪啪啪響呢！

蕭氏見狀倒也乾脆，直接就吩咐道：「念你是初犯，又是旁人教唆的，這次便只讓你領了板子，若是再敢有下次，直接發賣了。」

這小子見自己居然能逃過一劫，簡直就是謝天謝地，旁邊兩人將他拖下去領板子的時候，他都有些感恩戴德了。只要能留在府上伺候，便是再打幾板子，他也是甘願的！

只是他不知道的是，這一頓板子打下去之後，管事的就來說了——太太吩咐了，他這貪財的性子實在是不適合在門房上待下去，所以給他換了個地方當值！

這能在門房上當值的，都是家裡在府上有些臉面的，這小子的爹娘都是府裡頭有臉面的管事，如今竟因為江家的事情落了這麼個下場，登時恨死了江家。

此時，蕭氏朝謝樹元略福了福身子，說道：「妾身治家不嚴，倒是讓外人看了笑話，還請老爺責罰。」

謝樹元的臉色有些難看，他豈會看不出蕭氏是存心發作？可是這麼多人在場，他自然不可能責罰蕭氏，更何況，他這個表弟行事真的是越發上不得檯面了！

前頭這般熱鬧，後院自然也是得了消息。江姨娘在自個兒的院子裡頭，一聽自己哥哥家竟是到了府裡，急急從榻上穿了鞋子就下來了，讓丫鬟略整理了衣裳之後，便帶著兩個姑娘過來了。

謝明嵐雖說早就見過舅舅，不過這一世她倒是頭一回見。只是在她的印象之中，舅舅並不曾到蘇州來啊，如今這是怎麼了？不過因著這幾年發生了好些前一世都沒發生過的事情，所以謝明嵐便隱約明白，只怕自己重生的這一回不可能同上一世一模一樣了。

謝清溪正等著蕭氏繼續打臉的時候，就聞到一陣香風逼近，待她回頭，就看見江姨娘帶著謝明芳姊妹和一干丫鬟浩浩蕩蕩地過來了。

這還沒到跟前呢，江姨娘眼眶裡的淚水就要落下，口中淒淒地喊道：「哥哥……」

江秉生也是許久未見到自己這個妹妹，如今在臉都被打腫的情況下突然看見江姨娘，自然是感動又感激。

江姨娘走到江秉生的面前，那眼淚似落非落，這一家團圓的場景看著可真是好不感動。

此時江秉生適時地問了一句。「妹妹，這些年還好嗎？」

便是這句話，猶如開關一般，讓江姨娘那一直未落下的眼淚不停地往下落。

謝清溪在旁邊看得是目瞪口呆，所以江姨娘是在當眾表示她在這裡過得很不好嘍？

「妹妹，可別哭壞了眼睛。」因著謝樹元在一旁，江秉生不好安慰，此時邱氏便立即出言道。

江姨娘用隨身帶著的帕子略擦了擦眼淚，可那淚珠卻怎麼都落不盡，她帶著哭腔解釋道：「我許久未見到哥哥和嫂子，一時歡喜極了，倒是忘了形。哥哥是從京城來的吧？不知姑母如今身子如何？還有爹娘可都安好？」江姨娘偷覷了謝樹元一眼，有些小心翼翼地問道。

謝清溪聽了這句話，都得給江姨娘鼓掌了！瞧瞧人家這智慧，便是到了這等時候，都沒忘記耍心眼，她先是問了姑母，才又問自己的爹娘，這親疏遠近倒也分得清楚。

江秉生呵呵笑了下，寬慰道：「姑母身子是極好的，爹娘的身子也還硬朗，只是娘時常掛念著妳。」

旁邊一直沒說話的謝明嵐，先是看了謝樹元一眼，然後又悄悄看了眼蕭氏。按理說，若是尋常親戚到府上，這會兒該是被請到正房裡頭說話的，可偏偏蕭氏沒動，爹爹也沒動。比起懵懵懂懂的謝明芳，謝明嵐自然知道蕭氏有多厭惡江家，可這到底是自己的舅家，於是她便抬頭，一臉天真地問江秉生。「舅舅都來了這麼久，怎麼不到裡頭坐著說話？」

待這會兒，江姨娘才狀似回過神一般，衝著蕭氏福了福身子，歉然地說道：「還請太太恕罪，妾一時見了親人，倒是忘了形。」

「是啊，有什麼話倒是先放下東西再說，如今站在這裡像什麼話？」謝樹元看了蕭氏一眼，說道。

蕭氏便知，今日這江家是定要住進來的了。其實就算是普通姨娘若有親戚上門，她也不好將人打出去的。不過既然他們敢住進來，她就敢收拾了。

於是蕭氏也抬頭看著謝樹元，此時她臉上又重新掛上了客氣的笑容，只是眼裡頭卻是沒有一點笑意。「這倒也是，雖說只是江姨娘的親戚過來，咱們倒也不能沒了待客之禮。」

以前謝清溪雖也厭惡江姨娘，卻從來沒覺得她比其他姨娘高貴到哪裡去，可如今這差距還是顯露了出來。若是方姨娘和朱姨娘的家人進府，別說謝樹元不會搭理他們，若是蕭氏不想見，也就只管打發了他們去見姨娘便是。可是，這江家人竟是能登堂入室。

「因為來得突然，所以這會兒倒也不好收拾，好在東邊的東院倒還好，只略收拾了些就能住人了。」蕭氏微微笑著說道。

謝清溪聽了這話，便是抿嘴一笑。

倒是謝明芳聽了後，開口問道：「東院和南院不都是下人住的地方嗎？」

不怕神一樣的對手，就怕豬一樣的隊友。感謝明芳小隊友，將蕭氏要表達的意思在眾人面前明明白白地說了出來。

是的，你們江家只是姨娘的親戚，在我們謝府也就只配住下人住的地方。

蕭氏可沒搭理她，要是江姨娘或者誰敢提一句話，她就敢將人轟出府去！反正外頭的客棧多著呢，頂多這住客棧的銀子她出便是！

結果，謝明嵐拉著謝明芳的袖子，示意她不要說話後，就連江姨娘都只敢眼巴巴地瞧著謝樹元。

謝樹元能讓江家住進來，就已經是拂了蕭氏的面子，他素來尊敬這個妻子，如今這已經是他能為江秉生一家爭取到的最大程度的待遇了，於是他笑著說道：「那就麻煩夫人將這地方收拾出來，讓他們趕緊住進去，這舟車勞頓倒也辛苦了。」

「老爺說笑了，這點小事讓下人去做便是了。」蕭氏說罷便轉身，不過剛轉過身又掉頭問謝樹元。「老爺想來還沒用過晚膳吧？溪姊兒早就叫餓了，我這便先帶她回去吃飯了。」

謝樹元今天本就得罪了老婆，這會兒見蕭氏臉都沈了下來，他便吩咐了旁邊的小廝道：「你帶著江老爺去東院，再讓人趕緊備些熱水和飯菜。」接著又看了江秉生一眼。「今日你們便好生歇息，有什麼話日後再說。」說完便跟著蕭氏母子四人走了。

一直跟在父母身後的幾位江家少爺、小姐見狀，都是面面相覷。想當初他們在京城，出入謝府時，下人都是恭恭敬敬的，怎麼到了這裡卻只能住下人院子了？

江秉生唯一的兒子江伯年此時哇地哭了起來，大聲說：「爹，我不要住下人院子，我不要住！」

冷姨娘見狀，趕緊上前就要捂住兒子的嘴。

可是江秉生就這一個寶貝兒子，平日在家都極為溺愛，如今也養成了唯我獨尊的性子，這會兒推開他姨娘的手，一直哭嚎。「爹，你不是說來這兒就能住大房子？我不要住下人院子，我不要！」

邱氏自己沒生出兒子，本就看他不順眼，此時便指著旁邊的丫鬟說：「還不捂住這孽障的嘴！在這裡吵吵嚷嚷的，成何體統！」

冷姨娘原本還勸著兒子消停會兒呢，一見夫人要收拾自己的兒子，立刻便看著江秉生說道：「老爺，年哥兒雖說是不懂事，可到底是你唯一的兒子，也是咱們江家的少爺，如今不過是不願住這下人房，便要被人喊打喊殺？」

謝明芳是頭一回見自己的親舅舅家，可還沒親親熱熱地相認呢，就瞧見這一幕。雖說她平日裡頭也愛使些小性子、和姊姊妹妹為了點小事爭執，可謝家到底是大戶人家，像這樣當眾不管不顧的，連她都震驚了。

倒是謝明嵐因著前一世就知道自己舅家這爛泥一樣的情況，此時倒也不詫異，只是對江姨娘說：「姨娘，舅舅一家從京城遠道而來，如今也累了，不如便讓舅舅同舅母先回去梳洗歇息一會兒，有什麼事情，咱們待吃過飯再說。」

等江秉生哄好了兒子後，便讓小廝領著自己往東院去了。

江姨娘讓自己身邊的大丫鬟春碧跟了過去，若是缺了差了什麼東西，就去正院同太太說一聲。

「太太怎麼能讓舅舅家住下人院裡頭呢？」回了江姨娘的院子，謝明芳便止不住地抱怨。原本舅家不在身邊的時候，倒還想著若是自己舅舅在，不說比得上謝清溪，最起碼也壓得過謝明貞了吧？誰不知道方姨娘是婢女出身，謝明貞的舅舅如今還是個奴才身分呢！

可誰知，她如今居然有個住下人房的舅舅了！明日去了學堂，真是丟也丟死人了！

謝明嵐疑惑地同江姨娘說：「舅舅在京城待得好好的，怎麼就突然到了蘇州來？而且連個名帖都沒投，竟是直接找上門了。」

江姨娘豈會不知道江家這事做的確實有些失禮？可她還是替自家哥哥辯解道：「妳不是也聽說了，妳舅舅同舅母是剛下了船，如今這外頭天都要黑了，他們這會子趕到，又哪有工夫遞什麼名帖？」

「就算是這樣，那找間客棧住下便是了，待明日遞了名帖過來，爹爹知道了，還不是會請他們到府上？」謝明嵐說道。

江姨娘微微嘆了一口氣。兄長和嫂子的用意，她豈會不知？無非是怕若是先在客棧住下來了，再想住進府裡頭，只怕是難了。可這樣的事情，她也不好和兩個姑娘細說。

院子裡頭，平日素來負責去廚房拿膳食的丫鬟，從廚房裡頭提了晚膳回來後，幾個貼身伺候的丫鬟便伺候著姨娘和姑娘吃飯，而這小丫鬟出了門後，就在外頭和交好的姊妹竊竊私語起來。

「我方才去廚房裡頭拿膳，徐嬤嬤一聽說又有十幾人要吃飯，氣得在那裡罵廚娘呢！」

「聽說是咱們姨娘的親哥哥來了？」這小丫鬟是在院子裡灑掃的，因著剛才一直待在院子裡頭，還不知道外面的風聲。

提膳的丫鬟翻了下白眼，略壓了低聲音說。「這會兒被太太安排住進了下人房呢，咱們姨娘這臉面可真是丟盡了！」

此時春碧正巧從外頭進來，看見這兩個小丫鬟湊在一起低低地說話，便知她們定是又在嚼什麼舌根，她白了兩人一眼後，便立刻進去，將東院的事情同江姨娘說了。

江姨娘聞言，氣得險些連碗筷都要摔了，她白著臉急問道：「怎麼就沒有錦被了？這棉被像什麼話？便是住在下人院裡頭，也不該這般苛刻吧？我這就去找太太！」江姨娘放下碗筷，就要起身。

謝明嵐見狀，趕緊將她拉住，對身邊的丫鬟說道：「妳們都先下去，就春碧留下吧。」

這裡頭伺候的都是二等的丫鬟，雖說也是近身伺候主子的，可到底不如大丫鬟們得主子的信任。待人都下去後，謝明嵐就低低地問江姨娘。「姨娘過去了打算怎麼和太太說？說太太苛待舅舅？還是說太太不仁厚？」

江姨娘能在蕭氏手底下這麼平安無事，自然也是明白蕭氏的底線在何處，她啟了啟唇，動了半天都沒個說法。

「太太都已經讓舅舅一家去住下人房了，連爹爹都沒說話，如今便是姨娘去了，又能怎麼樣？不過就是幾條錦被罷了，姨娘這裡又不是拿不出來，只管讓人送給舅舅便是了。」

「舅舅、舅舅，妳叫得倒是順嘴！」謝明芳在一旁奚落。素來只有謝明嵐教訓她的分，如今逮著這樣的機會，她立刻便道：「咱們正經的舅家可是永安侯府，若是讓太太聽見了，掌妳的嘴都是該的！」

「好了，都什麼時候了，妳還有心情和妹妹鬥嘴？真是太不懂事了！」雖說姑娘家是嬌客，可是這時候連江姨娘都忍不住對謝明芳發火。

謝明芳氣得直嘟嘴，將碗筷摔下後，便起身摔門走了。

「妳瞧瞧她，如今竟是一點都說不得了！」江姨娘見狀，雖心裡頭後悔，可還是指著她同謝明嵐說道。

謝明嵐趕緊安慰道：「姊姊年紀還小，姨娘多擔待些便是。」

「她若有妳一半的懂事，我便知足了。」

江姨娘又命人趕緊將自個兒院子裡頭的錦被找了出來，送去了東院。

江家有好幾個主子，這鋪的、蓋的顯然還是不足。邱氏還要讓人去江姨娘處再說一聲，江秉生只覺得太過麻煩，生怕給妹妹惹了事情，於是便說了，錦被給夫人和少爺蓋，幾位小姐講究一晚棉被便是。

邱氏這性子豈是好相與的？一聽自個兒的女兒竟是要用下人才用的東西，當即便要翻臉，這吵吵嚷嚷的，直鬧了許久才睡覺。

昨晚謝樹元在蕭氏處，又是溫情款款、又是甜言蜜語的，許久才將蕭氏哄得略開懷了些，所以這日早上，謝清溪過來請安的時候，蕭氏的臉色並沒有她想的那麼難看。

幾位姑娘如今年紀都大了，這日日過來請安便是免不了的。

往日蕭氏只留了她們吃過飯後，便讓人送她們去春暉園上學。

方姨娘的身子已經好了，今兒個便過來給蕭氏請安。

等幾個姑娘都到了後，江姨娘的丫鬟才來了，進來便同蕭氏稟告道：「姨娘昨兒個夜裡略著了風，如今身子不適，躺在床上下不來呢！」

「既然這樣，妳便回去好生伺候江姨娘吧。」蕭氏點了點頭，也未多說。

朱姨娘和方姨娘都看了蕭氏幾眼。這江姨娘家的娘家哥哥從京城裡過來了，誰都是知道的，至於這一家子被太太安排在下人院裡頭住，自然也是大家都知曉的。結果這才隔日，江姨娘就不來請安了，顯然這是她在同太太打擂臺呢！

兩位姨娘心裡雖各有想法，可都等著聽太太發落她呢，誰知蕭氏就這麼輕輕一帶過，倒是讓兩人都有些失望。

謝明嵐一見春碧過來，心裡頭便有些著急，看來昨晚她勸姨娘的那些話，竟是都不得數的。太太剛落了江家的面子，姨娘就不來請安，這不是明擺著要和蕭氏打擂臺嘛！

好在蕭氏並未發作，還是留了幾個姑娘吃飯，兩位姨娘在旁邊伺候著。

待這早膳撤下了後，幾位姑娘正準備走時，便看見秋晴從外頭進來，對蕭氏道——

「太太，這濟仁堂的周大夫過來了，就等在外頭呢！」

「江姨娘既然病了，倒也不好不請大夫。既然大家都在，便隨我一起去瞧瞧江姨娘吧。」蕭氏淡淡吩咐道。

這會兒別說謝明嵐要跳腳，就連謝明芳臉上都露出了急色。姨娘三天兩頭託病不給太太請安，這說的不過都是託詞罷了，就連謝明芳都知道姨娘那是裝病呢！

待蕭氏領著姑娘和姨娘們浩浩蕩蕩地到達時，江姨娘已經被丫鬟伺候著躺在床上了。這周大夫早已經頭髮花白，正因為他年紀長又有婦疾聖手之稱，因此蘇州城官宦家的女眷都愛找他看病。

蕭氏端坐在江姨娘的床榻對面，而幾個姑娘站在一邊，兩個姨娘站在另一邊，眾人都眼睛不眨地盯著周大夫替江姨娘把脈。

蕭氏問道：「周大夫，不知江姨娘可有風寒之症？」

這周大夫多給官宦家眷看病，平日也常出入後宅之中，豈有不知這些妻妾之間的齷齪爭鬥？如今這位謝夫人這麼浩浩蕩蕩地帶人過來……他略想了下，便撫著下巴的白鬍子，說：「這位姨娘身子康健，並沒有什麼風寒之症。」

「喔？」蕭氏驚訝地道了一聲，緊接著她便臉色一冷，衝著站在江姨娘床頭的春碧說道：「妳方才不是去回稟，說姨娘感染了風寒，如今正身子不適嗎？好大的狗膽，竟是敢背著主子胡說八道！姨娘明明身子康健，妳這奴才竟敢胡亂咒主子！」蕭氏冷厲地看了春碧一眼。

還躺在床上的江姨娘正要幫春碧說話，可看了蕭氏的臉色後，竟是一句話都說不出。

蕭氏指著春碧說：「來人啊，將這奴才拖下去，讓管事的掌嘴四十，看她日後還敢不敢亂咒主子！」

蕭氏既然是來找江姨娘麻煩的，又豈會不帶足了人？此時正在外頭等著的婆子，一下子就衝了進來，將春碧掩住了嘴就拖了下去。

結果沒過一會兒，在內室的人就聽見外頭甩巴掌的聲音。剛開始春碧還被堵住嘴，待幾個巴掌打了下去，連嘴角都打破了，婆子便將堵嘴的布條扯了開，春碧苦苦哀嚎的聲音便傳了進來。

連謝清溪這樣大膽子的聽著都有些瘆人，她轉臉看了身邊的兩位姊姊，只見謝明芳的身子都在微微顫抖，謝明嵐倒是好些，不過因為自己站得近，因此能清楚看見她的臉頰微微在抽動，只怕是在死死咬著牙關呢！

謝明貞則如同沒聽見一般，反正打的又不是她的奴才。

倒是兩個姨娘都露出了錯愕之情，她們倒是沒想到蕭氏一出手就這樣的狠。

此時屋子裡頭猶如死一般的寂靜。

「這春碧實在是個不規矩的，我這次代妳打發了，明兒個便再送個好的過來給妳使吧。」蕭氏隔著屏風，淡淡地對江姨娘說。

江姨娘在屏風裡頭，聽著外面的春碧竟是漸漸沒了聲音，身子猶如篩子般抖了起來，過了許久才上下牙打顫著說道：「妾身謝太太賞賜……」

「既然這春碧是個不老實的，想來春蘭也好不到哪兒去，便一併將兩人都發賣了出去吧，回頭我讓沈嬤嬤給妳挑兩個老實的丫鬟過來。沈嬤嬤在侯府的時候就會調教丫鬟，她看人最準了。」蕭氏說這話的時候聲音無比溫柔，倒好像真的在為她考慮一般。

沈嬤嬤是什麼樣的人，府裡誰都知道，就連謝明嵐見著這位老嬤嬤都犯怵，如今再要了她的人在身邊……喲，謝清溪只覺得她娘真是不出手則已，一出手便是雷霆手段啊！

這頭處理完了，蕭氏便領著姑娘們離開了。待出了院子之後，便對她們說：「倒是誤了妳們上課的時辰，不過我已經遣人同先生說過了，倒也不會責罰妳們的。」

於是，她又溫柔地親自送四個姑娘去了春暉園。

謝清溪走在蕭氏旁邊的時候，總感覺她二姊有意無意地拉開自己與蕭氏之間的距離。

雖蕭氏只說換兩個大丫鬟，可真等換人的時候，她又說院子裡的小丫鬟年紀都太小，不如一併都換了。於是汀蘭院裡的丫鬟被換了個七七八八，現如今這江姨娘在自個兒的屋裡頭，就連說一句話都要斟酌斟酌再斟酌了。

江姨娘被收拾了一頓後，連帶著江家都安生了不少，可是謝清溪總覺得這事還沒完，不過她現在已經不會用正常的思維去想她娘了。

過了兩天，蕭氏便帶著謝清溪還願去了。謝清駿這回中了頭名的解元，蕭氏將先前去拜過的幾家廟又都去了一回。這回在她們離開的時候，連廟裡的方丈都親自送了出來，可見蕭氏這還願的香油錢實在是可觀。不過因為謝清駿遠在京城，蕭氏這慈母之心也只能用銀子來寄託了。

連著幾日去了幾間廟裡，這日總算是去最後一家廟還願完了。

蕭氏連著幾日奔波，也十分疲倦。

待謝家馬車到了謝府偏門時，因著謝清溪坐得略靠前些，丫鬟們便扶著她先下來。她下車後，一偏頭便看見有兩個人站在不遠處，其中那個穿著青布衫的小廝牽著馬，而那個長身玉立的少年穿著一身銀白錦袍，正朝這邊看過來。

那少年瞧著只有十六、七的模樣，可氣質高華，竟是讓人看了一眼便挪不開眼睛，而他嘴角那淺淺的笑容更是讓人忍不住沈溺其中。

這俊美少年的身上有著一種溫潤的氣質，雖身上著的不過是普通的杭綢，可是那悠然自得的神態，彷彿他此時並不是站在別人家門口似的。

謝清溪不禁在心中想起一句話：陌上人如玉，公子世無雙。

謝清溪忍不住走近他，而那少年也走了過來。她抬頭看著他俊美卻又有些熟悉的面孔，問道：「小哥哥，你是誰啊？」

「那小妹妹，妳又是何人？」那少年的聲音有如清泠的泉水聲，別樣的動聽。

謝清溪感慨老天爺果然是不公平的，在給了他一張俊美的臉後，又賦予他這樣高華的氣質，現在居然連聲音都這般動人。

「喔，我是這家的孩子。」謝清溪指了指旁邊的謝府說道。

此時丫鬟正忙著伺候蕭氏下來，待回頭時，見自家小姐竟同一個陌生少年在說話，嚇得趕緊跑過來要帶她離開。

少年微微彎著腰，用如玉雕般的手指尖輕輕刮了下謝清溪的鼻尖。「那可真巧，我也是這家的孩子。」

咦？賈寶玉是天上掉下個林妹妹，她這是天上掉下個大哥哥？

蕭氏此時已從馬車上下來，她一偏頭就看見謝清溪仰著頭正和一個十六、七歲的少年在說話。她這個小女兒處處都是好的，唯一不好的就是太喜歡玩樂，沒一點姑娘家的嫻靜溫雅。

可當那個俊美的少年抬頭衝著她笑時，蕭氏的淚水一瞬間就落了下來。

即便多年未見，即便她離開時他還只是個孩童，即便如今長得這般挺拔俊美，可她還是一眼便認出了，這是她的駿兒，她此生最大的愧疚！

謝清駿快步走過來。「母親。」

蕭氏身邊站著的丫鬟見少年突然靠近，一時都還沒反應過來，待要上前攔著時，就聽見這少年口中的稱呼，頓時愣在原地。

蕭氏的唇瓣顫了顫，半晌才哭著喊道：「清駿！」

謝清溪站在後面，一臉驚訝，原來真的是她的大哥哥啊！

「兒子給母親請安了。」待眾人回了正院之後，蕭氏被丫鬟扶著坐在東廂房的榻上，謝清駿便一撩衣袍跪了下來。

謝清溪才被他撩衣袍的動作帥了一把時，就見謝清駿鄭重地磕了三個頭，那額頭碰到地磚上的聲音都咚咚直響，可把她心疼的。

當然，蕭氏比她還要心疼。這麼多年沒見的兒子，突然就出現在面前，她沒歡喜得昏過去，已經是為了要多看兒子幾眼，如今見謝清駿給她磕頭，她立即就站起來扶住他。

蕭氏拉著他的手坐在榻上，打量了半天。「長高了，也變得更加好看了，就是太瘦了些。」若是謝清懋和謝清湛的話，蕭氏自然不會當面誇他們，可是謝清駿，她怎麼看都覺得她的兒子竟是長成這樣的少年，果真上天待她不薄啊！

「大哥哥，你吃過飯了嗎？」作為吃貨，謝清溪想了半天關心的話，結果就憋出了這句。

謝清駿轉頭看著謝清溪，衝她微微一笑。

就是這清淺淡然的一笑，竟是讓謝清溪看呆了。為何偏偏是哥哥嘛……謝清溪終於在心底生出了這種大逆不道的念頭。

蕭氏也趕緊說道：「瞧我，竟是歡喜糊塗了！駿兒，你可餓了？」

還沒等謝清駿回答，蕭氏便一連串地吩咐道：「趕緊去提些熱水過來，待會兒讓大少爺洗漱，這一路上風塵僕僕的。秋菊，妳去讓廚房立刻做些小菜來，順便看看今兒個劉婆子當不當值，若是當值的話，就讓她做碗麵過來，要清淡的，駿兒不喜歡吃辣。喔對了，妳從廚房回來的時候先帶幾盤點心過來，我瞧著前兒個吃的玫瑰奶包就挺好的。」

謝府這幾年也不是沒宴過客，不管再大的場面，她娘都能臨危不亂，調配得當，可是今天不過張羅大哥哥一個人的事情，竟是這般的慌亂，可見這人啊，總是關心則亂。

謝清駿拉著蕭氏的手，嘴角含著笑說道：「娘，別讓她們忙活了。兒子不餓，就是想和娘說說話。」

就是這麼一句話，蕭氏立刻就安靜下來了，看著謝清駿的時候，眼淚又盈滿眼眶。

謝清溪在一旁看得都呆了，她以為謝清湛有婦女之友的天賦，上至八十、下到三歲的女性生物就沒他搞不定的，可是這會兒，就這麼簡單的一句話，竟就能讓她娘這樣見過大場面的人都潸然淚下。牛！謝清溪佩服的是五體投地啊！

這會兒蕭氏才想起來問。「你怎麼突然到蘇州來了？先前京城來人給咱們報喜訊的時候，也沒說過你要過來啊！」

「兒子考完試就過來了，一路上走走停停，竟是有些遲了。」

謝清駿說得不在意，可是蕭氏和謝清溪都聽出了他話裡的意思。

蕭氏心頭一驚，有些遲疑地問：「你過來竟是沒稟告你祖父？」

「娘說的是什麼話？兒子有修書一封給祖父，向他老人家說了要來蘇州一事。」謝清駿淡然說道。

謝清溪的嘴巴忍不住張成一個圈，所以……她大哥哥這是離家出走，千里尋母來了？

「湛兒和溪兒都這般大了，兒子作為他們的親哥哥，居然連面都未見過。先前一心讀書，可是如今才發現，竟是連在父母跟前盡孝都未做到，倒是辜負了這聖賢書。」謝清駿俊雅的臉上露出淡淡的悔恨。

如果說謝清溪剛剛還只是覺得她大哥哥很牛，現在簡直是恨不得給他跪下了！明明是離家出走來著，可是聽聽人家說的這話，竟是句句在理，字字感人肺腑！這不，蕭氏臉上原有的驚訝都沒了，只留下感動。雖然說來看自己和謝清湛未免有藉口之嫌，可是謝清溪怎麼就覺得心裡頭那麼高興呢？

「可這樣到底讓祖父和祖母擔心啊！」蕭氏握著他的手，有些嗔怪道，可是旋即又說：「不過好在你也平安到了蘇州，待你爹回來了，我就讓他修書去京城，免得讓兩位老人家擔心。」說著又吩咐起丫鬟道：「妳們快些去前頭看看，若是二少爺和六少爺回來了，趕緊讓他們過來。」蕭氏歡喜得恨不得立即就讓全家相見！這會兒蕭氏總算想起來了，還有個小女兒就在旁邊，她忙招手讓謝清溪過去，笑著說道：「溪兒，這便是妳大哥哥了！妳往常不是總纏著二哥哥問大哥哥是個什麼樣的人嗎？如今瞧見大哥哥了，可高興？」

哎喲我的親娘啊，妳說得這麼直白，讓我怎麼好意思？不過謝清溪還是高興地叫了聲「大哥哥」。

謝清駿從懷中掏出了個東西，說道：「這是我親自刻的，雖說簡陋了些，但還望妹妹不嫌棄。」

謝清溪突然就後悔了，蕭氏讓她好生練女紅的時候，她都推三阻四的，一會兒說眼睛累壞了，一會說手扎得疼了，以至於現如今竟然連個拿得出手的荷包都沒有，她悔啊！不過該收的東西，謝清溪還是不手軟的。要說珠寶首飾這樣的好東西，她真是見多了，如今這可是她大哥哥親手給她刻的呢！

等謝清溪拿到手才發現，這東西可不比她的珠寶首飾便宜。謝清駿給她的是一個荷包，裡面裝著一塊四四方方的長條形石頭，潔淨如玉，而通體翠綠猶如艾葉初生。這石頭拿在手上，石細如嬰兒的肌膚，石上的紋理在光亮之下竟是呈半透明狀。

蕭氏素來是見多識廣的，雖說她沒有印章，可是謝樹元極喜歡印章，還會親自篆刻，因此她一瞧便知，這是壽山石中的頂級艾葉綠！當今篆刻大師皆推崇艾葉綠，認為它乃是石中第一。

謝清溪見這石頭實在是漂亮，拿著便是愛不釋手，待她仔細看這刻章時，才發現這長條狀的石頭裡竟是藏著點點銀色金屬，猶如繁星閃爍在星空中。

她又盯著底部的字看了半晌，才驚喜地說：「是我的名字唉！」

「真是個傻的，妳大哥哥既然是專門給妳刻的，自然便是妳的名字了。」蕭氏見謝清溪歡喜的樣子，覺得他們兄妹雖是頭一回見面，竟是一點都不生疏，心底不由得寬慰了不少。

謝清溪攥緊刻章，高興地說：「謝謝大哥哥！這個刻章真好看，比爹爹給我的還好看！」

此時丫鬟們提了熱水進來，蕭氏便說：「你趕了這些天的路也是累了，趕緊去洗個熱水澡鬆泛鬆泛。」

謝清駿倒也不推託，只說道：「讓我的小廝進來服侍我便好了。」

謝清溪突然抬頭看了眼站在旁邊的秋燕，見她雖低著頭，可是臉頰卻是泛著微微的紅，再看看其他的丫鬟，竟是一個、兩個都羞紅了臉！好吧，她哥的魅力連她娘都頂不住，更別說這些小丫鬟了。

「我瞧你們竟是連包袱都沒有，這換洗的衣裳可帶了？」蕭氏這才想起這件重要之事。

謝清駿不在意地說：「我們先前都是在成衣店裡頭買的，穿著雖不大合身，倒也將就。如今艾綠包袱裡頭還有一套，換上那個便是了。」

因著大戶人家家裡頭都養著針線上的人，若是沒這條件的，也會請專門的繡娘給主子做衣裳，所以這街上多是賣布料的鋪子，少有專門賣成衣的，便是有些賣成衣的，無非也就是布料鋪為了招攬生意而做出來幾套，掛在外頭給人看看的。

蕭氏一輩子錦衣玉食的，養的這些孩子也各個金尊玉貴，就連庶女都沒穿過外頭的成衣，所以謝清駿這話一說出來，蕭氏已經自動腦補了一齣兒子在外如何受罪的尋母記了。

待謝清駿被伺候著去洗澡時，蕭氏就立刻讓丫鬟將繡娘叫過來。好在家裡頭前幾日剛換過裝，新料子還留有不少。

所以，在謝清駿去洗澡的工夫裡，蕭氏便已經叫了繡娘過來、挑了最時新的料子、又仔細交代好繡娘這衣裳的款式，待謝清駿洗完澡後，便開始量身。

蕭氏讓秋水給了繡娘二兩銀子，說這是額外賞賜，讓她們務必在三日內將大少爺的衣裳做好。不過她也知道這時間著實太趕了，因此又讓她們幾個繡娘一起做，待做好了衣裳，每人還有額外的賞賜。

「廚房已經做好了吃食，你這會兒先吃點墊墊胃，待你爹和弟弟們回來後，咱們一家子再好好地吃一頓。」蕭氏衝著謝清駿溫柔地笑道。

第九章

京城的大少爺來了！

因著謝清駿是跟著蕭氏進來的，這消息就跟長了翅膀般，在謝府的每個角落都傳遍了，就連住在東院的江家都知道了。

江家姊妹在京城的時候，同這位謝家大少爺也是見過好幾回面的，江家大姑娘江婉佩一聽，竟是連繡花的繃子也扔了，急急地過來找她娘。

「娘，大表哥從京城過來了？」江婉佩如今也有十四歲了，比謝明貞還要大上一歲，正是慕少艾的年紀。

謝清駿生得俊美無儔自不用說，那高華的氣質讓人也是看了便挪不開眼，更別提他如今還有解元的身分加持，這樣的少年有誰家少女見了，會不喜歡呢？雖然閨閣少女受的是大家教導，可到底正是青春年少的時候，這懵懂的心又如何能控制得住？

謝清駿在京城時，這往來的聚會自然也是參加過不少回，他外公永安侯見他父母不在跟前，生怕他在謝府受了委屈，時常接他到永安侯府住著。永安侯府在京中也算是炙手可熱的人家，這平日往來，人情自然也多。謝清駿這樣俊秀又出息的少年，長輩就喜歡帶在身邊，而這宴會上難免會見著各家閨閣小姐。京城權貴裡頭聯姻的實在是太多，任誰家說到一處都能扯上些親戚關係，所以這少年少女們見面倒也不算是越了規矩的事情。

要對謝清駿這樣的少年上心實在是容易，俊美的眉眼，風華內秀的氣質，哪個小姑娘見了不是面紅耳赤？

邱氏雖說四處鑽營，一心想著兩個女兒高嫁，可是謝清駿這樣的少年，又豈是江婉佩能配得上的？難不成還要去給人家做妾不成？雖說有江姨娘這個小姑子在謝家當姨娘，連帶著還是有些好處，所以邱氏倒也不覺得當妾就是下賤，可如今若是真落到自個兒女兒的身上，她卻是一萬個捨不得。更何況，瞧著蕭氏恨毒了江家的模樣，只怕自己女兒送上門給人家當妾，人家都看不上呢！

所以邱氏立即冷下臉喝道：「妳也算是大姑娘了，雖說是表哥，可到底內外有別，哪有整天打探旁人家消息的道理！」

「表哥怎麼就是旁人家了？況且咱們還住在這府裡呢！」江婉佩雖是女兒，可因為是邱氏的長女，倒也是被嬌養著長大的，這會兒她搖著邱氏的手臂，撒嬌道：「娘，咱們進府裡這麼久，還沒跟謝夫人請過安呢！」

「妳別想了，咱們如今這處境妳是不知嗎？若不是看在妳姑父的面子上，只怕連這府上的門檻我們都跨不過，妳還是消停些吧！」邱氏不耐煩大女兒的胡攪蠻纏。「妳妹妹呢？」

「還不是到汀蘭院找表妹去了！」江婉佩噘嘴，不滿地回道。

邱氏點了點頭，說道：「瞧瞧妳妹妹，做事就是個妥當的。怎麼妳的性子就這般跳脫？

妳妹妹入府到現在，都給妳姑母送了兩方帕子和一雙鞋子了，妳竟是連個荷包都沒拿出手，妳可真是……」邱氏說到這裡，卻也是嘆了一口氣，沒再說下去。

蕭氏在江家入府的第二日，就一口氣發落了江姨娘院子裡的大半丫鬟，連江姨娘貼身的大丫鬟都換了，這下子府裡誰不知道江姨娘在太太面前根本就不是個事？府裡看碟下菜的奴才可不少。

雖說這平日的飯菜送得倒也及時，可那菜品卻是極為普通。

江婉佩先前還以為謝府就是這般窮，待她在謝明嵐院子裡留了一回飯後，才知道原來人家只是給他們準備的飯菜普通而已。

「好生奉承著妳姑母——」邱氏又要教導女兒。

誰知江婉佩竟是極不在意地打斷她，說道：「姑母就是個妾室罷了，以後兩個表妹的婚事還要看太太的臉色呢。我就算是再奉承她，難不成她還能替我尋門好親事不成？」

江婉佩這話雖說得糙，可是這理卻不糙，就連邱氏都說不出話了。

雖說府裡老太太確實能做主，可是婉佩和謝府的大姑娘、二姑娘年紀相仿，便是得了好的親事，難不成老太太還不先緊著自家的親孫女？

江婉娟只比江婉佩小兩歲，可因為邱氏生她的時候傷了身子，後頭便再也沒懷過孩子，因此邱氏便時常在心底埋怨，比起對江婉佩來，對這個小女兒實在是冷淡得很。

但謝明嵐卻不在意，雖說江家沒什麼用，可如今人家既然主動過來交好了，她自然也不會將人往外推。

「我瞧著姑姑的臉色倒比前幾日要好些了。」江婉娟坐在旁邊，瞧著坐在榻上的江姨娘，恭敬地說道。

江姨娘的臉色還有些蒼白，不過還是勉強說道：「用了幾日的藥，確實好了些，也難為妳日日過來陪我說話了。」江姨娘的身體原本是沒事，可她裝病被蕭氏當眾戳穿，身邊的丫鬟又是打的打、賣的賣，結果到了晚上竟是夢魘了，居然真的著了涼，這幾日都在請大夫。不過謝樹元卻是一回都沒來過，就連謝明嵐到他跟前說了好些話也沒用，什麼「姨娘身子實在是不好，又沒胃口吃飯」，可他也只是淡淡地吩咐了一句「妳好生看顧妳姨娘」，就沒下文了。

謝明嵐一向在謝樹元面前能說上話，如今連她都得了冷臉，江姨娘便再也不讓她去了，只怕她再去幾回惹怒了謝樹元，最後連謝明嵐都沒了臉面。

此時江姨娘身邊的兩個大丫鬟都是蕭氏賞下來的，一個是鋸嘴葫蘆，一個倒是見天的笑臉。可蕭氏派過來的人，江姨娘怎麼敢重用？如今她身邊只有幾個十幾歲的小丫鬟，可這樣的小丫頭又哪裡派得上用場？所以這幾日，就連煎藥這樣的事情，都是讓謝明嵐身邊的丫鬟做的。雖然謝明嵐也勸過她，這等事情派兩個大丫鬟去做倒也無礙，可是江姨娘已經被蕭氏嚇破了膽子。

謝明芳下學後先回了自己的院子，這會兒過來的時候，就看見謝明嵐和表妹都在。如果說這江家來了，誰最高興，只怕就是謝明芳了。

平時她算是謝家姑娘裡墊底的，大姑娘是長姊她得罪不起，六妹是嫡妹她更是惹不得，雖然自己有個親妹妹，可是學問、樣貌都比她強，還整日充長輩地教訓她。

如今江家來了，還一下子來了三個姑娘，而且瞧著那三人的穿著、首飾皆是普通，這讓一向沒處炫耀的謝明芳終於找到了表現優越感的地方。

「表妹也在啊！」謝明芳見是江婉娟在，便高興地打了聲招呼。

表姊江婉佩因著受父母寵愛，還有些大小姐的性子，可這個江婉娟卻不一樣，不僅模樣可愛，就連說話都好聽，因此連一向愛挑三揀四的謝明芳，都對這位表妹有好臉色看。

至於江家的庶女江婉宜是個沈默寡言的性子，謝明芳又嫌她是庶女，不願與之為伍。

「表姊。」江婉娟一見她進來，便起了身將位子讓給她坐。

謝明芳也不客氣，大剌剌地就坐了下去，看得謝明嵐眉頭一皺便又是要說她。謝明芳同她在一起久了，一見她這表情便知道她要教訓自己，立刻挑眉道：「這可是表妹願意讓給我坐的，四妹妹不會也要說吧？」

此時丫鬟又搬了凳子讓江婉娟坐著，她忙笑著說：「表姊別惱，想來表妹不是這樣的意思。」

「哼！」謝明芳不屑地哼了一聲後，便眉飛色舞地將剛聽到的消息說出來。「姨娘，妳還不知道吧？咱們家大哥從京城來了！」

「大哥？」謝明嵐遲疑地問了一聲，又道：「不會是剛得了解元的清駿哥哥吧？」

「可不就是！要不妳以為咱們家有幾個大哥啊？」謝明芳白了她一眼，又接著說道：「我聽下面的丫鬟說了，說太太上香回來時，在門口遇上大哥哥的，剛一見面就哭了起來呢！」

「下面的丫鬟怎麼什麼都和二姊姊說！」謝明嵐忍不住說道。

「妳就少說兩句吧，一天到晚就知道教訓我，究竟妳是姊姊還我是姊姊啊？」謝明芳一下就搶白斥道：「我看妳這一天到晚地跟姊姊頂嘴，這規矩也不知學到哪兒去了！」

江姨娘見這姊妹倆竟是跟前世的仇家一般，坐在一起就要吵架，便忍不住嘆氣，有些氣力不足地道：「好了，妳們倆都少說幾句吧，沒得讓婉娟看笑話。」

「表妹這等知禮的人，只會笑有些人不敬長姊！」謝明芳白了謝明嵐一眼便別過頭去。

「好了，妳們大哥哥既然來了，想來待會兒太太必是要讓妳們過去見禮的。」江姨娘知道這兩個姑娘對謝清駿都是沒印象的，明嵐是在蘇州出生的，連見都未見過；明芳雖然見過，可那會兒年紀還小，只怕也沒了印象。

江姨娘叮囑道：「見了妳們大哥哥都要恭敬些，可不能像現在這般隨意了。」

謝清駿得了直隸解元的事情，京城早就送了消息到謝府來，這幾日太太去廟裡還願，謝明芳也是知道的，所以她對這位大哥哥好奇極了，又想起江婉娟是從京城來的，便問道：

「娟妹妹，妳在京城的時候，可有經常見過大哥？」

江婉娟垂頭，心中雖撲通撲通地亂跳，可是面上倒是竭力克制，只聽她輕聲道：「我們不常進府，就算入府也不過是給老太太請安，並不常見到大少爺。」

「喔。」謝明芳有些失望地應了聲。

江姨娘卻是知道這內裡情況的，她嫂子這兩日已經將京城的事情給她說了。老太爺當初下了命令，說以後江家不再是舅家，便是老太太在那樣的盛怒下都沒敢反駁。這幾年因蕭氏遠在蘇州府，所以江家倒也會偶爾入府給老太太請個安，可那也都是趁著老太爺不在的時候，就連丫鬟都不敢用「舅太太」這樣的稱呼。不過謝老太爺雖然知道，倒也沒說什麼。儘管不再是正經的舅家，可到底有著血緣關係的，平日來請個安倒也無妨。

結果，都等到了晚膳時間，正院都沒派人過來叫她們。

此時謝樹元也從衙門回來了，一進來就聽說大兒子竟是來了蘇州！其實他今兒個也剛接到從京城來的信，是他父親讓人八百里加急送過來的，內容就是：謝清駿留了封信離京了，說是來蘇州找爹娘了！

謝樹元收了這信真是又氣又急，結果這一回家居然發現，兒子已經到家了！

他匆匆進了正院，就看見謝清湛手裡拿著一塊刻章，一臉好奇地跟旁邊的少年問這兒問那兒。

謝清懋和謝清湛比父親先到家，蕭氏今兒個特地派人將他們提早接回來，兩人見到大哥自然也是高興異常。

特別是謝清湛，簡直跟看西洋鏡似的，眼睛眨都不眨地盯著謝清駿，這會兒又得了謝清駿親手刻給他的印章，當即歡喜得一直問這兒問那兒，旁邊還有一個得瑟的謝清溪在。

這會兒謝清溪已經從蕭氏那邊得知了，自己這塊艾葉綠的可是壽山石裡頭最好的，她自然要得瑟地在謝清湛跟前炫耀了。

可謝清湛這會兒也不惱了，他手裡這塊是白芙蓉雕刻成的，品相也是頂頂好的，他一眼瞧著就喜歡，就算謝清溪那個比他的好，可真要跟他換，他還不樂意呢！

「嗯哼！」謝樹元進來後，見竟是沒人搭理自己，就哼了兩聲。

謝清溪靠在蕭氏身邊，還在找謝清湛的茬呢，朝她爹看了一眼，竟是又撇過頭去了；至於謝清湛連頭都沒回，就是一直追著謝清駿問話；而素來以正身明禮為己任的謝清懋，這會兒也在看自己手裡的刻章，看得竟是入了神一般。

還是謝清駿見著謝樹元進來了，起身便行禮說道：「兒子給爹爹請安了。」

謝樹元本來有一肚子的話要教訓這小子，可是這會兒見著他了，看著這個當初他離開京城時，還只到他腰間的孩子，此時竟是和他一般高了，模樣也是大變了，若不是在家裡頭，只怕他在外面遇見，竟是不敢認的，思及此，本要開口的謝樹元，卻覺得喉嚨好像堵住了一般。他一直對這個兒子有愧疚，即便每月都讓人從京城謄抄了他做的文章，可是到底不如謝清懋這般帶在身邊，一筆一劃地教導著。

「待會兒吃過飯，將你此次鄉試的文章默一遍出來，讓我看看。雖說你這會兒得了直隸的解元，但這天下之大，藏龍臥虎者甚多，你可不要掉以輕心了。」

謝清溪聽到這話，簡直就要昏倒了。

爹啊，這時候你不是應該拍著兒子的肩膀說「不錯，幹得好」嗎？這句話未免也太家常了吧？這可是你近十年沒見著面的親兒子啊！

謝清駿卻是恭敬地拱手說道：「兒子知道了。」

謝清溪點頭，幸虧她大哥哥沒有啥青春期躁鬱症，不然她爹還不得瘋了啊！

「好了，將明貞她們姊妹都叫過來，給駿兒見個禮後，咱們一家人吃個飯。」謝樹元吩咐道。

謝清溪撇嘴，這時候別說是謝明芳她不願叫，就連大姊姊她都不想讓她來啊！即便在這裡生活了這麼久，可她還是只覺得這三個哥哥和父母才是自己的親人，其他人即使寬厚如謝明貞，她在心裡都還是隔著一層的。

蕭氏朝兒子望了一眼。

只見謝清駿開口道：「還請父親恕罪，兒子因此番來得匆忙，輕車簡裝上路，給其他三位妹妹的東西在路上不慎丟失了，此時若是讓妹妹們過來，我倒是沒見面禮拿出手，豈不是太失禮了？不如待兒子明日準備好，再讓幾個妹妹過來吧？到底咱們是一家人，也不在乎這的，就丟了她們三個的？……大哥哥，我信你。

些虛禮。」

謝清溪看著自己、謝清湛還有謝清懋手上拿著的東西。好吧，我們三人的禮物都好好的，就丟了她們三個的？……大哥哥，我信你。

待用完膳後，謝樹元便領著謝清駿往前頭院子裡去了，而謝清懋和謝清湛兩個自然也跟著去了。要是往常，謝清溪這個跟屁蟲肯定不會落下的，不過現在她還有更重要的事情忙著呢，於是喝了消食的茶後，她便跳下椅子，帶著朱砂回自己的院子了。

這會兒管家婆子王嬤嬤正過來回覆，說倉庫裡頭的東西領出來了，可是這大晚上，黑燈瞎火的，卻是不好擦拭。

「妳們點著油燈也得給我擦乾淨！下午便吩咐妳們將院子收拾出來了，到如今都還沒弄好，妳們讓大少爺今晚睡在哪裡？」蕭氏指著管家婆子便是一通訓斥。

這管家的乃是蕭氏的親信，是她從永安侯府帶過來的陪房，平日裡做事乾淨俐落，最是得用的，可這會兒卻被蕭氏當著這麼多人的面前喝斥了一通，臉上有些不好看，便小聲地嘀咕道：「大少爺這下午剛到……」

「王嬤嬤罰俸一個月！若是再敢口出抱怨，日後這管事妳也不要當了，只管去做些清閒的！」蕭氏冷著眼，看著她說道。

王嬤嬤素來在蕭氏面前得臉慣了，哪能想到不過是普通的一句話，便罰了一個月的例銀？這要是真讓她不幹管事的，去做些清閒的，她是一百個不願意的！雖說管事嬤嬤平日事情也多，可是這例銀還有主子的賞賜，那可是相當體面的！誰不知道這所謂的「清閒事務」？那就相當於被主子閒置了啊！

她立即跪下來請罪。「老奴知錯了！老奴這張嘴該打！」說完，她便對著自己的臉左右開弓。

直抽了四、五個巴掌後，蕭氏才緩下語氣道：「好了，這事確實有些匆忙，但伺候主子豈有這般多的抱怨？」

「小姐？平日裡不是要在太太那邊說話的，怎麼今兒個這般早回來了？」謝清溪一進院子，另一個大丫鬟丹墨正掀了簾子出來，瞧見後便有些稀奇地問道。

謝清溪正要找她呢，立即就問道：「我先前做的那半個荷包如今還在嗎？」

「小姐什麼時候做了荷包？奴婢怎麼不知道？」旁邊的朱砂有些驚奇地問道。

誰都知道六姑娘不喜女紅，自己身上用的帕子、香囊、荷包都是丹墨繡的。丹墨在女紅上可是一把好手，雖然年紀不大，可是這女紅在謝府是出了名的。

「我見姑娘許久沒動針線，便收了起來。」丹墨也覺得奇怪，這姑娘平日可是能不動針線便不動針線的，如今怎麼想起那個繡了一半的荷包了？丹墨隨著謝清溪進了內室，笑著問道：「可是太太又讓小姐繡東西了？」

「不是。妳別管，只將那荷包拿出來，我有正經用途呢！」謝清溪急著讓她去找。

丹墨見她這般急切的樣子，也再不打趣，只到旁邊的櫃子處，翻找了好一會兒才將東西找出來。待她將荷包拿了出來後，才指著上頭的木槿花說道：「小姐扎了手便擱這裡了，如今若是再重新繡，只怕要拆了幾針呢！」

「木槿花？」謝清溪有些無語地看著荷包上繡了一半的小花朵，心中無語。她怎麼就能想著繡木槿花的？她腦子是被驢踢了嗎？於是她又轉臉問女紅專家丹墨說：「我若是要在這荷包上頭繡翠竹的花樣，幾日能完成？」

丹墨覷了她一眼，在心裡尋思了半天。若是她自個兒的話，不過一日就能做好，可依著小姐這等不喜做女紅的心思，只怕半月都繡不完呢！可是丹墨沒敢說，於是她斟酌了半晌，才小心地說道：「奴婢覺得，若小姐用心做，約莫三、四日便能做好呢！」

謝清溪睜著一雙霧濛濛的大眼睛盯著她，失望地說：「啊？還要三、四天這麼久啊？」

丹墨比謝清溪要大上幾歲，為人又沈穩，平日裡根本就是將謝清溪當妹妹一般疼的，如今見她這麼失望，便開口說道：「若是小姐急著要，那奴婢今晚就給妳做，熬個通宵，到明兒個定能做好的。」

「怎麼能讓丹墨姊姊妳勞心呢……」謝清溪失望地垂頭，盯著手裡繡了一半的荷包。

大哥哥給了她這麼好的東西，她怎麼能不給大哥哥回禮呢？可她一個小姑娘家，手裡頭的東西無非就是爹爹和娘親給的，多是些珠寶首飾和古玩，這樣的東西送給大哥哥也未免太敷衍了。所以她在用膳的時候，便在想著要送些什麼好呢？冥思苦想了半天，才想出送個自己親手做的東西。可她一向不精於女紅，這手藝又是得經過日積月累的磨練方能看出效果的，如今這般臨陣磨槍，實在是難啊！

不過謝清溪雖這麼想著，還是讓丹墨趕緊將這繡了一半的木槿花拆了，她要重新做。

「姑娘，妳是不是想著要給大少爺做個荷包啊？」因著朱砂一直跟在謝清溪身邊，才能知道她這麼突然地要做荷包，只怕就是為了給大少爺準備的。

謝清溪無奈地點點頭，心裡頭越發覺得自己以前怎麼就這麼不思上進呢？這讀書也不愛讀，女紅也拿不出手，簡直就是十八般武藝樣樣不精！

朱砂見她點頭，便出主意道：「如今大少爺可是要在家裡頭長住的，小姐若是真想送少爺荷包，這慢慢來也是可以的，何必要逞這一時呢？小姐先給少爺選個旁的禮物，這荷包咱們讓丹墨姊姊好好地教小姐做，日後大少爺見著了也必是歡喜的。」

謝清溪想了想，雖說荷包是小件，可到底也是看女紅的，若是她送個歪歪扭扭的殘次品過去，大哥哥肯定也會說好，說不定還會帶上呢！不行，她大哥哥這樣的人，怎麼能帶繡活不好的荷包呢！嗯，她要加緊練習，一定要給大哥哥繡一個最好的荷包！

於是，之前讓女兒給繡個荷包，可愣是被拖了半年的謝樹元，以及隔三差五就要冒著被責罵的危險帶著謝清溪去莊子上騎馬的謝清懋，都在一天內從謝清溪的心中下降了一個地位。

丹墨這會兒已經將刺繡要用的針線都備妥當了，因為她繡的荷包、香囊都是要給謝清溪用的，所以她這裡不僅各種用具齊全，各色絲線也都是頂頂好的，就連那金絲銀線都一小卷、一小卷地擺在繡筐裡呢！

「我若是給大哥哥繡個荷包，那不給娘親繡好像不大好吧？」丹墨正在分線，謝清溪自問了一句。

就在旁邊的朱砂剛點頭要附和的時候，又聽她說——

「我要是給娘親做，卻不給二哥哥做，那可真對不起老給我帶那些小玩意兒的二哥哥了。」

朱砂再點頭，結果旁邊這位已經掰開手指頭數起來了。

「既然二哥哥都給做了，那爹爹的荷包也該做給他了，我都已經拖了半年了。」

這會兒朱砂是拚命地點頭，心裡感動地想著：姑娘這會兒終於意識到這件事情了啊！

「謝清湛那人最小氣了，我若是給旁人都做了，就不給他一個人做，到時候他指不定怎麼編排我呢！」謝清溪噘著嘴，想著自己還是不要和小屁孩一般見識好了，就勉為其難地給他也做一個吧！

於是她數了數，發現自己居然需要做五個荷包！好吧，家裡哥哥太多也是種甜蜜的負擔啊！

這會兒丹墨已經將線配好了，打算從最簡單易學的針法開始教她。

待到了第二日，蕭氏盯著謝清溪的一雙兔子眼看了半天，朱砂在旁邊嚇得腿肚子都是打顫的。

蕭氏好整以暇地環視了坐著的四個姑娘，又看了三個姨娘一眼。

今天江姨娘的病倒是好了，只是瞧著這臉色還有些蒼白，於是她關心地問道：「江姨娘身子可好些了？這雖說只是受了風寒，不過我瞧著妳一向體弱，倒是要小心些。」

江姨娘垂眸，恭敬地回道：「妾身謝太太關心，妾身如今這身子已是大好了。」

「那就好。」蕭氏說完這句話又連著輕笑了一聲。

只是這輕輕的一笑，卻讓坐在她左手邊第一個的二姑娘身子一抖。如今謝明芳再見著自己這個嫡母，總是有點害怕。那日春碧的慘叫聲，她每見蕭氏一次，就要在耳朵邊迴響一次。

蕭氏彷彿沒看見二姑娘那懼怕的眼神，留了四位姑娘用了早膳。

待她們要走時，蕭氏才說道：「想來妳們也知道，妳們的大哥昨日到了蘇州府來。因為他趕了好些日子的路，實在有些疲倦，我就沒讓妳們過來同他見禮，如今歇了一天，自家兄妹該是見見了。」

昨日謝明芳和謝明嵐在江姨娘的院子等著蕭氏派人來叫她們，可是到了用膳的時候都還沒動靜，兩人只得陪江姨娘一起用膳。此時再聽見這事，兩人心底都起了淡淡的情緒。

倒是謝明貞作為長姊，又是家裡難得對謝清駿有印象的人，這會兒臉上是帶著笑意的。「自打從京城裡頭來後，便再沒見過京裡的親戚了。如今大哥哥來了，倒是讓太太也少了擔心。」

「我的兒，妳倒是一貫的貼心。」蕭氏照例表揚了謝明貞後，便讓四個姑娘上學去了。

「四妹妹，妳給大哥送的東西準備好了嗎？」謝明芳也不精通女紅，不過她到底是大姑娘了，這手裡平日做的荷包也是有的，只是到底是送給頭一回見面的大哥，還是得打探打探其他姊妹送的東西為好，免得到時候就自己送了一個荷包，實在是拿不出手。

謝明嵐笑著看了謝明芳一眼，不在意地說道：「咱們是做妹妹的，這貴重的東西只怕大哥哥手裡多的是，倒不如送些咱們自個兒做的繡活，也算是咱們的心意了。」

「四妹妹果真是同我想到一處去了！」這會兒聽見謝明嵐說的這話，謝明芳也親親熱熱地叫起四妹妹來了。

而謝明貞素來是和謝清溪走在一塊兒的，兩人一向都是親親熱熱的。

「六妹妹給大哥哥的東西可備好了？」謝明貞生怕她年紀小，遂提醒道。

謝清溪一提到這個就有些洩氣，她昨天熬到了快十一點，也只繡了個邊角，如今連一小半都沒繡好呢！她還信誓旦旦地說要繡五個呢，不會待到了明年才繡得完吧？

謝家四位姑娘當中，謝明嵐是讀書上最用功的，而謝明貞則是在女紅上獨占鰲頭，她往日給蕭氏和謝樹元做的荷包和鞋子，那做工精細，針腳細密的，就連沈嬤嬤都誇了兩回呢！

至於謝明芳和謝清溪兩人就純屬墊底了，謝清溪功課上仗著前一世的外掛，自然比謝明芳要好些；可是謝明芳在女紅上，因為年紀比她大些，又被江姨娘拘束著繡著，也就比謝清溪要好些。如今真輪到姑娘們拿出真本事出來時，謝清溪就突然發現，自個兒悲劇了。

四個姑娘走了沒多久，謝清駿便帶著兩個弟弟過來請安了。

而謝清懋和謝清湛一向是在前院用膳的，這會兒過來也就是請個安便走。

待兩人走後，蕭氏才總算有了和大兒子獨處的機會。

「你明年竟是不下場？」待謝清駿將昨晚同謝樹元說的話又再同蕭氏說了一遍之後，蕭氏忍不住疑慮道。

如今謝清駿可是直隸解元，是京城最炙手可熱的少年，偏偏他在這樣的情況下離開了京城，現在竟是連明年的春闈都不參加了。

「兒子如今不過十六便取了直隸解元，若是明年便下場，到時入朝為官難免早了些。」

謝清駿心中素有乾坤。在京中雖有謝舫看著他，可謝舫如今到底領著閣臣的職務，又還管著吏部的事情，每日忙得不可開交不說，甚至經常是寅時入宮，戌時才出宮。

進士每三年才取一回，天下學子之多，而那名額不過寥寥，蕭氏自然不怕自家兒子考不中，只是如今細想確實是這個道理。如今連二十幾歲的人中了進士，都會被人誇讚一聲少年進士，若謝清駿明年便中了，到時候他便將以十七之齡出仕，而周圍都是比他要大上許多的同僚。

蕭氏頗感安慰地看著他，覺得謝清駿事事明瞭，行事進退有度，即便是得了這樣驚人的成果，也未見他驕傲一分。「如今你年紀也大了，母親自是不好事事替你做主，不過此事關係重大，最好還是問過你祖父的意思。」

「兒子昨兒個便已經同父親說過了，他說今日便會將兒子到了蘇州的消息告訴祖父和祖母，以免二老擔憂。至於明年春闈不下場的事，想來父親也會在書信裡頭一併寫上的。」

「既是這樣，娘心裡頭倒也放心了。」蕭氏極滿意地點頭。

幾位姑娘今天上課都有些心不在焉的，就連這位白先生都知道，謝府京城那位得了直隸解元的大兒子來了！他考了一輩子的功名，如今也不過是個舉人在身，如今近在咫尺就有個十六歲的解元郎，便是他這般年紀的都有些不服輸地想見見。畢竟少年天才，無論在哪個年代都是極吸引人的。

待到了下學時，四位姑娘便都先回了自個兒的院子，將備好的見面禮讓丫鬟們瞧著。

謝清溪到蕭氏院子的時候，見就她一個人先到。

謝清駿此時鄉試剛考完，又不用準備明年的春闈，頗有些當年謝清溪高考結束之後的狀態。不過他到底是少年了，不好在後院長待著，因此萬里閣倒成了他的好去處。

謝清溪派了小廝前去將他請過來，待他一進來之後，便神神秘秘地從身上拿出一樣東西說道：「大哥哥，我女紅不好，繡的荷包都有些拿不出手，這會兒我先給你一個玉香囊，待我好好練習女紅後，再給你繡個又好看、寓意又好的荷包！」

謝清駿見她鬼靈精的模樣，伸手便捏著她嫩嘟嘟的小臉蛋說：「只要是妳繡的，大哥哥都會帶的。」

謝清溪將香囊塞進他手裡，手指頭攪啊攪的，臉上竟是不好意思。

她以後一定好好努力，再也不偷懶了！

「不過溪兒為何女紅不好？可是不喜歡？」雖說在京城他同二叔、三叔家的妹妹也時常見面，可到底是隔房的堂妹，如今見著自己的親妹妹，他自然覺得又可愛、又漂亮，竟是沒有一處不討人喜歡的，就連如今這垂著小臉、有些羞澀的模樣，讓人看了都覺得憐愛呢！

「我不喜歡，還愛偷懶……」謝清溪的頭垂得更低了。

謝清駿笑了，他說：「咱們這樣人家的女孩，女紅倒不需怎樣的精通，但到底要拿得出手。妳想，若是妳給娘或者爹繡個帕子、荷包，他們是不是會很歡喜？」

「嗯嗯！」謝清溪用力點頭。如今她真是覺得謝清駿哪樣都好，他居然還有教人的天賦，這說服的話說得都比別人好聽呢！

沒一會兒，其他姑娘也來了，蕭氏便叫謝清駿出來同三人見面。

先是謝明貞帶頭，她送了一個扇套給謝清駿，上頭繡著歲寒三友的圖案，瞧著針腳細密，用線顏色大膽，確實是一手好繡工。

至於謝明芳送的是一個寶藍色荷包，上頭繡著的是荷花圖案，雖不出彩，倒也沒出錯。待謝明嵐的書袋拿出來時，就連蕭氏都忍不住看了兩眼。這書袋上頭繡著文昌星君的圖案，意頭自然是好意頭，不過這繡工卻也精細，便是比起謝明貞扇套上的繡工，卻也是不差的。

謝明嵐前一世女紅就不錯，但因為她學業上已經壓了兩位姊姊一頭，若是這女紅再這般出色，怕是會引起不必要的嫉妒。更何況，女紅再好還能好得過繡娘嗎？可這琴棋書畫若是出挑，怎麼也能爭個才女的名聲。

輸了，輸了，徹底輸了。謝清溪見這三人居然都送了自己繡的，而且謝明嵐的東西還這般精緻，再想想自己送的，一個蓮花鏤空玉香囊。雖說這是前朝有名的製玉大師文如清的作品，當初是揚州一個富商孝敬謝樹元的，謝清溪一眼瞧見了便極是喜歡，得到後時常掛著。

「六妹妹，妳送給大哥的是什麼啊？」謝明芳看著謝清溪，一臉假笑地問道。她知道這個六妹仗著太太的寵愛，功課也不用功，女紅也不精通，只怕如今連個像樣的荷包都做不出來吧！

謝明嵐送了東西後，便應該輪到謝清溪送了，清溪因為早將東西送出去了，還想著蒙混過關呢，結果這會兒卻被謝明芳大剌剌地戳穿，簡直恨不得拿眼睛瞪死她，果然是不討人喜歡！

「好了，六妹妹的東西昨兒個便已經給我了。」謝清駿看著謝清溪，笑著說了一聲，接著又從袖口掏出四個一樣的東西遞給女孩們，說道：「這是哥哥的一點心意，拿去玩吧。」

四人齊齊地道了聲謝。

謝清溪摸了摸荷包，圓鼓鼓的，摸著不像銀子的手感，不會是玉珮吧？她想起昨兒個謝清駿送給他們兄妹三人的刻章，聽她娘說，那些刻章的石頭可都是壽山石裡最頂級的三種品相呢！如今他一出手又是四個玉珮？大哥哥可真有錢！

謝清駿作為大哥哥，許久沒見過四個妹妹，自然也要關心妹妹。這生活自然不用問了，有蕭氏在，她們肯定不會受委屈，於是他便略問了幾個女孩的功課。

謝明嵐前世和這個大哥關係平平，以至於她在婆家受了委屈之後，除了爹爹關心之外，這位兄長不過是教訓了丈夫幾句。那時候謝明嵐才知道，女人到最後終究是要靠著娘家的，只有娘家硬，她這腰桿子才能挺得直。這一世她倒是一心想讓姨娘生兒子，可是江姨娘生兒子的心情比她還急切呢，奈何，這命中無時真的強求不來。

江姨娘自打生了兩個女兒之後，就踏上了求神拜佛的求子路，可是這幾年謝樹元明顯冷落了她許多。雖然比起其他兩個姨娘，她還是最有體面的那個，可是江姨娘心中卻明白，若沒了這兩個姑娘，只怕謝樹元來自己這院子的次數會更少。

謝明嵐平日對謝清懋和謝清湛就不錯，不時會給謝清懋繡個書袋什麼的，可是謝清懋是個刻板的性子，每回東西收倒是收了，可回頭就會讓小廝送各色金錁子過來，有時候是小兔兒形狀的，有時候還是隻憨態可掬的小猴子。雖說這回的禮讓人說不出話來，可是謝明嵐總覺得像是在打賞丫鬟。於是，等謝清駿來了，她便覺得自己的機會來了。在她的印象中，她這個大哥實在是位驚才絕豔的人物，前世對她們姊妹三人倒也一視同仁。

謝明嵐又看了正笑呵呵地追問謝清駿京城風俗的謝清溪一眼。自己琴棋書畫、女紅針線樣樣都盡心盡力地學著，可偏偏就被這麼個不學無術的小丫頭處處壓她一頭！

於是，在交談間，謝明嵐便問了好些課業上的東西。謝清駿引經據典，說起來頭頭是道，有些時候連提問的謝明嵐都被繞暈了。雖然她仗著上一世的底子，可是謝清駿到底是書香世家精心培養出來的天才少年，不過幾句話便將她說得有些跟不上思緒了。

就連謝明芳都忍不住看著她，想不通一向氣定神閒的謝明嵐今日怎麼這麼狼狽？

謝清溪看著有心想要炫耀自己的學識，卻被謝清駿這個真學霸比得一無是處的謝明嵐，不禁有些得瑟起來，嘴角的笑也怎麼都掩不住。就在她轉頭的時候，視線正巧碰上謝清駿的，結果他居然衝著她眨了下眼睛！喔，她的少女心啊～～

謝樹元到了衙門下值才回來，不過這會兒倒是直奔著正院來了。

此時蕭氏已經讓人在花廳擺了一個圓桌，今日倒是所有的孩子都到齊了。

待丫鬟將所有菜都端上來後，謝樹元環視了桌上一圈，半晌才說道：「咱們這一家總算是齊了。」

就連蕭氏聽了這樣的話，都不由得心酸酸的。

當然，謝清溪也挺感動的，不過她眼睛掠過旁邊的謝明芳和謝明嵐時，這種感動一下子又沒了。這嫡女、庶女之間，雖說沒有什麼利益衝突，可是大家的娘搶同一個爹，便是再母慈女孝，也不過都是面子情罷了。

雖說吃飯講究食不言、寢不語，不過謝家一向沒這講究，尤其桌上坐的又是孩子居多，這會兒幾個孩子說說笑笑，倒也其樂融融。

幾個沒去過京城的孩子，便愛問些關於京城的事情。特別是謝清湛一聽如今京城竟是流行馬球，眼睛立即都亮了，急急問道：「這馬球是怎麼打的？我只聽同窗說過幾回，可是卻從未打過。」

「這有何難？若湛兒想學，過幾日學堂裡放假，大哥教你便是。」謝清駿對這兩個弟弟說起話來，倒是頗為爽直。

謝清湛立即眉開眼笑起來，興奮地點了點頭。不過他也沒忘記謝清懋，指著二哥說：「二哥也沒打過，不如大哥哥一併教了我們，到時候咱們組隊打比賽！」

「我也要學、我也要學！」謝清溪一聽是馬球比賽，便想起塵土飛揚的賽場上，穿著不同隊服的球員，揮著手中長長的擊球杆，在互相穿梭間擊打著那顆小小的馬球的景象。

「妳女孩子家家的，學什麼？」謝清湛衝著她說道。

謝清溪冷哼一聲，根本沒在意他，這個家裡說了算的可不是他。於是她衝著謝清駿討好地說道：「大哥哥帶我一同玩吧，到時候咱們倆組隊，讓謝清湛扯二哥哥的後腿，咱們打他個落花流水！」謝清溪越想越覺得這個想法實在是太妙了！

不過許是她臉上的表情太暢快，以至於蕭氏都忍不住喝止道：「溪兒，妳到底是女孩子，還是要以貞靜為主。」蕭氏倒也不是那等刻板、死守規矩的人，只是如今對女孩的規矩要求嚴，現下她年紀小倒還好說，可是若到了年紀還是這般跳脫的性子，只怕是連婆家都不好相看的。

謝清溪還不知道她娘已經想到了找婆家這麼遙遠的事情，看完謝清駿之後，又衝著謝樹元撒嬌。

最後還是謝清駿說道：「娘，妳是有所不知，如今京中這馬球極盛行，便是連女子也愛好。宮中的大公主和三公主兩位公主都是箇中好手，如今舅舅家的大表妹便是大公主馬球隊中的隊員，因此就連舅舅都不拘束著幾個表妹玩呢！」

謝清溪一聽大哥哥在為自己說話，立即高興地說道：「娘，妳也聽到了吧？京城的貴女們都在玩馬球，若是女兒什麼都不會，待回了京城，只怕連同她們說的話題都沒有呢，到時候豈不是連個能說話的朋友都交不上？」

「盡是胡說！有妳表姊們在，妳如何沒說話的人？」蕭氏瞪了她一眼，不過態度到底還是軟化了。

謝明嵐聽著他們旁若無人地說話，雖臉上還掛著笑，可放在膝蓋上的手掌卻是握得死死的。公主、侯府嫡女，對她來說遙不可及的人物，卻是他們嘴裡隨時可見的人。她們一樣都是閣老的孫女、都是父親的女兒，不過是差著一個身分，竟是猶如鴻溝一般。

這會兒謝明芳倒是沒什麼反應，實在是公主這個名稱離她來說太遙遠又太不可及。謝明芳便是這樣的性子，比她好十倍的人她一點都不嫉妒，可但凡身邊有個比她好一丁點兒的，她都能嫉妒得吐出血來。

謝清溪突然撇頭看了謝明芳一眼，笑著問道：「二姊姊，妳頭上的絹花真好看，做得可真是精巧，我倒是不知姊姊身邊還有這樣手巧的丫鬟呢！」

「這不是丫鬟做的，是江家表妹送我的，若是妹妹想要，只管派人同江家表妹說一聲便是了。」

謝清溪的笑意越發地深了，她天真地問。「是哪個表妹啊？」

謝明芳以為她問的是江家的哪個姑娘，便也笑著說：「就是江家的三姑娘，婉娟表妹啊！」

謝明嵐本想攔著她，卻還是眼睜睜地瞧著她什麼話都說了。

此時謝清駿突然放下筷子，臉上一直掛著的清淺笑容隱去，只嚴肅地看著謝明芳問。

「不知二妹說的是哪位表妹？」

「就是江家的婉娟表妹啊！」謝明芳覺得真是奇了怪了，這一個、兩個的竟是聽不懂話一般。六妹妹人小，聽不懂也就算了，怎麼大哥也這般問？

此時，謝明貞抬起頭來，看著臉上還掛著笑的謝清溪，兩人的目光在空中碰撞時，只見謝清溪對她笑了下。

「那這江家又是哪家？」謝清駿又問。

謝明嵐有心阻止謝明芳，可是因不好當眾拉她的袖子，只能眼睜睜地聽她說道——

「就是江家舅舅啊！」

「爹，兒子如今有一話要問。」謝清駿轉臉看著謝樹元。

謝樹元此時深深地看了謝清溪一眼後，又無奈地對謝清駿說：「你問。」

「我嫡親舅家乃是京城永安侯府，是姓蕭，不知二妹說的這個江家舅舅又是何人？」謝清駿問得正氣凜然。

此時謝明芳已經回過神來了，她沒想到不過是謝清溪隨口的一句話，竟會牽扯出這些來。這幾日她在府上也知道，太太是不願江家舅舅住在家裡的，只是礙於爹爹，才一直未開口，可是此時大哥竟當著這麼多人的面問出來……她有些驚慌地看了謝明嵐一眼。

偏偏謝明嵐此時也一籌莫展。要怪就怪她這個二姊，平日就口無遮攔，早就跟她說過多少回，這些「舅舅」、「表妹」的話在自己院子裡稱呼便是了。

謝清溪看著她大哥正義凜然地問上她爹，不禁眨巴眨巴著眼睛，一片迷茫的樣子，好像真不知道是自己的話惹出了這些事情來。

謝樹元沒有說話，實在是因為他自己也說不出話。難道要他親自說出，這是他的娘舅家？

「兒子自幼受祖父教導，祖父所言一字一句莫不敢忘。祖父曾在江姨娘入府時便親口說過，江家自甘下賤，不足為親。」謝清駿一字一句，說得鏗鏘有力。

謝清溪看著她大哥這副正義夥伴的模樣，嗯，她絕對不會和別人說，就是他讓自己問出那句話的。

江家自甘下賤，不足為親。謝清駿這擲地有聲的話，讓在場的人莫不側顏。

謝明嵐和謝明芳在一瞬間臉都脹得通紅，不知是羞愧還是臊的。特別是謝明芳，剛才她可是一口一個「江家表妹」呢，此時不禁眼底含淚，說不出話來。

而謝明嵐則是垂著頭，咬著唇，放在膝蓋上的手掌死死攥緊。原以為她們處處忍讓會得來嫡系一派的寬厚相待，可是如今呢？不過就是讓舅舅家在家中住了幾日罷了，大哥和嫡母卻要處處相逼！謝家是何等的富貴人家，竟連一個上門投靠的窮親戚都容不得嗎？

以前她還天真地想著，若是討好了嫡系，她們母女三人以後也會無礙的，可偏偏他們步步相逼……想到此處，謝明嵐冷不丁地抬起頭，正好對上了謝清溪的眼睛，只見謝清溪眼角含笑，在兩人目光相碰時，竟還衝著自己眨眼笑了下。饒是謝明嵐這等城府的，這會兒都差點脫口罵出來，可最後她只是深深地看了謝清溪一眼，才又垂下眼睛。

蕭氏自然知道，可是這話她不能說。即便她再厭惡江家，可這是婆婆的娘家，丈夫的舅家。所以當初是蕭家出頭，謝老太爺親自發的話。可是血脈親緣這樣的東西，是這個世界上最斬不盡、說不清的。

當初京城的老太太雖表面上未說旁的，可是隨後就將一直伺候謝樹元的方氏開了臉。而在蕭氏一連生了兩個兒子之後，老太太又說要給姨娘停了避子湯，偏偏旁人不說，卻單單提了江姨娘。蕭氏自然也不是任人拿捏的，既然要停姨娘的避子湯，她乾脆將當時還是通房的方姨娘的避子湯也一塊兒停了，於是這才有了大姑娘和二姑娘的接連出生。

即便離京這麼多年，可是每每想到京城裡頭那個讓人碰不得、說不得的婆婆，她便覺得一陣頭疼。若這江家老太太是個糊塗到底的，那她自然有不聽老太太吩咐的依仗，可偏偏除了江家人的事情外，這位老太太卻極是厲害，便是在勛貴雲集的京城中交際，都很有些面子。

蕭氏有些擔憂地看了謝清駿一眼，生怕他太過冒進，反而引起謝樹元的反感。同謝樹元這麼多年的夫妻了，她如何不瞭解這個丈夫的想法？無非是瞧著江家實在是落魄得很，想拉扯一把。可偏偏江家又是那等蹬鼻子上臉的人家，家中的幾位老爺無一是上進的，出去的姑奶奶們就更加不用提了。若是真要選一個出挑的，蕭氏反而覺得江姨娘算是江家裡頭最聰明的了，只可惜她將自己這份聰明用在了這裡，以至於如今只能是個姨娘。

「父親，按理說這後宅之事，兒子是不好過問的，可是江家可不僅僅是後宅之事。當初祖父可是親口向外祖父承諾過，江家從此不再是謝家的正經舅家，既然江家不是家中的舅家，那他們便只能算是姨娘的親戚。」此時謝清駿環視了桌上的人一眼，才將最後的結論說出。「我在京城可從未見過，有哪家大戶人家收留姨娘的親戚在家中住的。」隨後他又輕笑了一聲，道：「不過倒是有婢妾出身的姨娘，因著全家都是府裡的奴才，所以才能在府上住著。」

謝清溪眼巴巴地看著她大哥哥，論嘴炮誰家最強？請看謝家清駿！大哥哥還真是敢想敢說啊！謝清溪小心地覷了謝樹元一眼，見她爹雖然臉色不大好看，可是卻沒有生氣的跡象。連這都不生氣？

謝清駿的話可是很好理解的，他給江家指出了兩條路：要嘛賣給咱們謝家當奴才，要嘛拎包袱滾蛋！

此時一直很安靜的謝清懋突然開口了。「兒子也覺得江家住在家中實在不合規矩。古有云，嫡庶有別，若是江家如正頭親戚一樣地住在家裡，豈不是亂了嫡庶的規矩？父親，嫡庶不分可是亂家之源。」

好咧，她二哥要嘛不說話，一開口就將這話題拉上了最高高度！這都要亂家了，親爹你就別再繼續和稀泥了！

蕭氏見謝清懋將高度拔得太高，立即開口教訓道：「懋兒，如何同爹爹說話的？你爹爹何曾嫡庶不分過？」

明明是開脫的話，可是卻讓謝樹元的臉色白了一分。這嫡庶有別並不是掛在嘴上，而是做在尋常的。因著謝家並沒有庶子，所以這嫡庶之分，也只有區分在四位姑娘身上，謝清溪是嫡女，自然要比其他三個姑娘尊貴些。

「爹爹確實沒有嫡庶不分，可這江家住在家中卻也是壞了規矩。」謝清懋耿直地說道。

謝清溪無奈地看了看她大哥和二哥。都說龍生九子，各不相同，就連謝家這三位嫡子，性子也大相逕庭。大哥謝清駿便不多說了，多智近妖；至於二哥謝清懋，卻實在是個方正耿直的性子，這一言一行皆以聖人為標準，謝清溪瞧著他這性子，以後倒是適合去都察院，他要是當了御史，估計就是大齊朝的包青天；至於最小的謝清湛，他深受父母寵愛，有著么兒的天真活潑，不過他素有靈慧，為人雖不如謝清駿那般腹黑，可又不像謝清懋那樣方正。

好了，這下子謝樹元是真的下不來臺了。

謝清溪不禁暗暗焦急，害怕這麼逼迫她爹，萬一激起她爹心裡頭對江家的那點親情該如何是好？不過事實證明了，有謝清駿在的地方，就沒有意外發生。

「雖說江家如今已不是正經舅家，可到底是江姨娘的親戚，江家老爺在京城又犯了事，賠了不少銀子，他們出府的安置費，父親倒是可以酌情賞賜的。」謝清駿含笑說道。

「犯事？」謝樹元一聽，險些連眉毛都掀起來了。

謝清駿臉上露出微微的驚詫，他看了看蕭氏，又看著謝樹元，吃驚地問道：「難道江家老爺竟是沒將此事告訴爹爹？」

謝樹元心中猶如驚濤駭浪一般！他還奇怪呢，怎麼江秉生在京中待得好好的，突然就來了蘇州。要知道，江家老太太出嫁時，江家可是鼎盛時期，因為她光是陪嫁的鋪子便有兩間。待江家敗落之後，老太太有心想要疏通關節，可是當時她的婆婆也還在世，她自然不敢拿著謝家的銀子填這個坑，畢竟當時她婆婆話裡話外可都是要謝舫休妻的。於是她偷偷賣了自己手裡的一間鋪子，好生打點後，江家在流放處的日子倒也過得不是格外的苦。

等先帝駕崩、新皇登基後，江家蒙了大赦，一家人回了帝都，但竟是連落腳地都沒有。後來老太太又將手裡的一間鋪子給了自己的親弟弟，也就是江秉生的爹。

要說江秉生的爹，當官時是摟銀子的一把好手，可真讓他正經做生意，卻是不死不活的模樣。好在後頭這鋪子又讓江秉生接手下去，他倒是比他爹做得好，可是在京城那種強強林立的地方，也不過是餬口而已。更何況，江秉生後來為了生兒子，可是納了兩房姨娘呢！

其實這會兒江秉生會出事，也正是應了那句老話——色字頭上一把刀。他在京城的杏花樓有位相好的，平日裡手頭有了閒銀子就會去找她，不過最近幾月這鋪子上的生意不大好，因此他就沒去了。可是後頭鋪子生意有了起色，他再去找那相好的時候，卻發現她為了旁人，竟是拒了自己！雖說謝舫放話不認江家這門親戚，可那都是在帝都的世家清貴圈裡流傳著的，這種秘辛斷是不會傳得滿大街都是，因此江秉生在外頭行走，還是打著自己是謝閣老姪子的名頭，不僅是鋪子上沒人敢惹事，他身邊也聚集了不少狐朋狗友，天天「江大老爺、江大老爺」地叫著，倒是叫得他飄飄然的。結果，這個青樓的小賤人竟敢為了旁人，推拒了自己？於是在這些朋友的起鬨之下，他便找上了那妓子又找的相好。

待他將人打了之後，才知道那人竟是成國公寵妾的親哥哥！那人在外頭仗著成國公的勢，也是橫慣了的，於是一不做、二不休，也帶上人要打回來，結果雙雙就被京兆尹給抓了。

謝舫這輩子都沒這麼丟臉過，那江秉生可是打著他姪子的名頭在外頭胡作非為的！謝舫平日裡要忙著軍國大事，就連親孫子的學業都只能偶爾過問，又怎麼會關心這個根本不在乎的姪子？若不是邱氏到謝家老太太面前哭訴，而老太太又哭著讓謝舫寫帖子給京兆府尹，請對方放了人，他根本就不知道這事！

謝清駿自然不會當著這麼多妹妹的面，將這位江大老爺做的好事說出來。

不過謝樹元一聽說江秉生是惹了事才舉家從京城來投奔自己的，那心裡就跟吃了蟲子一般，於是他匆匆對謝清駿道：「待會兒你到我書房來一下。」

這頓飯，謝樹元和謝明嵐、謝明芳吃得都不痛快。

謝清溪倒是痛快了，不過她吃得太少了。

此時謝明芳兩人已經向蕭氏告辭。

而一直低頭光顧著吃東西的謝清湛這會兒正抬頭對謝清溪笑，因此謝清溪衝著他無語道：「你就知道吃！」

誰知謝清湛掏出一方帕子，優雅地擦了擦嘴巴後，竟看著她說道：「有大哥哥在，怕什麼？」

謝清溪：「……」

謝清駿雖沒有將江秉生所做的事情細說出來，不少處還引用了「聽別人說」、「據說」這樣的開頭，可是說完後，還是讓謝樹元氣得險些拍桌子。當然，他也想像到了父親知道此事後會如何生氣。

謝舫自己便是兩榜進士出身，又深知謝家沒有爵位，若是想維持如今的繁榮，唯有靠著謝氏子弟在仕途上有所出息。而本朝雖開朝不到百年，可是卻有「非翰林不入內閣」一說，所以若是想真正成為這個帝國的掌權人，清貴子弟必須在科舉上有所成就。

於是，謝舫親自教養，三個兒子皆是兩榜進士出身，甚至還出了謝樹元這麼個探花郎。到了謝清駿這一代，作為長子嫡孫的謝清駿壓根兒就不需要別人的看管和約束，他自己早早就將一切都規劃完整了，便是此次鄉試下場，也是他自己所要求的。

可偏偏居然出了江家這麼一門親戚！先前老太太還時常在謝樹元跟前哭訴，說江家是受牽累才會被流放。如今看來，因果因果，若是昔日沒種下因，如今又怎麼會得了這樣的果？

「祖父先前便說過，江家這門舅家要不得，並不是祖父嫌棄江家門戶，實在是因為家風不正。如今祖父受了江老爺的牽連，連官聲都受到了影響。好在聖上英明，深知此乃江家闖禍，實不關祖父之事。」謝清駿嚴肅地說道。

謝樹元這會兒哪還會想著要留江家在家中？根本恨不得今兒個就將他們通通都攆了出去！

「你的意思為父自然明白。」謝樹元此時還餘怒未消，只說道：「只怪我一時心軟，想著他們從京城遠道而來，又是那樣晚的天色……」

「父親受人蒙蔽而已。不過江老爺在京城便能在外頭四處生事，險些壞了祖父的官聲，兒子只怕他在蘇州……」謝清駿沒有往下說，有些話只需說一半便好。

謝樹元臉色一怔，待想明後，不禁面容鐵青。在京城中，謝舫連這門親戚都不認，江秉生尚且還能惹出這等事情，如今在這蘇州，又有這些富甲天下的鹽商在，難免不會有人利用江秉生鑽了他謝樹元的空子。謝樹元雖當著這蘇州布政使，手底下的灰色收入不少，可是卻依舊提防著那些商賈富豪，生怕自己一個不慎，落了把柄在這些富商手中，讓他們鑽了空子。

「好，我會看著他們的。」謝樹元點頭說道。

謝清駿眉眼微微一挑，可究竟還是沒有再說話。

第十章

謝清駿說的話，謝明嵐可是聽得清清楚楚的。前一世舅舅根本就沒有到蘇州來投靠他們，如今再看，此事確實是有些蹊蹺，於是她便將這事告訴了江姨娘。

江姨娘哪敢耽擱？趕緊讓丫鬟請了邱氏過來。

邱氏本坐在裡屋同江秉生說話呢。這幾日他們住在謝家，可是這兒也不能去、那兒也不能去，便是坐監都沒有這樣的。這會兒江姨娘派人過去請她，邱氏只得重新梳了頭髮、換了衣裳過來。

江姨娘嚴肅地對邱氏道：「我只問妳一句，哥哥究竟是為著何事，才從京城到蘇州來的？」

「不是早同妹妹說過了，家裡的鋪子每年賺的那些銀子實在是不夠一家子的嚼用，姑母又說表哥在蘇州當布政使，便讓老爺來蘇州投靠表哥，看能不能找些營生，也好養活這一大家子的人啊！」

江姨娘先前還真的相信了這樣的說辭，如今看來竟是她天真了。「京中有姑母在，哥哥何愁賺不到銀子？況且這鋪子又不是只開了一年，怎麼今年就過不下去了？」

邱氏見江姨娘這般窮追猛打，不由得嗔怪道：「妹妹可是不信嫂子的話？竟是當我如那犯人一般審問！若妹妹不信，只管讓妳哥哥過來親自與妳說便是。」

「都到了這般田地，嫂子竟還想瞞天過海？」江姨娘見她是不見棺材不掉淚，便冷笑道：「嫂子也別嘴硬了，這府裡可不只有嫂子一家是從京城來的！想來嫂子也知道了，府裡頭的大少爺昨兒個到了蘇州。」

邱氏一聽這話，原本強裝淡定的臉色終於有些不好了，只聽她略有些慌張地道：「妹妹可別聽了外人的說辭，壞了妳同老爺的兄妹情分啊！」

「夠了！」江姨娘一拍旁邊的桌子，冷言道：「嫂子只管將哥哥為何來蘇州的事情告訴我，至於我同哥哥的兄妹情分，嫂子倒是不用擔心！」

邱氏見話都已經說到這等地步，只得將事情說了出來。

當邱氏一說到青樓的時候，江姨娘總算想起這屋子裡頭還有兩個女孩在，於是她讓兩位姑娘身邊的丫鬟趕緊伺候小姐回去。待她們都離開後，才讓邱氏繼續說。

謝明芳素來是個愛打聽的性子，如今見這聽了一半的話被人截了，心中便是不暢快。她朝後頭張望了好幾眼，才說道：「唉，真是的，聽到一半居然趕咱們出來！」

「好了，這等大人的事情自然不是咱們該管的。」謝明嵐淡淡地說了一句。

謝明芳自然也知道這個理，便閉嘴不再說話。

跟在兩人身後的丫鬟對視了一眼，便沈默地跟著各自的小姐。

江姨娘聽完邱氏說的話後，氣得險些要昏倒過去，她抖了半天的手掌才說道：「哥哥行事怎的如此荒唐？佩姊兒如今都已經十四歲，眼看著就要說親事了，哥哥竟還鬧出這樣的事情，嫂子，妳為何不勸著些？」江姨娘說到這裡，便忍不住對邱氏發火。

這個邱氏是江家剛回京城後聘的媳婦，因邱家在鄉下有幾分薄田，她自小也被當成小姐養著，只不過鄉下那等小地主家，別說京城的官宦人家看不上，便是京城的普通百姓給自家兒子說親都要考慮幾分呢！江秉生當初會娶邱氏，也不過是看在她有些嫁妝，又讀過幾本書，也算是識禮的。

「妹妹怎的這般說話？我為老爺、為這個家是操碎了心啊！妳瞧瞧這一大家子，誰都有一張嘴等著要吃飯，可家裡統共只有一間鋪子，偏偏兩個小叔家還日日上家裡去打秋風，我何曾說過半句話？」邱氏抹了抹眼淚，繼續哭道：「如今老爺出了這樣的事情，竟是個個都來怪我，我一個婦道人家，如何知道老爺在外頭的事情？我這命怎麼那麼苦啊……」說完她就抹著眼淚，竟是哭天搶地了起來。

江姨娘在府裡頭也有十幾年，身上那些在流放時學的習氣早已改得差不多了，再加上有蕭氏這個侯府出身的主母在，家裡頭的規矩森嚴，就連奴才都知貴人講究的是不動聲色。這個邱氏，在外頭好歹旁人還稱她一聲「江大太太」呢，未料竟是比那市井夫人還不如。

「好了，既然此事已至此，如今便是再哭，也是於事無補。」江姨娘實在不願聽她這嚎哭聲，便冷眼看著她說道。

邱氏也知道如今自己在這謝府，唯一能依仗的就是這個小姑了，因此也不敢在她跟前哭得太過。

待邱氏小聲啜泣時，江姨娘才說：「今兒個大少爺定會將此事告訴老爺的，若是我沒猜錯，老爺定會氣哥哥壞了老太爺的名聲，說不定還會讓你們立即搬出府去。」

「那我們可怎麼辦？這作孽啊，我的命怎麼那麼苦啊……」邱氏說著就要拍大腿，又要嚎哭起來，可江姨娘冷眼一橫過來，竟是讓她的嚎哭聲生生憋在了嗓子眼裡。

於是江姨娘只得將她的法子教給邱氏，又讓她務必告訴江秉生，定要按照她說的做。

待到了第二日，謝樹元用過早膳正準備出門時，就看見江秉生過來，一下子就跪在他面前。

「表哥，我有一事相告。」

明日江老爺定會親自來向父親告罪，說他是一時糊塗，才將此事瞞下的。謝樹元不由得想起，昨晚最後謝清駿同自己說的話。

「我實在是糊塗啊，在京裡頭給姑父惹了那樣的大禍，可我真是害怕，才未敢將此事告訴表哥的……」江秉生接著哭訴道。

待父親讓江老爺說是什麼事情時，他定會將一切如實說出，然後在說完後，他便會說自己實在愧於住在府上，這幾日便會找了去處，自己搬出去的。

「好了，究竟是什麼事情，你先說。」謝樹元不由得按著謝清駿說的那般問了這句話。

江秉生此時眼淚、鼻涕都要哭出來了，看得謝樹元不由得有些噁心，接連往後退了兩步，生怕他把鼻涕滴到自己的官靴上。

只聽江秉生哭訴道：「我一時豬油蒙了心，受了人挑唆，同人起了齟齬，後來竟是求著姑父出面，才將我從京兆尹那裡放出來。姑父一生素有好官名，是我讓姑父名聲受損的，我實在是罪該萬死。」

謝樹元冷眼看著江秉生，心中卻已是氣急了。江秉生一生都未當過官，又如何知道對為官者——特別是像他父親這等愛惜名聲的為官者——而言，名聲於他們只怕是重於生命的。他這般輕飄飄的一句話，便想讓自己恕了他的罪？倒真是打的好算盤！

江秉生等了半天，都沒等到謝樹元的安慰，只得又咬牙說道：「我實在沒臉再在表哥府上住下去了，我明日便出門去找——」

「不用了。」謝樹元淡淡地說道。

江秉生驚喜地一抬頭，卻看見謝樹元鐵青的臉色。

「我今日便派人送你們出府！」

江家滾蛋了。因著他們的行李本來就不多，蕭氏又派了十幾個婆子過去幫他們收拾，所以沒一刻鐘，他們一家子便坐上府裡下人坐的青布馬車離開了。

謝家的學堂裡，每天中午都會有一個時辰讓小姐們午睡小憩。

此時謝清溪躺在榻上，旁邊坐著的謝清駿手裡拿著一本書。這會子蕭氏不在，要不然見她這等睡沒睡姿、坐沒坐姿的，肯定又要說她。

「大哥哥，你怎麼知道二姊頭上那朵絹花是江家姑娘送的？」這是謝清溪最好奇的地方。

謝清駿從書本裡抬起頭，不在意地說道：「江家沒什麼錢，在京城每回去府裡的時候，江三姑娘送的都是絹花。」

「可絹花那麼多，你怎麼知道那一定就是江家姑娘送的呢？」

「樣式、顏色、紮花的手法。」謝清駿一連串說完後，又盯著書繼續看。

謝清溪瞧著他書本上封皮寫的是《周易》，還想著果然是學神啊，就算考完試，得了全省第一名了都絲毫不鬆懈。古代直隸解元，就相當於現代北京市的第一名吧？

她用膝蓋跪著爬過去，噌噌噌地溜到謝清駿旁邊，眼睛朝裡面一掃——咦？好像不大對勁。

「大哥哥，你居然看閒書?!」謝清溪彷彿看到這世界上最新奇的事情。

謝清駿轉頭，用一種「妳也太大驚小怪」的口吻說：「這是京城如今最流行的遊記，這作者花了三年的時間，幾乎走遍天下的名山大川。」

「真厲害！」謝清溪感嘆，畢竟這古代的治安可實在算不上好，雖不至於劫匪四處流竄，可孤身一人在外，總是太過危險的。

謝清駿也贊同地點頭。

謝清溪突然想到一件事，她轉頭死死地盯著謝清駿，過了半晌才指著那本書說道：「大哥哥，你不會就是因為看了這個，才不想參加明年的春闈吧？」

「妳不要亂說！」謝清駿這會兒終於露出了屬於少年的慌亂。

「我要告訴爹爹和娘親！」謝清溪彷彿得了天大的秘密一般，就要從榻上爬起來。

謝清駿趕緊伸手拽她，結果謝清溪剛好踩著他放在榻上的袍邊，整個人都差點摔倒，好在謝清駿一把抱住她。

「告訴我什麼？」此時蕭氏正好掀起簾子進來，聽到了謝清溪嚷嚷的這句話，便笑著問道。

謝清溪翻了個身就要說話，謝清駿情急之下，竟是一下子捂住了她的嘴！見蕭氏有些詫異地看著他，謝清駿這才訕訕地將手鬆開。

「溪兒，妳要告訴娘親什麼？」蕭氏一臉溫柔地說道。

謝清溪看了謝清駿一眼，就見他朝自己微不可見地搖了搖頭，她笑呵呵地說：「娘，大哥哥說明天帶我去莊子上騎馬呢！」

謝清駿微微吐了口氣。

「不過……」她大大地喘了口氣。

好吧，小祖宗，我服了妳了。謝清駿無奈地看著她，無聲地表示。

謝清溪歡快地將剛才大喘氣而中斷的話說了下去。「不過我怕你們不同意呢！」

北方的天空素來高曠遼遠，站在城樓處看這一望無際的遼闊天空，讓人忍不住感受到自己的渺小，即便他是這世間最顯赫的皇族人。

「主子，城樓上風大，有些涼。」齊心站在身後，看著站在城樓前眺望遠方的主子，忍不住勸慰道。

「齊心，你去過草原嗎？」陸庭舟問道。

齊心弓著身子，頭微微垂著，恭敬地說道：「奴才是甘肅人，小時候黃河發大水，老家實在待不下去，就跟著家裡人跑出來了，後來實在活不下去，又正好遇見人販子，便賣了自個兒，換了些銀錢給家裡人，再後來就入了宮。除了先前跟主子去的江南，便再也沒去過旁處了。」

陸庭舟回頭看他。作為皇子，他自然熟讀史書，對於本朝的歷史更是瞭若指掌，他知齊心說的那場大水乃是先皇登基不久後發的。先皇乃是太祖的幼子，非嫡非長，卻偏偏讓他得了天下。那場洪水幾乎屠戮了黃河沿岸的村鎮，餓殍遍地，其淒慘之景如今再提起，那些倖存者仍膽戰心驚。

陸庭舟又轉身看了眼遼遠的天空，輕聲道：「聽說葉城有一片很大的天空，她想必會喜歡吧？」

他的聲音太輕，幾近呢喃，齊心有些沒聽清他的話，只模糊聽到「葉城」和「騎馬」。

本朝皇子在成年之後，便會前往自己的封地。恪王爺的封地便在葉城，只是他從未去過。他五歲時父皇便駕崩了，當時就算最年幼的哥哥都到了可以就藩的年紀，於是皇上登基後，便大封自己的兄弟。

但對於六皇弟陸庭舟究竟冊不冊封的問題，朝中的大臣卻分成兩派。有人覺得既然皇上大封兄弟以示恩寵，自然不能將六皇弟排除在外，更何況六皇弟還是和皇上一母同胞的兄弟；至於反對的大臣，是認為皇子都是到了成年才受封的，如今陸庭舟才只是個五歲的奶娃娃，你封他就等於沒封。

後頭還是太后一錘子定音──封。

當然，說封王等於沒封的那些，純粹就是瞎嚷嚷。

陸庭舟若只是個皇子，那他就只能拿皇子的分例；可是他既然封了親王，甭管人家年紀多小，朝廷都得按著親王的俸祿給人家發銀子。於是，每年五萬石米、三萬兩銀子以及其他各種東西的俸祿，陸庭舟就領了十三年，但是因為他年紀小，還不能前往封地。更何況，人家親娘是太后，你總不能讓一個五歲的小孩自己開衙建府，住到宮外去吧？

雖說王爺不能住在宮裡頭，可凡事都有例外不是？於是陸庭舟就成了大齊朝的頭一個例外。他年年領著朝廷給的王爺俸祿，卻吃他親哥的、住他親哥的，每年還領他親哥無數的賞賜。若是評選京城誰是最富有的少年，陸庭舟絕對是當仁不讓的第一。

可最富有的少年也有最富有少年的煩惱，比如他年紀也十八了，這個年紀成親生娃那簡直是太尋常了。他親哥第一個兒子只比他小一歲，兩人走一塊兒就和親兄弟沒兩樣。

皇太后如今要給自己找媳婦了，陸庭舟早就得了消息，只是他一直按兵不動。對於指婚這種事，若是以前他倒是無所謂，可是如今這心裡卻總是覺得不願意。

若說他是為謝清溪，只怕他自己都得仰天大笑。兩人隔著年紀、差著身分，他總不能說自己看上了一個小丫頭，想著等她長大了娶來當媳婦，所以現在才不成親的吧？

「主子？」齊心又小心地叫了聲。

陸庭舟手背在身後，十八歲的少年猶如挺拔的松柏般，站在這城樓之上。在他目光所不能及的五湖四海，全都是他們陸家所統領的疆域。陸庭舟看了會兒後，霍地轉身往城樓下走。

齊心趕緊跟了上去。

在出宮的路上，碰巧遇見皇子們下學。

九皇子陸允珩素來喜歡他這位六叔，所以他一瞧見陸庭舟便極是高興，笑著跑過來說道：「六叔，你明日有事嗎？」

「怎麼了？」陸庭舟看他仰著小腦袋問自己，不禁在他頭頂上摸了一把。

陸允珩極高興地說道：「明兒個大哥哥和二哥哥各領了一隊人，要在宮裡的馬場裡比賽，六叔你也過來看看吧！原本大哥想給你下帖子的，我說你在宮裡，便過來同你說一聲！」

馬場、馬球。陸庭舟突然展顏笑了下，說道：「好啊，明兒個我定準時到場。」

陸允珩盯著他的臉，看得竟是有些呆了，過了半晌才說道：「六叔，你笑起來真好看……」

大皇子陸允治今年十七歲，雖是皇上的長子，自小被養在德妃膝下，可生母乃是宮婢出身；而小一歲的二皇子陸允顯卻是文貴妃親生，出身自然比陸允治好，可卻因為這長幼有序，從小便處處排在陸允治之後。兩位皇子自小便明爭暗鬥，如今雖都未封王，可這私底下的小動作卻是頻頻，如今兩人更是召集了一批京中勛貴子弟在身邊，各自組了一支馬球隊伍。先前二皇子的馬球隊在京中頻出風頭，大皇子自然是難以忍受的，這會兒兩人便決定在皇宮裡來一場對決。

陸庭舟到的時候，竟發現連皇上都來了。

待他過去給皇上見禮時，一抬頭便瞧見皇上眼底的青色。皇上初登基時倒是顯出了明君的氣勢，可登基十幾年後，特別是在這兩年中，卻是沈迷於後宮聲色之中。

「小六也來了？」這當今天下敢這般叫陸庭舟的，怕也只有皇上了。

陸庭舟笑著看向場上，說道：「大皇子和二皇子的這場馬球比賽，在京城可都是廣為人知的，臣弟自然早就得了消息，只是沒想到皇兄也願意湊這樣的熱鬧。」

「不過是小孩子比鬥罷了，倒是鬧得沸沸揚揚。」皇帝看似不經意地說道，不過眼底卻是露出了不滿。

如今這大皇子和二皇子雖只是比賽馬球，可誰不知道皇上膝下子嗣繁茂，卻無一人是中宮嫡子，只怕這未來的天子就會在這些皇子中選出，而大皇子和二皇子居長，先天便占有優勢，眼下這馬球之爭未必就不是日後的儲位之爭。皇帝雖然現在有怠工的嫌疑，可是他卻沒失去帝王該有的敏感度，更何況，這可是皇子間的爭鬥。

陸庭舟突然低頭笑了下，問道：「皇上昨日可見過九皇子了？要說臣弟能來見這熱鬧，還真要多謝他呢！」

「哼，小小年紀便開始學人玩蛐蛐，朕看他倒是皮癢了！」皇帝忍不住冷哼。

此時九皇子站在馬場前的圍欄邊，正勾著頭同場內一個騎在馬上的少年說話。

陸庭舟笑著解圍。「皇兄便看在母后的分上，饒了他這一回吧？」

「朕便知這定又是你的鬼主意！想當初朕要教訓你和治兒幾人，每回都是你去將母后搬出來，弄得朕想教訓你們都難下手！」皇帝冷哼道，可是臉上卻是露著笑意。

沒一會兒，場內的馬球比賽就開始了。雙方都不服氣對方，所以這一開始，場上的局勢便透著硝煙瀰漫的味道，而幾個年紀小的皇子，更是大著膽子趴在馬場的圍欄上，眼睛眨都不眨地盯著場上。

這場面上的局勢倒是越發的緊張，上半場時二皇子先聲奪人，首得一分；待到了下半場時，大皇子隊卻是異軍突起，接連得了兩分。因著這陡轉的局勢，二皇子隊的人難免有些心浮氣躁，爭搶時更是連連將推杆打到對方的馬腿上。

陸庭舟一直閒適地坐在場下看球，只那幾個趴在圍欄邊上的小皇子各個義憤填膺的，有咒罵打人的，也有拍掌說打得好的，這陣營倒是分得一目了然。他瞧了皇上緊抿著的唇，垂下眼簾後，嘴角微微勾起。

待到了最後時刻，二皇子隊還以一分之差落後，這場面的局勢越發白熱化，就連皇帝都不由得微微挺起背，盯著場上的眾人。

「大皇兄、大皇兄！」陸允珩忍不住握著拳頭喊道。

場上騎著一匹通體棕色高頭大馬的大皇子，此時正接到隊友的傳球，只見他騎在馬上左右騰挪，那身下的馬竟是與他合而為一般，而馬球就如同黏在他的推杆上似的。

待他直闖禁區後，輕輕一推送，就將球輕鬆地送到球門中，而身後剛剛趕到的二皇子頓時氣得都忍不住將手中的推杆扔掉了。

「二弟，承讓了。」大皇子坐在馬上，回頭看了二皇子，一臉謙虛地說道。

「哼，我棋差一招，不過大哥也別得意，不過是場馬球罷了！」二皇子冷言回道。

一瞬間，這會場裡的小皇子都翻過圍欄，紛紛往裡面跑。

陸允珩更是一下子就跑到了大皇子的馬旁，仰著頭求道：「大哥，你讓我騎一下你的馬吧？」

烈，弄傷了陸允珩。」

「閃電性子太烈，我只怕你駕馭不了。」大皇子倒也不是捨不得這馬，只怕閃電性子烈，弄傷了陸允珩。

陸允珩素來就是要風得風、要雨得雨的性子，聽了這話豈會答應？當即便哼哼唧唧地纏著大皇子，要騎他的馬。

「這個小九，定是又在纏著治兒騎馬了。不過這匹汗血寶馬的性子剛烈，就連治兒當初都差點摔傷呢！」皇帝遠遠瞧著便猜出來九皇子的意圖。

陸庭舟立即起身，瞧了兩人一眼後，又轉頭對皇帝說道：「大皇子性子素來寬厚，就怕他禁不住九皇子纏，我過去瞧瞧吧？」見皇帝點了點頭，陸庭舟便走了過去。待到兩人跟前時，只見九皇子還在纏著大皇子，而此時大皇子言語間倒是有些鬆動了，就是怕九皇子受了傷。

「允珩，你父皇說了，你人太小，現在還騎不得這樣烈的馬。」陸庭舟雙手背在後頭，微微仰頭看了面前這匹汗血寶馬。聽說這是塞外進貢的御馬，皇上就只賞了大皇子一人。

「六叔，你就讓我騎一下唄！我不策馬，就騎在上頭瞧瞧！」陸允珩連這樣的話都說了出來。

最後大皇子實在是禁不住他哀求，便抱著他上了馬背，但雙手根本不敢鬆開韁繩。

大皇子見他騎上去一會兒了，就問道：「九弟，現在可以下來了吧？」

「大皇兄，我能不能騎著牠走一圈啊？」陸允珩又得寸進尺地問道。

大皇子還未說話，站在一旁的陸庭舟便微微笑著開口。「不行。」

「六叔……」九皇子哀求地看他。

「不行。」陸庭舟嚴肅道。

此時九皇子還要說話，身下這匹馬卻突然揚起蹄子後仰起來，而大皇子因為抓著韁繩，整個人一時不防，竟是被帶著摔倒在地上！

這一切的變故來得太快，以至於周圍的人還沒反應過來，只聽陸庭舟一聲大喝——

「放開韁繩！」

大皇子正要放手，卻又想起馬上騎著的陸允珩，不禁搖頭喊道：「九弟還在馬背上！」

「放手！」陸庭舟又喝了一聲，大皇子的手終於鬆開。

此時，這匹馬顯然已陷入狂怒之中。好在九皇子也上過騎射課，此時本能反應下，便死死地抓住馬鞍。

陸庭舟伸手拽住韁繩，想著先控制住馬，誰知這馬的前蹄不停地揚起，險些踢到他。

「父皇，救命！」在馬背上的九皇子已經哭了出來。

陸庭舟雖抓著韁繩，可是整個人已經快站不穩，眼看著就要被馬帶著摔在地上時，他竟是一把抓住馬鞍的一邊，整個人如燕子般輕盈地翻到馬上！

見九皇子死死地拽著馬鞍，陸庭舟只得說道：「待會兒六叔喊放手，你便同六叔一起放手。若是聽到了，便點頭。」

九皇子點了點頭。

此時，周圍的人已經圍了上來，可這匹馬越發癲狂，在原地四處打圈，誰要靠近一些都會險些被馬的前蹄撂倒。

皇帝看到這驚險的一幕便要前往，畢竟那邊他的兩個兒子和一個弟弟正陷入了危險中！可這般危險的情況，身邊的太監都死死抱著他的腿，不肯讓他過去。

「放手！」陸庭舟大喊一聲，便抱著陸允珩起身，腳底使勁蹬了一下馬鞍，緊接著兩人便直直地往右邊飛去。

就在眾人一顆心要落地時，卻見那原本在原地打轉的馬竟是往旁邊奔了幾步！

此時，陸庭舟抱著陸允珩已經摔到了地上，陸庭舟將陸允珩護在身下，剛要站起來時，卻聽見旁邊響起一片驚呼聲，他一回頭，只來得及看見那近在咫尺的馬蹄……

「啊——」安靜的內室突然響起一陣驚呼。謝清溪大叫了一聲後，整個身上便已經汗濕，腦門上的汗珠不斷往下滾。

朱砂已經掀開簾子，正準備將謝清溪叫醒，就見在外頭的蕭氏急急進來。

一見謝清溪這副模樣，蕭氏便一把將她抱在懷中，輕拍她的背。「溪兒，溪兒別怕，娘親在這裡，娘在呢……」

蕭氏低低的安慰聲，總算是讓謝清溪安靜了下來。待過了半晌，她終於睜開眼睛，一雙杏眼裡蓄滿了淚水。「娘，小船哥哥……」她抽泣得險些說不上話來。「小船哥哥被馬踩傷了！」

在二門處等著的素雲，來回走了好幾圈。

旁邊平日看守二門的婆子見狀，討好地說道：「張全他家的，不如過來坐會兒吧？反正這大夫還沒來呢！」

「我怎麼坐得住？這大夫怎麼這麼久還不來？」說著，素雲又朝著外頭張望了一眼。

婆子平日就管看門的事情，這出出進進的人這麼多，因此小道消息倒是靈通得很，只見她嘿嘿笑道：「今兒個跑腿的丁大有素來就是偷奸耍滑的，若非看著是要給六姑娘請大夫，只怕都不願意去呢！」

「這樣的人怎麼還讓他留在這裡跑腿？」素雲忍不住氣道。

這婆子一聽即知素雲平日只管在太太、小姐身邊伺候，這些下人之間的事情倒是攙和得少了，便笑道：「這小子雖說性子有些懶，平日讓他拿個東西、叫個人得三催四請的，可人家長得俊俏，被老爺奶嬤嬤家的姑娘看上了，如今靠上了這麼個靠山，還愁什麼？」

素雲一聽便沈默了。這奶嬤嬤可不比尋常的嬤嬤，若是一直留在主子跟前，那臉面只怕頂半個主子呢！當初謝樹元的奶嬤嬤便是留在謝樹元身邊伺候的，後頭謝樹元雖將她送出府養老，可是奶嬤嬤家的兒子卻又到了府上當差。

正說著話的這會兒，就見一輛謝府的馬車緩緩駛了進來。

丁大有從車上跳了下來之後，便伸手將車駕旁邊的凳子放好，裡面的大夫揹著個醫藥箱，從裡面下來了。

素雲一瞧人總算是來了，便急急迎上去說道：「周大夫，你可算是來了！」這周大夫便是上次江姨娘假生病的時候戳穿她的那位。素雲帶著周大夫，急急地往蕭氏的正院過去。蕭氏信服他的醫術，如今謝清溪病了，便點名讓下人過去請他。

雖說上回蕭氏賞了周大夫不少銀子，可這後宅陰私之事，特別是布政使大人家的陰私，他實在是不願再瞧。周大夫正在擔憂這回是否又是什麼隱秘之事，就被領到了蕭氏的院子中，待一路進了內室，就看見謝夫人正坐在床邊，而她身後站著一個長身玉立的俊俏少年，那少年滿身的貴氣風華，便是周大夫這樣見過世面的人，在瞧見這少年之後，都忍不住多瞧了一眼。因著謝家在蘇州也有許多年了，周大夫又時常出入給謝家的人看病，對謝府上的主子雖不至於瞭若指掌，但是這面孔卻是認得全的。這少年一瞧便是富貴人家養出來的，如今又能出入謝夫人的內室，只怕就是傳聞中的那位了……

「周大夫，請你務必救救小女……」蕭氏見周大夫過來了，一向淡然溫婉的面容此時也布滿憂愁，連說話的聲音都帶著哽咽。

周大夫低頭瞧了眼躺在床上的女孩，只見她滿頭的烏絲鋪在遍繡桃花的枕頭上，一張小臉沒了往日的紅潤，慘白得猶如紙片般，額頭上壓著一方熱帕子，但額角還是不斷地往外滲出冷汗。待他把脈之後，沈思片刻才道：「貴府的六姑娘因年紀尚幼，血氣未定，神氣尚弱，容易受外邪侵擾。」接著他又摸了摸鬍子，側頭沈思了半晌。

蕭氏並不通醫術，因此對他所說的話只是似懂非懂。孩童在未成年時，元氣弱而易受外邪侵擾，蕭氏也是聽過這樣的說法的。只是她前頭養了兩個兒子都是健健康康的，便是連生病都少見，唯獨到了這對龍鳳胎，哥哥清湛倒還好，偏偏就是她的溪兒，小小年紀便受了這樣多的罪……蕭氏想到此，便忍不住要落下淚來。

「不知周大夫是不是想說，我妹妹受了驚嚇？」謝清駿自然也焦急，又見這大夫老神在在的模樣，心裡恨不得讓他趕緊將病症說明白了，好對症開藥。

周大夫轉頭看了謝清駿一眼，點了點頭稱讚道：「看來小公子也是通些病理的。」

「讀書人而已。」謝清駿面無表情地說道。讀書人講究博聞強識，被稱為君子六藝的禮、樂、射、御、書、數，那都是讀書人必須要學的，不說是他們安身立命之本，但也是需要掌握的基本技能。至於謝清駿這樣博覽群書的人，略通些藥理自然不足為奇。

周大夫又問蕭氏。「不知六姑娘近日可曾受過驚嚇？」

蕭氏搖了搖頭，不過她又盯著朱砂看了一眼，朱砂作為謝清溪身邊跟著的婢女，自然最清楚謝清溪平日去了哪裡、做了什麼？

朱砂思索了半晌，最後只說道：「姑娘這幾日嫻靜得很，除了在學堂裡讀書和過來陪夫人外，便只在自個兒的院子裡繡花。若是說驚嚇……方才姑娘在睡夢中驚叫了一聲，接著便成了這副模樣了。」

蕭氏想了下，也不由得點了點頭。謝清溪是她唯一的女兒，她平日做了些什麼，蕭氏雖不是瞭若指掌，可也是知道個大概的。這丫頭近日急著要給她大哥哥繡個荷包，除了在自己這處說會兒話外，便只有在自己院子裡頭繡花了。

就在此時，一直緊緊閉著眼睛和嘴巴的謝清溪，身子突然痛苦地一扭，接著整個人便蜷縮起來，嘴裡還模模糊糊地唸叨著。

眾人正被這一幕驚住時，就見她的身子扭動得越來越厲害，險些就要滾落到床下了！

謝清駿一個箭步上前，連被子帶人將她死死地抱在懷中，瞪著周大夫怒道：「現在該如何治？你趕緊給我想出個對策來！」

「王爺！」

「九皇子！」

「小六——」

此時的馬場猶如炸了一鍋粥，早沒了什麼皇家禮儀。

剛被人從馬腿邊拖了出來的大皇子，這剛起身就看見陸庭舟抱著陸允珩跳下馬，可是緊接著，他們落地的那處，馬卻癲狂地狂奔而去！只見那寬大的馬蹄帶著勁風，在呼嘯間竟是要踹下去，就在千鈞一髮間，陸庭舟硬生生地往旁邊滾了一圈，然而那馬蹄還是擦著他的手臂踏了下去！

「啊——」陸庭舟痛呼一聲，死死抱著身下人的手還是鬆開了。

「王爺！」齊心擠開眾人，急急地跑了過來。

旁邊的侍衛此時見恪王爺竟是在自己的眼皮子底下受了傷，早已經紅了眼，撲到馬背上的、用韁繩套頭的，可便是四個人合力都沒能降住這匹馬！就在更多的侍衛要撲上來時，只見那馬嘴上突然冒出一堆白沫，緊接著，那癲狂的馬竟是砰地一聲倒地，龐大的身軀摔在地上時，掀起了一人高的塵土，而騎在馬背上的侍衛雖眼疾手快地跳下馬背，可還是沒快過馬摔倒的速度，一條腿被馬身死死地壓住！

齊心上前抱過陸庭舟，旁邊的二皇子也趕緊衝過來將陸允珩抱了起來。

陸允珩一張白皙的小臉蛋已經沾滿塵土，臉頰上還劃出了一道血痕，看起來是方才落地時被石子所磨的。此時只見他眼神呆滯，竟是連哭都沒哭。

而被齊心扶起的陸庭舟，此時整個人已經脫勁，一條手臂痛得讓他險些落下淚來。他伸出右手摸著左手，嘴角勉強拉扯了一下，方要說話時，竟是整個人劇烈地咳嗽了起來，接著便是一口血沫吐了出來！

「趕緊叫太醫啊！全傻愣著幹什麼？」二皇子抱著陸允珩，瞧見陸庭舟嘴角的血跡時，立即急急地喝斥道。

此時皇帝總算是一腳踹飛了一個奴才，來到了這邊。他看見陸庭舟靠在齊心的懷中，嘴角掛著血沫，玄色衣袍上沾滿了塵土，就連簪髮的玉冠都摔壞了，不禁心頭一跳。

「趕緊將六王爺抬到離這兒最近的寢宮，著太醫院所有的太醫過來，讓醫正也速速趕來！」雖說因著陸庭舟的重瞳和嫡子身分，皇帝心底多少有些猜忌於他，可是懷疑本就是皇帝的天性，他連自個兒的老婆、兒子都懷疑了，懷疑一下親弟弟簡直就是太正常的事情。不過懷疑歸懷疑，皇帝該怎麼培養他還是怎麼培養他，壓根兒就沒想過把他養廢。

此時正在太醫院的就剩兩位太醫，這當值的醫正卻是被玉嬪娘娘給叫去了。於是這小太監又往玉嬪娘娘的宮裡頭跑，待到了的時候，那宮女卻不讓他進，說是醫正現在正給玉嬪請脈呢，還說什麼若是驚了娘娘，只怕他都擔待不起。

這小太監就是個跑腿的，平日也都是打雜的分，如今他只繃著臉，說道：「恪王爺和九皇子驚了馬，如今王爺受了傷，連血都吐了，妳若是再不進去通傳，讓王醫正出來，我便自個兒進去叫了！」

嫣紅一聽是恪王爺和九皇子驚馬了，倒也是嚇了一跳，不過聽這小太監蠻橫的態度，她這寵妃身邊得力大宮女的脾性一時便上來了，只聽她冷哼一聲道：「哼，我倒要看看你如何敢進去請人？」結果，她這話剛說完，就見那小太監鑽了空子，一貓腰便竄了進去！

小太監一跑進正廳便往旁邊的捎間跑，一般太醫都是在這處給娘娘們請平安脈的。他先前也在太醫院當過值，只是後頭得罪了人，這才被趕了出來。

「王醫正，恪王爺和九皇子正等著您救命呢！」那小太監一進來就高聲嚷嚷道。正給玉嬪問脈的王醫正，一轉頭就看見一個小太監闖了進來，後頭還跟著一個宮女。

嫣紅急急罵道：「我瞧你竟是不想活了，娘娘的寢宮也是你這等小雜役能亂闖的？」接著她便高聲喊道：「來人、來人啊！給我將這小太監趕出去，交到慎刑司去！我倒要看看你這骨頭有多硬，連咱們娘娘你都敢驚擾！」

王醫正雖知這小太監也有錯，可事情到底有個輕重緩急，於是他開口問道：「你方才說恪王爺和九皇子等著我救命是什麼意思？」

小太監一聽王醫正問話，便急急回道：「王爺和九皇子在馬場上從馬背上摔了下來，如今都等著您去救命呢！」

王醫正一聽，哪還有心思再為玉嬪請脈。這位娘娘三天兩頭地宣太醫，無非就是做做樣子給皇上瞧罷了，往日他倒還願意配合，如今這可是刀架在脖子上頭的事情啊！他可不認為太后的兒子和賢妃的兒子，會比一個玉嬪分量輕。於是他趕緊收了東西，匆匆同玉嬪告罪道：「娘娘，皇上急召老臣，這平安脈今日只怕請不成了，老臣改日再給娘娘謝罪。」說完後，他便匆匆往外頭走，走到那報信小太監身邊時說道：「你趕緊前頭領路。」

嫣紅見小太監要走，一時急道：「你闖到咱們宮裡這般放肆，還敢走？」

「放肆！王爺和九皇子正等著救治，若是耽誤了兩位主子的病情，妳有幾條命賠？」素來態度恭謹的王醫正這會兒也不禁怒斥道。

身後的玉嬪原本還勾著笑意在一旁看戲，此時笑容一下子消散，面色略鐵青地說道：「嫣紅，還不趕緊讓開！」

待王醫正趕到時，太醫院那兩位當值的太醫已開始討論病情，正酌情要開藥方呢，一見他過來，這才鬆了一口氣。這樣重的傷勢，他們兩個小小的太醫實在是不敢隨意下方子。

此時皇帝正坐在外頭的榻上發火，只聽他怒罵道：「平日裡一個個請平安脈時倒是都在，這等到了救命的時候，竟是這般拖沓，朕看他們是嫌脖子上的那顆腦袋太牢了！」

王醫正不敢分辯，摸了頭上的汗便問了其他兩人關於王爺和九皇子的傷勢。九皇子因從頭到尾都被陸庭舟抱在懷中，因此除了臉上那條血痕外，倒也沒啥外傷，只是他這會兒被嚇得不輕，被救下來之後連話都不會說了，賢妃已經派人將他接回宮裡去了。王醫正聽了兩位太醫的話，又結合自己查看王爺傷勢後所得出的結論，總算是確定了這初步的治療方案。

此時皇帝才想起什麼般，說道：「此事務必要瞞著太后，別讓她老人家擔心。」正說這話呢，只聽裡面傳來了一聲叫聲，只這一聲後便再沒了動靜。

皇帝臉上露出一抹擔憂，許久後，王醫正及其他兩位太醫總算是從裡面出來了。

王醫正連臉上的汗都沒敢抹，立即便回覆道：「好在王爺當時急智，往外滾了一圈，那馬是踩上了王爺的手臂，若是當空踩在後背上，只怕連五臟六腑都會被震碎。」

這時皇帝臉上都出現了後怕的神情，他微微點了點頭，又問：「可小六當時吐了口血，是怎麼回事？」

「因著當時王爺抱著九皇子從馬背上跳下來，摔到地上，臟腑受到了衝撞，這才會吐血的。」王醫正想了會兒，又道：「九皇子雖說被王爺護在懷中，可到底也是摔下了地，微臣只怕這九皇子的臟腑也受到了衝撞。」

皇帝一想，便立即說道：「你現在即刻前往賢妃宮中，給九皇子好好問診。」接著皇帝又吩咐道：「著人將劉醫正宣進宮中。」

待他進了內室之後，只見陸庭舟的左臂已被白紗纏住，額頭上還滲出了點點汗珠，就連眉頭都是緊鎖著的。皇帝站在床邊微微嘆了口氣，不一會兒便出去了，待他走到門口的時候，就看見一個小太監正跪在一旁。皇帝原本已經跨步越過他身邊了，卻又突然停了下來，回頭看了眼後，開口問身邊的太監總管懷濟。「這小太監為何跪在此處？」

懷濟略在皇帝耳邊低語了幾句。

皇帝只淡淡看了他一眼，過了半晌才道：「倒是個忠心的，賞他白銀一百兩。」

那前去喚人的小太監見自己不僅沒受罰，反而還得了皇上的賞，只急急謝恩。

半晌後，齊心將屋內的人都攆了出去，說他們在裡頭只會擾了王爺休息。可待他關上了內門，一回頭時，就看見原本閉目躺在床上的陸庭舟突然睜開了眼。

「你即刻派人去請裴方回來。」

「王爺，此事還不成熟，若貿貿然……」齊心只覺得此事太過危險。

陸庭舟眉頭緊縮，一向豐潤的唇慘白如紙。「風雨欲來。」

與此同時，遠在蘇州的謝清溪，終於在謝清駿的懷中，慢慢地安靜了下來……

謝明芳挑了一筷子青菜，有些厭煩地瞧了眼。「又是青菜！這都多少日了？偏生就她金貴，不過是夢魘罷了，竟讓全家人陪著她吃素，我看——」

「閉嘴。」江姨娘實在是被她唸叨得不耐煩了，有些無奈地說道。

謝明嵐端正地拿著碗，一言不發地挑了塊豆腐在碗裡。

江姨娘看著她，又看了看謝明芳，只覺得一陣頭疼，無奈地說道：「妳都是十二歲的大姑娘，再過幾年便到及笄的年紀了，這什麼話該說、什麼話不該說，便是姨娘不說，妳也該知曉的。」

謝明芳知道江姨娘這又是拿她同謝明嵐做比較呢，不過這回她卻是抿著嘴，一言不發。

「好了，我今兒個去給太太請安的時候就聽說了，六姑娘身子已經大好了。」江姨娘盯著謝明芳問道：「妳們姊妹之間該多走動些，我聽說妳只在前兒個去看了六姑娘一回？」

「好了、好了，我今兒個再去看她成了吧？她是嫡女，她生來便比我們尊貴——」謝明芳說到這處的時候，猶如被咬到舌頭一般，一下子截住了話頭。

謝明嵐抬頭，有些責備地看著謝明芳，又看了江姨娘一眼。

只見江姨娘微微紅了眼圈，過了許久才緩緩說道：「是姨娘不好，拖累了妳們。」

「姨娘，妳別這麼說！」謝明芳雖有些魯莽，可待江姨娘也是至孝的，這會兒見自己一時口不擇言傷了江姨娘的心，便急急說道：「都是我不好，我不該亂說話！」她動了動唇瓣，過了半晌才垂眸說道：「我以後再也不會了。」

「姨娘，妳別擔心，今兒個我們下學了，就去太太房中看六妹妹。」謝明嵐轉頭安慰江姨娘，又說道：「再說了，這幾日六妹妹確實是身子不適，大夫說她需要靜養，便是大姊姊都只是同咱們瞧了一回。」

「我知道妳是個好孩子。」江姨娘微微低了頭。

兩位姑娘用了午膳後，就在汀蘭院歇了個晌，待到下午時，便攜手去春暉園上課了。

說實話，謝清溪這回也被自己嚇住了。她平日中午素來都是在蕭氏的正院用膳，用完午膳便在西廂房歇著，可誰知那日午睡的時候卻被魘住了。聽朱砂後頭跟她描述的，說是聽見她驚叫了一聲之後，整個身子上的汗珠就猶如滴水一般，在大夫來的時候，還抽搐了一陣子。可謝清溪根本就不記得這些事情，她唯一記得就是，她看見陸庭舟抱著一個看不清楚長相的孩子，從馬背上跳了下來，可誰知他們落地的地方就是那馬兒狂奔而去的方向，馬的蹄子揚在他的上方，一腳就要踏上他的背，碾碎他的五臟六腑！緊接著，她就聽不見、看不見了。這樣的感覺是她從未有過的，即便朱砂說她後頭嘴裡還唸叨著什麼，可謝清溪卻都不記得了。

她懷疑，自己是離魂了。

當然，謝樹元也有這樣的懷疑，但子不語怪力亂神，乃是他們儒生自幼接受的訓勉，因此他心底雖有這樣的想法，可到底不願真到寺廟裡請和尚來家裡頭誦經。

蕭氏可沒他這般多的顧忌，反正上香是她們夫人尋常必備的活動。她先前剛拜完文曲星，替兒子求了桂榜題名，這會兒又去替女兒求平安。結果剛拜完回來，謝清溪就同她說要去莊子上住。

蕭氏略皺著眉，說道：「妳如何會想著要去莊子上住？」

謝清溪有這樣的想法許久了，只是未找著合適的機會罷了。她雖不知外頭的事，可也知道她爹已在蘇州這麼多年，只怕回頭就要回京城了。她如今在蘇州還算鬆快，待到了京城，一大家子住在一個府裡，上頭還有輩分更高的祖母在，言行舉止只怕得嫻靜再嫻靜，所以這回生了這樣奇怪的病後，她便更加想去莊子上透透氣。她覺得，若讓她去騎馬的話，定是比躺在床上養著要好得快。

「娘，都說海闊天空，心情舒展。咱們這兒雖然是瞧不著海，可是到了莊子上卻是能看見天的，況且郊外的莊子空氣又新鮮，對我的心情肯定大有裨益，我這心情一舒展了，身子肯定會大好！」謝清溪頭頭是道地說。

蕭氏見她一雙大眼睛盯著自己，猶如會說話一般，閃亮亮又水濛濛的，猶如那楊柳拂過的湖面，明亮又純淨。到底是自己從小當珍寶一樣養到大的，前幾日那突如其來的病症又實在是嚇住了她，所以這會兒她還真是說不出拒絕的話來，只無奈道：「偏偏就妳歪理多。」

「娘，妳就讓六妹妹去吧，免得她日日躺在床上也無聊。」此時，一直坐在旁邊的謝清湛突然開口說道。謝清溪發病那日，他還在學堂裡上學，待回家後，照例到正院來換衣裳用膳，可誰知一進院子就看見裡頭丫鬟行色匆匆的，待抓了丫鬟一問才知，竟是謝清溪生病了！

他急急到了內室，就看見謝清溪一張慘白的小臉，整個人被大哥死死地抱在懷中。

謝清湛到底年紀小，險些被嚇哭，蕭氏當時也心力交瘁，恨不得抱著他一塊兒哭。好在謝清駿臨危不亂，讓大夫趕緊拿出治療的方子，又吩咐丫鬟趕緊去熬藥。

這樣的魘症無非是開些凝神靜氣的藥方，不過裡頭倒是加了人參。這樣名貴的藥材謝府自然是備著的，蕭氏讓人特別開了庫房，從裡頭看了根足足有上百年的人參。這還是她成親時，她娘特地為她準備的，如今居然用到了自己的女兒身上。

謝清溪這會兒眨著眼睛衝著謝清湛笑。自打她生病後，謝清湛對自己已經不只是太好，簡直到了予取予求了。

「我倒也想妳去莊子上養病……」蕭氏有些為難，若謝清溪要去，自然得由她帶著，可是這府上事多，她如何走得開？

此時謝樹元將茶碗放下，說道：「既然溪兒想去莊子上，就讓清駿帶她去住些時日便是。她這樣活潑的性子，拘在家中反而容易生病。」謝樹元作為一家之主，自然有說一不二的話語權。

只是蕭氏卻驚詫道：「清駿不去白鷺書院了？老爺你不是說已經寫了帖子給山長？難不成這白鷺學院還不願收不成？」

「夫人說的哪裡話？清駿這樣的學識，便是進太學也綽綽有餘了。只不過我看他明年也不用下場，便想讓他先鬆泛些。」

謝清溪在一旁聽得簡直是目瞪口呆，她聽爹爹說過，當年外頭雖人人都誇讚謝樹元是才華天縱，可是旁人卻沒看見謝樹元頭懸樑、錐刺股的刻苦。他自己從前便是這般過來的，按理說對兒子自然是嚴上加嚴的要求，如今能說出這樣的話，可見謝清駿實在是太牛了！謝清溪恨不得在心裡給她大哥點上三十二個讚！

她小聲說道：「那二哥哥和六哥哥能陪我去住幾日嗎？」

「胡說什麼！妳二哥哥和六哥哥都是要上學堂的人，難道都同妳一般，整日只知道玩耍？」蕭氏脫口便斥責道。只見謝清溪小心地覷了眼謝樹元，險些將蕭氏氣得絕倒。這個女兒如今是越發的古靈精怪了，知道在她這頭行不通，便想著法兒地要哄她爹爹。

「妳二哥和六哥平日不是也要學騎射嗎？待他們到莊子上練騎射時，便讓他們同妳一處玩便是了。」謝樹元好歹還殘存一些理智，沒被女兒的一雙大眼睛給看化了心。

「六哥哥，我會想你的，你可要經常來看我……」謝清溪可憐兮兮地說道。

蕭氏真是氣得連話都不願說了，想了半晌，她才冷哼一聲，道：「妳也別擔心，說不定沒等他們去看妳，妳就已經回來了！」

「娘——」謝清溪慘叫。

「娘，我走了，妳別送我了！」謝清溪站在院門處，朝著蕭氏揮手。她身上雖穿著厚實的衣裳，可是小手卻揮得格外用力。

旁邊的謝清駿也同蕭氏道別後，便拉著謝清溪的手，帶著一幫丫鬟、小廝往外頭走。

蕭氏瞧著謝清溪仰起頭歡快地同謝清駿說話的模樣，看了半晌，突然哽咽地說道：「這個小沒良心的，便是走也不知道回頭看一眼……」誰知話音剛落，走在前面不遠處的謝清溪突然回頭看了她一眼，朝著蕭氏又歡快地晃動了幾下手臂。蕭氏見狀，眼淚突然就流了下來。

旁邊的沈嬤嬤心疼道：「夫人這是怎麼了？姑娘不過是去莊子上略住幾日罷了，若是過些日子想姑娘了，只管去接她回來便是。」

「這小沒良心的這般貪玩，我若是接她回來，她還不得恨死我？」蕭氏用帕子擦了擦眼淚說道。

謝清溪這會兒真的猶如出籠的小鳥一般，就連馬車行走在街上時，她都忍不住偷偷掀開一條縫，往外頭看上好幾眼呢！不過在看見畫糖人的攤子之後，她又是好一陣嘆息。自從幾年前那次差點被拐賣的經歷之後，她除了跟著謝清懋出來的兩、三回，就再也沒出來過了，就連元宵節這樣熱鬧的日子，旁人都可以出來，她仍是被關在家中，雖然蕭氏也是陪著她的，可每回看見謝明貞她們出去看花燈，回來後還帶了好些面具和花燈，她就一陣心癢。

「清溪，看夠了便該放下來了。」

謝清溪回頭看了他一眼，見他正在閉目養神，便有些好奇地問：「大哥哥，你不是閉著眼睛嗎，怎麼知道我掀了簾子？」

「風吹到我臉上了。」謝清駿淡淡地說道。

「……」謝清溪無語。她突然覺得自己彷彿羊如虎口。

後來事實證明了，永遠不要小瞧女人的第六感。

——未完，待續，請看文創風373《龍鳳呈祥》2

2015年12月出版

憐香

文創風 362～364

作為侍妾，前世她無榮無寵、坐足冷板凳，
眼看自己既沒心計，又稱不上絕色，今生重來大概也無望，
哪知這侍寢、賞賜接二連三都降臨到她頭上，
難道自己真的要轉運了？

思君情切，誰憐花容／藍嵐

作為太子的眾多侍妾之一，馮憐容綜觀自身的條件，
即便今生重來一回，要與人爭寵大概也無望。
孰料，她只想做個自在的人，反倒投其所好了？
本以為太子僅是圖一時新鮮，可這恩寵隨著時日只增不減，
待新皇榮登大位，她還一躍成了貴妃，
縱使前世的勁敵藉著選秀女再度入宮，
她仍是集三千寵愛於一身。
豈料，宮裡傳出由她所出的皇長子乃天定儲君之謠言，
意欲以此毒計讓她不見容於世！
所幸在君王的全心信任下，
不僅真相水落石出，還引發廢后風波。
在因緣俱足之下，她也一步步成為後宮至高之人……

你孤單嗎？你寂寞嗎？

新的一年給自己添個家人，
陪你一起感受「原來你是我最想留住的幸運～～」

238期 Hank

帥氣忠心的Hank正等著被新家人呵護，如果你願意，牠將是最忠實顧家的好男孩！趕快來信給Hank一個溫暖的家喔！
（聯絡人：吳小姐→ivy0623@yahoo.com.tw）

249期 芒果哥

可愛的芒果弟已經被認養嘍，那麼帥氣的芒果哥怎麼可以落於人後呢?! 趕快把芒果哥帶回家吧！弟弟、哥哥都需要你的愛護。
（聯絡信箱：saaliu@yahoo.com.tw）

253期 缺缺

溫和乖巧的缺缺，親狗、親貓，也親人。牠可以和諧地和貓咪躺在同一個小窩，也能靜靜地被抱在腿上休息，如果你被牠乖巧的模樣給融化了，趕快來信成為牠的「一心人」！
（聯絡人：張小姐→o2kiwi387@gmail.com）

256期 Didi和Gigi

傻氣可愛的Didi和Gigi，只要有食物就可以讓牠們開心好久，趕快來信聯絡，與牠們一起享受單純而美好的「能吃」小確幸吧！（聯絡人：愛媽Christine→ccwny210@gmail.com）

第249期芒果弟 弟弟

Danny / 台南永康

當初是在貓咪公寓認養了回回，後來上班回來看牠總是不開心的樣子，想說一定是原來的同伴都沒了剩下牠一個，所以決定再領養一隻貓才有伴可以玩，後來又去貓寓，看到芒果兄弟，一身雪白的，又沒攻擊性，經過一番內心掙扎後才決定領養弟弟，實在是因為我家不夠大到可以一起帶回兄弟，否則家裡會被牠們拆了吧。

弟弟現在可是活潑的搗蛋鬼，最愛趁我睡覺時跑到床邊搞破壞，有一次被我發現又要搞破壞，就偷偷裝睡要嚇牠，牠被我一嚇居然從二樓跳下去（樓中樓），結果換我被牠嚇到，幾時偷練這功夫的要嚇誰呀！

現在弟弟也比以前胖多了，回回也超疼牠的，我捉弄弟弟時回回還會生氣呢～～然後就是換回回被我捉弄，弟弟就會奸詐地在一旁偷看。家裡有了這兩隻毛小孩，心情也輕鬆多了，回家看到牠們就很開心。雖然要先收拾被破壞的東西，不過這就是貓咪的天性──愛搞破壞與好奇心，也是牠們讓我又愛又恨的地方。

第252期捲捲 Vivienne / 台中市

注意到捲捲是因為狗屋出版社在書中刊登認養貓文。文章中捲捲在甕仔雞店討生活那段讓我的心酸酸的，剛好家裡還可以再養隻貓，就決定是牠了。

捲捲很快適應家中尚有大姊和二姊的情況，非常尊敬兩位貓咪姊姊，但捲捲愛玩，常主動騷擾兩位姊姊。三隻貓打打鬧鬧的，妳呼我個巴掌，我偷抓妳的尾巴……

牠非常非常親人，一點也不像小浪浪，坦白講是「非常黏」，常讓我好氣又好笑。有了這三姊妹，讓我的家庭生活製造了更多歡笑。

第239期小灰 胖灰

冰冰寶兒 / 新竹縣

2014年12月29日，胖灰成為了我們家庭的一分子。會想認養胖灰，一切都起源於我姐姐的貓兒子「球球」住我們家開始。

本來，我們家只有一個貓兒子「胖喵」，一直以來，胖喵都過著獨生子的生活。直到球球來寄住後，開啟了胖喵的另一面，這時才發現，原來，貓咪也是需要有伴的。於是在球球寄住結束後，心裡燃起了一個念頭，我們想要再養一隻貓咪來和胖喵作伴。

於是，開始搜索各大領養網站及管道，尋找適合我們家的新成員。就這樣，看見了「巷口躲貓貓」發布的領養訊息。當時，一看見胖灰，心裡覺得就是牠了。那眼神和表情，和胖喵實在太相似，相信牠們一定會相處得很愉快。

胖灰來到家中也快一年了，從一開始害怕的眼神，到現在餓了會討吃、討摸；睡覺時，還會來陪睡，有時還會追著自己的影子自high，我們常常被牠逗趣的行為惹得哈哈大笑。

真的很謝謝胖灰的加入，除了陪伴胖喵外，更調劑了我們的生活。用愛真的會改變毛小孩的性情，希望大家能用領養代替購買。每一個毛小孩，都值得被愛。

第244期小黃 波波

黃小姐 / 新北市板橋

波波是來新家後改的名字，雖然不知道波波是怎樣的成長過程，才讓牠這麼膽小跟怕人。但我相信，會來我家，就是一個新機緣，讓波波有全新的開始，學著交新朋友，學著相信人。

來新家3個月，波波的作息穩定了，但是交貓朋友就有點慢。看牠吃飽飯後精力十足地撲玩具，心中就覺得——波波啊！在這裡，你要做的就是，放心地吃睡玩，我看你吃得很滿意，睡得很久，但是玩的時間卻很短，在這裡朋友多啊，牠們等著跟你一起跑跑，你要加油噢！

願得一心人，白首不相離

「我若喜歡你，便會永遠心悅著你，
無論經過多少的時光、多少的歲月……」

「你說，我這一生與你永不分離，可好？」

狗屋最新強檔貓狗企劃
「願得一心人，白首不相離」來啦！
想知道2015年寵物情人們的最終歸宿？
想知道貓貓狗狗們是否遇到那個「一心人」？
那親愛的讀者們，走過、路過，絕對不能錯過～～

龍鳳呈祥 1

國家圖書館出版品預行編目資料

龍鳳呈祥 / 慕童著. --
初版. -- 臺北市 : 狗屋, 2016.01-
冊 ; 公分. --(文創風)
ISBN 978-986-328-545-8(第1冊 : 平裝). --

857.7　　　　　　104024774

著作者　慕童
編輯　黃淑珍
校對　林俐君　蔡佾岑
發行所　狗屋出版社有限公司
地址　台北市104中山區龍江路71巷15號1樓
電話　02-2776-5889～0
發行字號　局版台業字845號
法律顧問　蕭雄淋律師
總經銷　知遠文化事業有限公司
電話　02-2664-8800
初版　2016年1月
國際書碼　ISBN-13　978-986-328-545-8
原著書名　**《如意书》**，由北京晉江原創網絡科技有限公司授權出版

定價250元
狗屋劃撥帳號：19001626
網址：love.doghouse.com.tw　E-mail：love@doghouse.com.tw